REINER ENGELMANN

»Doch meine Seele hat Narben«

Wie Niusia Horowitz dank Oskar Schindler den Holocaust überlebte

Reiner Engelmann

»Doch meine Seele hat Narben«

Wie Niusia Horowitz dank Oskar Schindler den Holocaust überlebte

cbt

Bei diesem Buch wurden die durch das verwendete Material und die Produktion entstandenen CO_2 -Emissionen ausgeglichen, indem der cbj Verlag ein Projekt zur Aufforstung in Brasilien unterstützt.
Weitere Informationen zu dem Projekt unter:
www.ClimatePartner.com/14044-1912-1001

Penguin Random House Verlagsgruppe FSC® N001967

Sollte diese Publikation Links auf Webseiten Dritter enthalten, so übernehmen wir für deren Inhalte keine Haftung, da wir uns diese nicht zu eigen machen, sondern lediglich auf deren Stand zum Zeitpunkt der Erstveröffentlichung verweisen.

1. Auflage 2022
Erstmals als cbt Taschenbuch April 2022

Lektorat: Uwe-Michael Gutzschhahn
Umschlaggestaltung: Geviert GbR, Grafik & Typografie, München
Umschlagmotive:
Niusia Horowitz-Karakulska: © Gosia Musielak;
Tor, Menschen: Wikimedia Commons (CC0 1.0)
Bildredaktion: Tanja Zielezniak
Karte S. 244f: Sergej Raith
KH · Herstellung: IH
Satz: Buch-Werkstatt GmbH, Bad Aibling
Druck: GGP Media GmbH, Pößneck
ISBN 978-3-570-31434-0
Printed in Germany

www.cbj-verlag.de

Für meine Enkelkinder
Paul, Lior, Leonid,
Milla, Henri und Ella

Ich gebe, trotz allem, den Glauben
an den Menschen nicht auf.
Aufgeben wäre der Sieg der Unmenschlichkeit.

Reiner Engelmann

Inhaltsverzeichnis

Vorwort

Ich lebte viereinhalb Jahre in ständiger Angst
und in der Ungewissheit,
ob ich den nächsten Tag noch erlebe.

Bronislawa (Niusia) Horowitz-Karakulska,
Überlebende von Schindlers Liste

Als Niusia Horowitz im September 1939 eingeschult werden sollte, begann der Krieg. All die Monate davor hatte sie sich gefreut, endlich lesen, schreiben und rechnen zu lernen. Sie wollte mit Gleichaltrigen zusammen sein, Freundinnen finden, mit ihnen spielen und das machen, was Kinder in diesem Alter tun.

Der Krieg hat ihr diese Kindheit gestohlen und ihr dafür eine völlig andere beschert, die sie sich nie hätte vorstellen können. Als Kind sah sie Dinge, die kaum zu ertragen waren: Sie war sieben, als sie mit ihren Eltern aus Krakau fliehen musste. Verängstigte Menschen waren mit dem Notwendigsten unterwegs. Wenige Wochen später bei der Rückkehr in die Heimatstadt Krakau musste sie erleben, wie SS-Soldaten Menschen schlugen oder wahllos erschossen. Sie war neun, als Uniformierte in die Wohnung der Eltern eindrangen, die Einrichtung aus dem Fenster warfen und auch ihre geliebte Puppe nicht verschonten. Es folgte der Weg zum Ghetto mit den Toten auf den Straßen und Bürgersteigen; sie sah die hungernden und verhungernden Menschen im Ghetto; sie begegnete den wild um sich schießenden Soldaten, zuerst im Krakauer Ghetto, später dann auch in dem von Bochnia – und immer wieder den vielen Leichen. Sie war elf, als sie bei ihrer Ankunft im Konzentrationslager Plaszów mit ansah, wie ein junger Mann, den sie kannte, erhängt wurde. Sie hörte die täglichen Schüsse des Lagerleiters Amon Göth, wenn er vom Balkon seiner Villa aus wahllos Gefangene tötete, und sie erschrak, als einmal eine Frau neben ihr tot zusammenbrach. Sie wurde Augenzeugin unzähliger Hinrichtungen, die im Lager Plaszów ganz in der Nähe der Baracke stattfanden, in der sie arbeiten musste. Sie war zwölf, als sie nach Auschwitz kam, wo sie erneut bei Hinrichtungen zuschauen musste und bei dem letzten Weg vieler Menschen hin zu den Gaskammern.

Was passierte in dieser Zeit mit ihr?

Obwohl ihr die Flucht zu Beginn des Krieges noch wie ein Abenteuer erschien, spürte sie doch die Angst ihrer Eltern. Sie spürte diese Angst auch bei der Rückkehr nach Krakau; Entsetzen machte sich in ihr breit, als ihre Puppe aus dem Fenster geworfen wurde. Der Anblick der vielen Toten auf dem Weg zum Ghetto und die vielen Geschundenen und Toten im Ghetto selbst ließen sie nicht mehr zur Ruhe kommen. Sie vermisste ihre Eltern, als die sie, zu ihrer Sicherheit, nach Bochnia schickten. Die ständige Angst in Plaszów und später in Auschwitz drängte sie immer dicht an die Seite ihrer Mutter. Sie musste begreifen, was »Selektion« bedeutet, weil sie selbst zweimal für den Tod ausgewählt wurde. An allen Orten lernte sie, was hungern hieß. In all ihren Kinderjahren hatte sie Angst, den nächsten Tag nicht mehr zu erleben.

So sah, in wenigen Sätzen zusammengefasst, das Leben von Niusia Horowitz aus. Eines von vielen ungezählten anderen Kinderleben, die mit der Geschichte der Niusia Horowitz ein Gesicht bekommen sollen. Unzählige Kinder wurden gezielt in den verschiedenen Konzentrationslagern ermordet, starben an Hunger in den Ghettos oder konnten dieses Leben nicht mehr ertragen und begingen Selbstmord. Sie alle sollten nach dem Willen der Nazis vernichtet werden, damit keine neue Generation von Juden mehr heranwüchse.

Die systematische Ermordung der europäischen Juden ist zurückzuführen auf die Wannseekonferenz, bei der deutsche Regierungsmitglieder per Abstimmung beschlossen, elf Millionen europäische Juden zu ermorden. Die Nazis fühlten sich als Repräsentanten des deutschen Volkes, dessen Willen sie auszuführen glaubten. Dabei folgten sie aber mehr ihrer eigenen Ideologie. Sie maßten sich an, Herren über Leben und Tod zu sein.

Außer von wenigen Mutigen gab es keinen nennenswerten Widerstand dagegen.

Oskar Schindler und seine Frau Emilie waren zwei Menschen, die sich mit Zivilcourage gegen die herrschende politische Ideologie stellten und mehr als tausend Menschenleben retteten. Sie, aber genauso auch die Häftlinge Itzhak Stern, Mietek Pemper und Josef Horn, die ihnen zuarbeiteten und damit täglich ihr Leben riskierten. Schon eine kleine Unachtsamkeit hätte ihren Tod bedeutet. Wie schwer muss es diesen Männern gefallen sein, zu wissen, dass all jene, die sie nicht retten konnten, in den sicheren Tod deportiert wurden.

Wo sind die Oskar Schindlers von heute? Die mutigen Menschen, die sich gegen Regierungen und Gesetze stellen und Menschenleben retten? Sind es die wenigen Kapitäninnen und Kapitäne, die auf den Meeren Flüchtlinge retten und für ihren Einsatz vor Gericht gestellt werden? Sind es die immer noch viel zu wenigen Leute, die sich gegen die Abschiebung von Geflüchteten stellen, weil sie deutlich vor Augen haben, was diese Menschen in ihren Heimatländern erwartet? Sind es die Jugendlichen, die freitags auf die Straße gehen, um zumindest an diesem Tag öffentlich sichtbar zu machen, dass eine andere Zukunft zum Leben und Überleben notwendig ist? Sind es die, die sich in Menschenrechtsgruppen zusammenfinden und für die Einhaltung dieser Rechte streiten?

Ich denke, wir brauchen einen anderen Blick auf das Leben schlechthin. Einen, der, wenn nötig, im Sinne von Humanität auch Normen überschreitet und nur ein Ziel kennt: ein lebenswertes Leben für alle.

Ein Blick in die Vergangenheit kann den für die Gegenwart und Zukunft schärfen. Oskar Schindler und seine Frau Emilie sind ein Beispiel. Die Geschichten der Zeitzeuginnen und Zeitzeugen, die den Holocaust überlebt haben, sind heute wichtiger denn je. Sie geben uns die Möglichkeit, noch einmal sehr differenziert zurückzuschauen. Wir können an ihrem Leid teilnehmen, doch sie wollen mehr: Indem sie uns diesen Teil ihres Lebens anvertrauen, möchten sie mit dazu beitragen, dass sich die Geschichte nicht wiederholt. Unsere Aufgabe ist es, das zu erkennen und entsprechend zu handeln.

Reiner Engelmann, April 2021

Prolog

An der Rampe herrschte großes Gedränge. Hunderte Gefangene, getrennt nach Männern und Frauen, halfen sich gegenseitig, in die Waggons zu klettern. Für viele, besonders die Älteren, war es beschwerlich, denn die einzige Trittstufe war weit über dem Boden angebracht.

Sie würden das Lager verlassen. Lebend! Keine Selbstverständlichkeit angesichts der vielen, die entweder durch den Kommandanten von seinem Balkon aus erschossen oder auf seinen Befehl hin anderweitig ermordet wurden.

Auf die, die zurückbleiben mussten, wartete der sichere Tod. Entweder gleich hier im Lager oder in Auschwitz-Birkenau*. Niemand wusste es, aber alle ahnten, dass ihr Leben bald zu Ende sein würde.

Doch sie waren gerettet. Erleichterung war in den Gesichtern zu sehen. Ihre Namen standen auf der Liste, Schindlers Liste. Sie wurden aufgerufen, nicht mit ihrer Nummer, die sie an ihrer Häftlingskleidung trugen, sondern mit ihrem Vor- und Familiennamen, und sie durften mit dem Zug das Lager verlassen, hin zu dem rettenden Ort. Zu Schindlers Fabrik nach

Brünnlitz*. Dort würden sie sicher sein. Auf das Wort von Oskar Schindler konnten sie sich verlassen.

Aber die Euphorie über ihre Rettung wich, als sie, dicht gedrängt, in den Waggons standen. Niemand konnte sich mehr bewegen. Einige hatten Angst, zu ersticken.

Unter den Geretteten waren auch Regina Horowitz und ihre Tochter Niusia. Vater Dawid, der von allen liebevoll Dolek genannt wurde, und der kleine Bruder Ryszard waren sicher in dem Waggon für die Männer.

In Brünnlitz sehen wir uns wieder! Mit diesem Satz beruhigte sich Regina, nachdem sie ihren Mann in dem Gedränge nicht gesehen hatte. Aber er stand ja wie sie auf der Liste.

Die Luft zum Atmen war dünn, selbst der Fahrtwind ließ, nachdem der Zug endlich losfuhr, nur wenig frische Luft durch die schmalen Ritzen der Seitenwände. Die Frauen wurden unruhig, beklagten sich über den Platzmangel, einige weinten, andere begannen zu schreien, zu schimpfen und zu fluchen.

Für Niusia war die Enge besonders schlimm, weil die Frauen um sie herum alle einen Kopf größer waren. Sie sah nur Schultern und Arme und die Luft dort unten war noch dünner. Wie lange würde sie das aushalten?

Doch es kam noch schlimmer, nicht nur für Niusia. In den Waggons gab es weder eine Toilette noch einen

Eimer, auf dem die Frauen sich hätten erleichtern können. So mussten sie es dort tun, wo sie gerade standen. Und die ohnehin schon verbrauchte Luft reicherte sich mit dem beißenden Gestank von Urin und Kot an.

Einige Frauen sackten vor Schwäche zusammen, andere überkam eine Müdigkeit, und sie schliefen im Stehen, eingezwängt zwischen den andern.

Neben dem kaum zu ertragenden Gestank quälten sie Hunger und Durst. Niemand hatte ihnen für die Fahrt etwas mitgegeben. Doch sie waren froh, dass sie das Konzentrationslager Plaszów* hinter sich lassen konnten. An ihrem Zielort in Brünnlitz würden sie für sämtliche Unannehmlichkeiten entschädigt werden. Daran glaubten sie fest. Oskar Schindler würde für sie sorgen. Ihm hatten sie zu verdanken, dass sie mit diesem Zug das Grauen von Plaszów verlassen konnten.

In der Abenddämmerung des 21. Oktober 1944, nach vielen Stunden Fahrt, hielt der Zug endlich an. Erleichterung machte sich unter den Frauen breit. Ab sofort würde es ihnen jeden Tag besser gehen. Da waren sie sich sicher. Auch Niusia und ihre Mutter hatten diese Hoffnung. Sie waren gerettet. Es konnte nur noch eine Frage von Minuten sein, bis sie aus der Enge herauskamen und endlich frei atmen konnten.

Schließlich wurden die Waggons von außen geöffnet. SS-Mannschaften mit laut bellenden Schäferhunden empfingen sie. Langsam und unsicher stiegen die Frauen aus, sahen sich um. Überall Menschen, der ganze Bahnsteig voll, und dazu die SS-Männer* mit ihren Schäferhunden. Sah so Schindlers Versprechen aus?

Sie waren erschöpft von der Fahrt. Sie hatten Hunger. Sie hatten Durst. Sie fühlten sich schmutzig. Am Ende des Bahnsteigs entdeckten sie einen Kamin. Dichter Qualm stieg daraus auf. Und dann war da dieser unbekannte Geruch. Asche flog durch die Luft und schwebte wie schwarze Schneeflocken auf sie herab. Doch es war kein Schnee. Alle hatten Angst. Sie weinten, sie schrien. Sie wichen zurück in die Waggons.

Die Befehle der SS-Männer waren nicht zu überhören.

»Los! Los! Raus, ihr Schweine! Schneller! Schneller!«, wurden sie angebrüllt und von Kapos herausgezerrt.

Wo waren sie gelandet?

Sollte das der rettende Ort sein? Das große Versprechen? Der Ort, an dem sie sicher waren?

Nein, das hier war nicht Brünnlitz.

Das hier war Auschwitz!

Eine kurze Kindheit

Sie war lebhaft, sie war freundlich, sie lachte gern, sie war der Mittelpunkt der kleinen Familie.

Dawid (Dolek) und Regina Horowitz

»Du hast wunderschöne Haare«, freuten sich Dolek und Regina Horowitz, wenn sie ihre Tochter anschauten.

Im Geburtsregister war sie mit dem Vornamen »Bronislawa« eingetragen worden, doch schon bald nannte sie jeder nur noch Niusia.

Weil die Eltern tagsüber arbeiteten, hatte Niusia ein Kindermädchen: Antosia. Antosia war den ganzen Tag für sie da. Sie spielte mit ihr, machte mit ihr Spaziergänge in den Park, tröstete sie, wenn sie hingefallen oder traurig war, sang ihr Lieder vor und brachte sie mittags und abends ins Bett.

Niusia liebte ihr Bett mit dem Baldachin darüber. Sie fühlte sich dort geborgen, wenn sie Antosias Stimme hörte oder die Eltern ihr noch ein Schlaflied vorsangen oder eine Gute-Nacht-Geschichte erzählten.

Dass sie keine Spielsachen hatte, störte Niusia nicht. Sie kannte es nicht anders, also konnte sie auch nichts vermissen. Sie hatte ja ihre Antosia und abends und an den Wochenenden die Eltern.

Als sie sechs war, kam einmal ihr Onkel Jerzy zu Besuch, ein Bruder ihrer Mutter, und brachte ihr eine Puppe mit – eine Stoffpuppe, die eine rote Weste mit bunten Knöpfen und einen Rock mit Blumen trug. Niusia liebte die Puppe vom ersten Moment an.

Ihren Onkel sah sie aber vorerst zum letzten Mal, denn es war ein Abschiedsbesuch. Er ging nach Ame-

Niusia auf einem Spaziergang mit ihrer Mutter in Krakau

rika, um dort sein Glück zu versuchen. Jerzy und seine Brüder Leopold und Hermann Rosner waren als Musiker weit über Krakau hinaus bekannt. Gemeinsam mit ihrem Vater Henryk traten sie in Lokalen, Hotels, Cafés und Bars auf und spielten dort neben Klezmermusik* vor allem Jazz, Swing und Tango, die in den 20er- und 30er-Jahren in Polen sehr beliebt waren.

Dass Jerzy seine Frau Rozia und seine Tochter Halinka nicht nach Amerika mitnahm, verstand Niusia nicht.

»Er wird im September, wenn du zur Schule gehst, wiederkommen und dann Halinka und Tante Rozia mit nach Amerika nehmen. Zuerst muss er mal sehen, ob er dort drüben genügend Geld verdienen kann und eine Wohnung für alle findet«, erklärte ihr der Vater.

Niusia verstand es trotzdem nicht, doch die Puppe erinnerte sie immer an ihren Onkel, und als die Eltern ihr noch einen cremefarbenen Puppenwagen schenkten, war sie selig. So wie sie sich in ihrem Himmelbett wohlfühlte, so sollte es auch der Puppe in ihrem Puppenwagen gehen. Damit sie gut einschlafen konnte, schob sie die Puppe im Wagen durch den Flur, sang ihr Lieder vor, so wie sie es von Antosia und ihren Eltern kannte, und nahm sie auf allen Spaziergängen durch den Park mit. Niusia und ihre Puppe wurden unzertrennlich. Die Eltern und Antosia lächelten, wenn sie sahen, wie das Mädchen mit der Puppe spielte. Wenn Niusia sich beobachtet fühlte, war sie glücklich. Es gefiel ihr, wenn ihr die Eltern beim Spielen zuschauten.

So hätte es bleiben können. Für immer!

Dass sich in der Familie eine Veränderung anbahnte, bemerkte Niusia nicht. Der Bauch der Mutter wurde dicker, doch das Mädchen hatte keine Erklärung dafür.

Die Eltern sagten ihr zwar, dass sie bald ein Geschwisterchen bekommen würde, doch das brachte Niusia nicht mit dem dicker werdenden Bauch zusammen. Babys werden vom Storch gebracht, hatten die Eltern ihr immer erzählt.

An einem warmen Abend Anfang Mai durfte Niusia bei Antosia im Zimmer übernachten. Sie freute sich, denn das war etwas Neues für sie. Es wurde schon hell, als Antosia sie weckte.

»Der Klapperstorch war da! Mit dem Schnabel hat er gegen das Fenster geklopft und dir einen kleinen Bruder gebracht!«

Niusia wollte ihren kleinen Bruder natürlich sehen. Sie schlüpfte aus dem Bett, nahm Antosia bei der Hand und zog sie hinter sich her. Niusia war neugierig, was das für ein Bruder war, den der Storch in die Familie gebracht hatte.

Was sie zu sehen bekam, entsetzte sie. Da lag in den Armen der Mutter ein kleines, schrumpeliges Wesen mit schwarzen Haaren und einem Pickel auf der Nase.

Und was taten die Eltern? Sie hatten nur noch dieses Baby im Blick! Wie sie sich freuten! Entsetzlich!, fand Niusia. Sie verstand das nicht. Sie fand es ganz furchtbar, denn niemand kümmerte sich mehr um sie. Alles drehte sich nur noch um diesen kleinen Bruder! Das änderte sich auch in den nächsten Tagen und Wochen nicht. Niusia war wütend, sie sehnte sich zurück nach der Zeit, als sie noch das einzige Kind in der Familie war. Selbst Antosia war von dem Wurm fasziniert und trug ihn auf dem Arm durch die Wohnung, wenn die Mutter Ruhe brauchte. Manchmal hätte Niusia den kleinen Bruder am liebsten aus dem Fenster geworfen, so böse war sie auf ihn. Er machte alles kaputt. Auf so einen Bruder konnte sie gut verzichten.

Aber im Laufe des Sommers wandten sich sowohl die Eltern als auch Antosia zum Glück auch wieder ihr zu.

»Du bist die große Schwester von dem kleinen Ryszard und wirst bald zur Schule gehen«, erklärten sie.

Niusia freute sich auf die Schule. Sie überlegte, wie das wohl sein würde, wenn sie sich morgens mit ihrem neuen Schulranzen und einem neuen Kleid auf den Weg machte, an dem neuen, unbekannten Ort Lesen, Schreiben und Rechnen lernte und Freundinnen fand, mit denen sie in den Pausen spielen konnte. In den tollsten Bildern malte sie sich das alles aus, und die Eltern freuten sich über ihre Tochter, wie sie sich auf die Schule vorbereitete.

Doch gleichzeitig betrachteten Dolek und Regina Horowitz auch die politische Entwicklung. Die Drohungen aus Deutschland waren nicht zu überhören. Würde es, wie sie befürchteten, zu einem Krieg kommen, wären sie gleich doppelt betroffen. Einmal, weil sie Polen waren, und zum andern, weil der Antisemitismus* nicht nur in der Politik, sondern gerade auch in der Gesellschaft sowohl in Deutschland wie auch in Polen tief verwurzelt war.

»Wir werden das deutlich zu spüren bekommen«, meinte Dolek an einem Abend Mitte August und hatte dabei tiefe Sorgenfalten auf der Stirn.

Noch bevor Niusia eingeschult wurde, begann der Krieg. Mit dem Überfall Deutschlands auf Polen änderte sich nicht nur das Leben des Mädchens und ihrer Familie, über Millionen von Menschen brachte er Leid und Tod.

Poldek

Leopold Rosner, von allen liebevoll Poldek genannt, freute sich auf seinen ersten Auftritt mit seinen beiden älteren Brüdern Jerzy und Hermann. Als Fünfzehnjähriger war er bereits ein sehr guter Pianist und auch den Kontrabass beherrschte er. Ein großes Lokal in Lodz hatte das Musikertrio eingeladen, einen Abend lang die Gäste mit der von ihnen präsentierten »etwas anderen« Musik zu unterhalten.

Diese »etwas andere« Musik, die von Amerika nach Europa herüberschwappte und die viele Barbesitzer, Klubbetreiber und Restaurantinhaber schätzten, waren der Jazz und der Swing. Diese Musik, so empfanden es Poldek und seine Brüder, aber auch immer mehr andere Menschen in Polen, war Ausdruck einer Sehnsucht nach Freiheit, Unabhängigkeit, Individualität. Sie unterschied sich grundsätzlich von der bislang vom politischen System erlaubten und daher weitverbreiteten Volksmusik.

Poldek war begeistert von der neuen Musikrichtung. Im großen Wohnzimmer der Familie übten alle aus der Familie die neuen Rhythmen.

Nun stand er vor seinem ersten Auftritt. Er war nicht

Leopold (Poldek) Rosner, 18 Jahre

besonders aufgeregt, denn die Musik war, solange er zurückdenken konnte, immer ein fester Bestandteil in seinem Alltag gewesen. Er hatte das Glück, in eine Musikerfamilie hineingeboren zu sein. Sein Vater Henryk, ein von vielen Fachleuten geschätzter Geiger, war Autodidakt, hatte sich selbst nicht nur mit der Violine vertraut gemacht, sondern auch mit anderen Instrumenten, die er ebenso gerne spielte. Dazu gehörten Klavier, Akkordeon, Kontrabass und Trompete.

Mit der Musik verdiente die Familie Rosner ihren

Lebensunterhalt. Das Geld, das sie einnahmen, reichte aber nur gerade so eben zum Leben.

Poldek hatte acht Geschwister und gemeinsam mit seinen Eltern bewohnten sie eine Dreizimmerwohnung in Krakau. Dort gab es eine große Küche, in der gekocht wurde und die ganze Familie zum Essen Platz fand. Darüber hinaus gab es ein großes Wohnzimmer, in dem das Klavier stand, aber auch alle anderen Instrumente. In einem dritten Zimmer waren die Betten untergebracht, die jedoch nicht für die Eltern und sämtliche Kinder reichten. Zwei Brüder zogen es vor, im Wohnzimmer zu schlafen. Einer von ihnen auf dem Klavier, der andere darunter.

Für ihren ersten Auftritt in der neuen Besetzung hatten die beiden Brüder, die schon viel Erfahrung durch die Konzerte mit ihrem Vater gemacht hatten, ein umfangreiches Programm zusammengestellt.

Poldek war stolz darauf, dass er endlich mitspielen durfte. Der Anzug, den auch schon seine älteren Brüder bei ihren ersten Auftritten getragen hatten, ließ ihn älter erscheinen. Er wollte beweisen, dass er mit seinen fünfzehn Jahren ein ebenbürtiger Musiker war.

Es gab aber noch einen weiteren Grund für ihn, stolz zu sein. Endlich konnte er Geld verdienen und damit zum Lebensunterhalt der Familie beitragen.

Nach dem Erfolg des ersten Auftritts in Lodz wurde Poldek fest in die Band integriert. Die meiste Zeit ging er jetzt zusammen mit seinen beiden Brüdern auf Tour, die sie in viele große Städte Polens bis hin nach Warschau führte. Einmal bekamen sie in der Hauptstadt sogar ein Engagement für ein ganzes Jahr. Täglich spielten sie von 17 bis 19 Uhr in einem Café, ab 21 Uhr bis um 6 Uhr am nächsten Morgen traten sie in einer Bar auf. Der einzige freie Tag in dem Jahr war für die drei Musiker der Heilige Abend.

Genau so gerne spielte er aber auch zusammen mit seinem Vater in dessen Krakauer Salon Orkiestra.

Neben ihren Konzerten gab es in diesen Jahren auch zwei Verträge für Filmmusik. Die machten sie weiter bekannt.

Nach 1933 wurde die Musikszene in Polen neu beflügelt. Viele jüdische Musiker, die Angst vor Verfolgung oder gar vor einem Berufsverbot in Deutschland hatten, waren nach Polen ausgewandert und hatten sich mit ihrer Musik gut in die dortige Szene integriert. Sie spielten aber zudem Stücke, die sie aus Deutschland mitbrachten. Für die Rosner-Brüder war es eine Bereicherung, sich auch mit dieser Musik vertraut zu machen.

Die Zeit bis zum Sommer 1939 war für die Rosner's Players, wie sie sich nannten, sehr erfolgreich.

Als am 1. September 1939 der Krieg begann und Polen binnen weniger Tage besetzt war, entschied sich die Familie Rosner, Krakau zu verlassen und aufs Land zu ziehen.

Die Jazz-Band »Rosner's Players« bei einem Auftritt in Krakau, etwa 1935

Seinen letzten Auftritt während der ersten Kriegstage in einer Krakauer Bar sollte Poldek nie vergessen. Den ganzen Abend über hatte er die Gäste am Klavier unterhalten. Zu später Stunde trat ein SS-Mann in Uniform auf ihn zu und verlangte von ihm, die polnische Nationalhymne zu spielen.

Poldek schaute den Mann an, sah, dass er bewaffnet war, und brachte ängstlich hervor: »Die hab ich vergessen.« Grinsend ging der SS-Mann zu seinem Platz zurück. Poldek war sicher, dass der Soldat ihn erschossen hätte, wenn er seiner Anweisung gefolgt wäre.

Flucht

Zu Beginn des Krieges war die Stimmung in der Bevölkerung sehr euphorisch.

»Wir haben eine starke Armee, wir werden die deutsche Wehrmacht in kurzer Zeit besiegen!«

Die Menschen glaubten fest daran, dass der Krieg schnell vorbei sein würde.

Während sich einerseits viele junge Männer zur Armee meldeten oder im Widerstand organisierten, verließen andererseits ganze Familien ihre Häuser und Wohnungen in Richtung Osten, um sich vor der deutschen Wehrmacht in Sicherheit zu bringen. Sie waren zwar von der Überlegenheit ihres polnischen Heers überzeugt, fürchteten sich aber vor den Angriffen auf ihre Stadt.

Auch Dolek und Regina Horowitz beschlossen, ihre Wohnung für einige Wochen zu verlassen, um in sicherer Entfernung das Ende des Krieges abzuwarten. Mit entscheidend für diesen Entschluss war die Tatsache, dass ihre Wohnung ganz in der Nähe eines Elektrizitätswerks lag, das bestimmt ein Ziel deutscher Luftangriffe sein würde.

Doch sie wollten weder Doleks Eltern noch seinen

Bruder Edmund, dessen Frau Roma und ihre Tochter Halinka in der Stadt zurücklassen. Deshalb verabredeten sie, sich gemeinsam auf den Weg nach Osten zu machen.

Auch Reginas Eltern Henryk und Franciszka Rosner sowie ihre Geschwister, die noch zu Hause lebten, verließen die Stadt. Die hatten jedoch die Absicht, in der Nähe von Krakau zu bleiben und sich im Umland einen sicheren Ort zu suchen. In Tyniec glaubten sie, diesen Ort gefunden zu haben. Dort wurden sie von den Menschen freundlich aufgenommen.

Nachdem alles Notwendige für ihre Flucht zusammengepackt war und sie sich gerade auf den Weg machen wollten, kamen Regina und Dolek Zweifel, ob sie den kleinen Ryszard mitnehmen sollten. Konnten sie ihm die Strapazen der Flucht zumuten? Er war erst knapp fünf Monate alt.

»Wo werden wir nachts schlafen?«, fragte Regina ihren Mann. »Wo und wie können wir ihm sein Essen zubereiten?« Sie hatten noch keine Vorstellung, wie ihre Fluchtroute verlaufen und was sie unterwegs vorfinden würden. Sollten sie ihren Plan lieber aufgeben? Einfach in der Stadt bleiben und darauf hoffen, dass nichts passierte?

Viel Zeit zum Überlegen blieb ihnen nicht. Die deutsche Wehrmacht kam immer näher und Doleks Eltern drängten.

Die Lösung war Antosia, das Kindermädchen. Sie sprachen mit ihr und baten sie, Ryszard für die Zeit der Flucht zu sich zu nehmen. Auf Antosia konnten sie sich verlassen, bei ihr war der kleine Junge gut aufgehoben.

Antosia, ganz stolz über das Vertrauen, das die Familie ihr entgegenbrachte, willigte sofort ein und versprach, die Zeit bis zur Rückkehr mit dem kleinen Ryszard bei Verwandten auf dem Land zu verbringen.

Am Tag ihrer Flucht hätte Niusia eigentlich eingeschult werden sollen, doch daraus wurde nun nichts. Eltern, Opa Szachne und Oma Sara, Tante, Onkel und ihre Cousine Halinka machten sich auf den Weg Richtung Osten. Sie waren nicht die Einzigen, die ihre Heimatstadt verließen. Ganze Kolonnen von Frauen mit Kindern jeden Alters, alte Menschen, auch Männer mittleren Alters waren zu Fuß, mit Handkarren oder Pferdegespannen unterwegs.

Mit ihrem Gepäck und Niusia an der Hand kam die Familie nur langsam voran. Manchmal hatten sie Glück, dann konnten sie ihre Koffer auf eine Handkarre stellen, oder sie wurden mit einer Pferdekutsche ein Stück mitgenommen.

Müde von der Last, die sie mit sich führten, aber auch von den steinigen oder aufgeweichten Wegen, bewegte sich die Karawane nur schleppend vorwärts. Große Straßen zu nehmen, schien ihnen zu heikel. Sie könnten dort die polnischen Militärfahrzeuge, die in

Richtung Westen unterwegs waren, behindern. Und die deutsche Wehrmacht war schon mit Panzern oder Lkws in Richtung Osten unterwegs. Das konnten sie aus sicherer Entfernung beobachten.

Nachts suchten sie Schutz in Scheunen und Ställen oder sie kampierten einfach auf einer Wiese am Wegrand.

Mit jedem Kilometer, den sie sich von zu Hause entfernten, wuchs, zumindest bei Regina Horowitz, die Sehnsucht nach ihrem Sohn. Sie wusste, dass er bei Antosia in guten Händen war, aber er war nicht bei ihr. Anfangs tröstete sie sich noch damit, dass es ja nur eine Trennung für kurze Zeit sei, doch die Tage und Nächte ohne ihren Sohn wurden ihr immer länger. Die Sehnsucht nach ihm löste schon körperliche Schmerzen aus. Ständig dachte sie an ihren Ryszard, sah ihn vor sich, wie er lachte, wie er die Hände ausstreckte und auf den Arm genommen werden wollte, wie er weinte oder strahlte oder die ersten Laute vor sich hin plapperte. Obwohl Regina von den langen Tageswanderungen müde war, fand sie nachts keinen Schlaf.

Niusia dagegen genoss trotz aller Beschwerlichkeiten, die die Flucht mit sich brachte, die Zeit. Sie hatte nicht nur die Eltern, sondern auch Oma und Opa, Onkel und Tante und ihre Cousine um sich, die sich mit ihr beschäftigten, mit ihr redeten, ihr Blumen und andere Pflanzen erklärten. Für Niusia war alles ein großes Abenteuer. Die ständige Anspannung der Erwachsenen spürte sie dennoch. Die Eltern waren nicht mehr so fröhlich wie früher. Auch Opa Szachne schaute sich oft sorgenvoll um.

Als sie Janów Lubelski, eine kleine Stadt im Osten Polens, erreichten, hielt es Regina Horowitz nicht mehr aus. Sie wollte zu ihrem Sohn, so schnell wie möglich.

Die endgültige Entscheidung, nach Krakau zurückzukehren, wurde ihnen aber praktisch abgenommen. Am 17. September marschierte die Rote Armee* von Osten her in Polen ein. Somit war dieser Landesteil für die Flüchtlinge nicht mehr sicher.

So hoffnungsvoll sie zu Beginn ihrer Flucht gewesen waren, so sehr beschlich sie nun auf dem Rückweg ein diffuses Gefühl der Angst. Unterwegs hatten sie erfahren, dass ihre Heimatstadt Krakau von den Deutschen besetzt sei. Doch was bedeutete das? Sollten die Schreckensnachrichten, die sich unter den Flüchtlingen verbreiteten, etwa stimmen, oder waren es nur Gerüchte? Wurde in ihrer Heimatstadt tatsächlich die jüdische Bevölkerung verfolgt, gedemütigt, ja sogar umgebracht?

Aber sie mussten weiter, zurück nach Krakau, mussten ihren Sohn Ryszard wieder zu sich holen. Und dann war da ja auch noch die Wohnung mit allem, was sie sich in den gemeinsamen Jahren angeschafft hatten. Dorthin wollten sie, dort, hofften sie, würden sie zumindest halbwegs sicher sein.

Ihr ganz großer Wunsch war jedoch, dass der Krieg bald zu Ende sein möge und sie ihr altes Leben fortsetzen könnten.

Etwas mehr als zwei Wochen waren seit ihrem schnellen Aufbruch vergangen, als sie wieder in ihrer Wohnung in Krakau standen. Nach vielen Hindernissen, die sie in der Stadt überwinden mussten, waren sie endlich angekommen. Hier war noch alles so, wie sie es verlassen hatten. Auch Antosia und Ryszard kehrten bald zurück.

Während die Familie Horowitz wieder in Krakau lebte, hatte Familie Rosner in dem nahe gelegenen Provinzort Tyniec zumindest vorläufig ein neues Zuhause gefunden. Ihre Musikinstrumente hatten sie mitgenommen. Die gehörten einfach zu ihrem Leben dazu. In Tyniec, aber auch in Dörfern der Umgebung gaben sie Vorstellungen. Die Menschen kamen zu ihnen und freuten sich über ihre Musik, gerade in dieser Zeit. Der Krieg trat für ein paar Stunden in den Hintergrund. Als Gage verlangten die Musiker kein Geld, dafür freuten sie sich über Kartoffeln oder Mehl.

Über viele Monate hinweg konnten sie auf dem Land fast unbehelligt leben und ihre Musik machen. Sowohl der Krieg als auch die Verfolgung der Juden machten sich in dieser Zeit dort noch kaum bemerkbar. Allein die Nachrichten aus Krakau machten ihnen

Sorgen. Von Mord und Vertreibung der jüdischen Bevölkerung hatten sie gehört, von Schändungen der Menschen und Plünderungen ihrer Wohnungen. Sie hatten nicht nur Angst um Regina und ihre Familie, sondern auch um die vielen Freunde.

Wie mag es den Menschen gehen? Diese Frage kreiste ständig in Poldeks Kopf. Bei seinem letzten Konzert in Krakau hatte er erlebt, wie ein SS-Mann ihn bedrohte. Sind diese Männer tatsächlich in der Lage, auf wehrlose Menschen zu schießen? Allein seine Angst bewahrte ihn davor, sich solche Szenen bildhaft vorzustellen.

Veränderungen

Schon zu dem Zeitpunkt, als die Familie die Stadtgrenze von Krakau erreichte, merkte sie, dass es nicht mehr die Stadt war, die sie einige Wochen zuvor verlassen hatte. Die Häuser sahen immer noch so aus, wie sie sie kannten, allein die Straßen waren nicht mehr dieselben. Überall patrouillierten deutsche Soldaten, ihre Schritte waren weithin zu hören. Auch Militärlastwagen waren unterwegs, bewaffnete Soldaten standen auf den offenen Ladeflächen und schauten nach den Menschen, die auf den Bürgersteigen unterwegs waren. Jede falsche Bewegung, jede verdächtige Handlung wurde registriert. Und die Toten, die am Straßenrand lagen, waren Beweis, dass die SS-Männer von ihren Schusswaffen Gebrauch machten.

Bewohner wurden mit vorgehaltenen Gewehren aus Hauseingängen getrieben, wieder fielen Schüsse. Dolek, Regina und Niusia drängten sich dicht an eine Wand, um Schutz zu suchen. Die Getroffenen blieben auf dem Bürgersteig liegen. Regina Horowitz versuchte, ihre Tochter abzulenken, manchmal gelang es ihr sogar.

Dolek beobachtete, wie jüdischen Männern die

Bärte und Pajess* abgeschnitten, abgebrannt oder ausgerissen wurden. Angewidert stießen die Soldaten die so Geschändeten von sich weg und lachten laut, wenn die Leute ins Straucheln gerieten. Manchmal zückten die Soldaten sogar ihre Fotoapparate und machten Bilder von ihren Opfern. Es war entsetzlich, ansehen zu müssen, wie sie sich amüsierten.

Dolek schlug einen Umweg ein, wollte durch kleinere Straßen und engere Gassen zu ihrem Haus gelangen. Doch überall bot sich das gleiche Bild. Vor einigen Häusern lagen geborstene Möbelstücke, die man offenbar achtlos aus den Fenstern der Wohnungen geworfen hatte. Geschäfte wurden von den Soldaten geplündert, und Frauen wurde ihr Schmuck geraubt, den sie offen am Hals, an den Handgelenken oder den Fingern trugen.

Dolek erkannte schnell, dass es sich ausschließlich um Juden handelte, die beraubt und erniedrigt wurden. Auch Regina beobachtete voller Entsetzen, was in ihrer Stadt geschah. Eine Synagoge, an der sie vorbeikamen, war geplündert worden und diente nun als Behelfsunterkunft für Flüchtlinge. Menschen, die wie sie in ihre Stadt zurückkehren wollten, aber offenbar nicht mehr in ihre Häuser zurückdurften, wurden dort einquartiert. Angst überkam sie, als sie daran dachte, auch ihre Wohnung könnte von den Deutschen beschlagnahmt sein.

»Die Deutschen lassen ihrem Hass auf uns freien Lauf«, flüsterte sie ihrem Mann zu.

Dieser Krieg ist noch lange nicht zu Ende, ging es Dolek durch den Kopf, das hier ist erst der Anfang. Auch er konnte nicht fassen, was er auf Schritt und Tritt sah.

Ständig mussten sie Militärfahrzeugen oder bewaffneten Soldaten ausweichen. Mit gesenktem Blick machten sie Platz. Erleichtert waren sie erst, als sie ihr Haus erreichten. Die Wohnung war noch unversehrt. Doch wie lange würde sie ihnen noch Schutz bieten?

Was konnte sie in diesen Zeiten in der Stadt und im ganzen Land überhaupt noch schützen? Sie waren ja nicht nur polnische Staatsbürger, also in den Augen der Deutschen schon deshalb Feinde, sie waren darüber hinaus auch noch Juden, die bei den Besatzern ganz besonders im Fokus standen. Angst kroch in ihnen hoch, als sie noch einmal die Bilder vor Augen sahen, Bilder, die sich tief in ihre Seelen eingebrannt hatten.

Beginn der antijüdischen Politik

Wenige Tage nach dem Einmarsch begann die Besatzungsmacht ihre antijüdische Politik, die sie in Deutschland schon praktizierte, schnell und effektiv auch in Krakau umzusetzen. Für die SS-Männer und die übrigen deutschen Wehrmachtssoldaten, die das Geschehen in der Stadt bestimmten, war die jüdische Bevölkerung Freiwild. Die Menschen wurden beleidigt, geschlagen, Frauen nahm man ihren Schmuck ab, Häuser und Wohnungen wurden geplündert, Waren wurden aus den Geschäften geraubt. Die Synagogen wurden entweiht, indem man die gesamte Einrichtung entfernte und die Gebäude als Lagerräume oder Flüchtlingsunterkünfte nutzte. In einigen entstanden auch öffentliche Küchen.

Die ungezügelte Gewalt, der Hass und die permanenten Demütigungen brachten binnen kurzer Zeit das über einen Zeitraum von mehreren Jahrhunderten gewachsene jüdische Leben ins Wanken. Niemand war in der Stadt und in ganz Polen mehr sicher.

Obwohl es den Deutschen unter Androhung von Strafe untersagt war, sich am Besitz der Juden zu bereichern, gebot ihnen keiner Einhalt. Im Gegenteil:

Auf diese Weise machte man wirkungsvoll klar, wer jetzt das Sagen hatte. Besonders die höheren Militärränge, die zum Teil mit ihren Familien nach Krakau kamen, nahmen ganze Häuser mit allem Mobiliar und auch sämtlichen Wertgegenständen wie Gemälden, Silber oder kostbarem Porzellan in Besitz.

Trotzdem sollte die antijüdische Politik streng geordnet wirken und zielstrebig durchgesetzt werden. Deshalb sollten in allen Städten Gremien eingerichtet werden, die die Befehle der Deutschen entgegennahmen und umsetzten.

SS-Oberscharführer* Paul Siebert* hatte die Aufgabe, in Krakau einen Judenrat zu benennen. Er befahl dem jüdischen Lehrer Marek Bieberstein*, binnen 48 Stunden ein entsprechendes Gremium einzurichten. Bieberstein wollte zunächst ablehnen, denn er saß gerade, als er den Befehl erhielt, mit seiner Familie zu Tisch, um den Schabbat* feierlich zu beginnen. Erst als Siebert ihm mit seiner Verhaftung drohte, gab er den Widerstand auf.

Innerhalb der ihm gesetzten Frist hatte Marek Bieberstein das Gremium zusammengestellt und der deutschen Behörde gemeldet. Am Tag darauf kam Siebert zum Sitz des Judenrates und machte deutlich, dass alle Befehle der Deutschen pünktlich und präzise auszuführen seien. Der Judenrat sei das Verbindungsglied zwischen der deutschen Besatzung und der jüdischen

Bevölkerung. Kein Jude habe das Recht, einen Deutschen direkt anzusprechen. Alle Fragen dürften ausschließlich an den Judenrat gestellt werden, der sie dann entweder selbst beantworten oder weiterleiten könne.

Zum Abschluss dieser ersten Begegnung zwang Siebert die Ratsmitglieder – alles ältere Männer –, nach seinen Anweisungen körperliche Übungen zu machen.

Die Aufgabe des Judenrates war eine Gratwanderung. Auf der einen Seite mussten die Anweisungen der Deutschen umgesetzt werden, auf der anderen Seite wollten die Männer ihre jüdischen Mitbürgerinnen und Mitbürger schützen. Schnell wurde eine weitverzweigte Verwaltung aufgebaut, die die verschiedenen Lebensbereiche der jüdischen Bevölkerung umfasste. Neben der Kinder- und Altenfürsorge, der Einrichtung eines Amtes für Wirtschafts- und Steuerfragen sowie eines Arbeitsamtes war die Etablierung von Volksküchen eine vordringliche Aufgabe, weil durch immer neue Verordnungen der Besatzungsmacht die Juden sehr schnell in Armut gerieten. Maßgeblich dazu beigetragen hatte die Sperrung sämtlicher jüdischer Konten. Die Inhaber durften noch maximal 2.000 Zloty* besitzen und wöchentlich höchstens 250 Zloty abheben. Alle Beträge darüber hinaus wurden beschlagnahmt. Autos, Motorräder und Radios mussten abgegeben werden. Ärzte, Rechtsanwälte, Professoren und sonstige Menschen mit akademischen Berufen durften nicht länger arbeiten und hatten somit keinerlei Einkommen mehr.

Fast täglich wurden weitere Einschränkungen erlassen. An den Litfaßsäulen, die das Stadtbild von Krakau prägten, hingen Plakate in deutscher und polnischer Sprache. Das eine Plakat kündigte ein nächtliches Ausgangsverbot an, auf einem anderen wurde die hebräische Sprache verboten und Deutsch als Amtssprache eingeführt.

Eines Abends kam Dolek ganz verwirrt nach Hause. An einer Litfaßsäule auf seinem Heimweg hatte er wieder ein neues Plakat entdeckt. Kopfschüttelnd hatte er den Text noch mal und noch mal gelesen, bis er ihn seiner Frau auswendig vortragen konnte.

Kennzeichnung für Juden im Bezirk Krakau

Ich ordne an, hieß es in dem Text, *dass alle Juden von über 12 Jahren im Distrikt Krakau mit Wirkung vom 1.12.1939 außerhalb ihrer eigenen Wohnung ein sichtbares Kennzeichen zu tragen haben. Diese Anordnung gilt auch für nur vorübergehend im Distriktbereich anwesende Juden für die Dauer ihres Aufenthaltes.*

Als Jude im Sinne dieser Anordnung gilt:

1. *wer der mosaischen Glaubensgemeinschaft angehört oder angehört hat.*
2. *jeder, dessen Vater oder Mutter der mosaischen Glaubensgemeinschaft angehört oder angehört hat.*

Das Kennzeichen ist am rechten Oberarm und bei Überkleidung als Binde zu tragen, die auf weißem Grunde an der Außenseite einen blauen Davidstern zeigt.*

Für die Ausführung dieser Anordnung, insbesondere die Versorgung der Juden mit Kennzeichen ist der Judenrat verantwortlich.

gez. Otto Freiherr von Wächter, Gouverneur*

»Jeden Tag lassen sie sich neue Grausamkeiten einfallen«, schimpfte Dolek. »Wohin soll das noch führen, was haben die Deutschen mit uns vor?« Wut und Verzweiflung standen ihm ins Gesicht geschrieben. »Und direkt neben dem Plakat wurden Konzerte und Kinovorführungen für die Deutschen angeboten. ›Der Vogelhändler‹ oder ›Die erste Liebe einer Pensionatsschülerin‹ standen zur Auswahl. Ich bringe das nicht zusammen! Terror und Vergnügen!«

Auch Niusia Horowitz musste schon die Armbinde mit dem Judenstern tragen, obwohl sie noch keine zwölf war und die Bedeutung überhaupt nicht verstand. Nur, dass von ihr nichts Gutes ausging, das merkte sie schnell. Jedes Mal spürte sie Angst, wenn sie die Wohnung mit der Binde am Arm verlassen musste.

Im Dezember 1939 kam es im jüdischen Viertel Kazimierz zu gezielten Razzien und Plünderungen. Das gesamte Gebiet wurde von der Polizei umstellt, zusätzliche Polizisten standen vor nahezu jedem Haus, während andere in die Häuser eindrangen. Sie hatten den Auftrag, Schmuck, Gold, Silber, Wertgegenstände und Geld bis auf einen Schonbetrag von 2.000 Zloty an sich zu nehmen. Doch in den meisten Fällen hatten die Menschen nichts mehr. Viele, vor allem Frauen, mussten sich nackt ausziehen. Alle Körperöffnungen wurden untersucht, ob sie dort Schmuck versteckten. Nackt und erniedrigt blieben die Menschen zurück. Während der »Aktion«, wie die Deutschen den Raubzug bezeichneten, wurden auch viele Juden erschossen; insbesondere Ärzte, Rechtsanwälte, Lehrer, Professoren und Geistliche, die auf diese Weise schnell und zielgerichtet ausgerottet werden sollten. In der ganzen Stadt und überall im Land wurden sie systematisch aufgespürt und umgebracht.

In einem Sondererlass vom September 1939 legte Reinhard Heydrich*, Chef des Reichssicherheitshauptamtes*, fest, wie man die Juden in Polen zu behandeln habe. Danach sollten in Städten mit Bahnanschluss Ghettos* gebildet werden. Kleine jüdische Gemeinden mit weniger als 500 Einwohnern sollten aufgelöst und die Leute zum nächsten Konzentrationspunkt gebracht werden.

Hans Frank* wurde im November 1939 als Generalgouverneur im Generalgouvernement* Krakau eingesetzt, um den Sondererlass umzusetzen. Er selbst war von der Vorstellung besessen, nicht nur die Stadt, sondern seinen gesamten Wirkungsbereich schnellstmöglich judenfrei zu machen. Frank, der seinen Sitz auf der Wawel-Burg* bezog, ordnete zunächst eine »Umsiedlung« der Juden an.

In seinem Diensttagebuch hielt er fest, dass es unzumutbar sei, wenn Repräsentanten des Deutschen Reiches gezwungen seien, beim Betreten oder Verlassen ihres Hauses mit Juden zusammenzutreffen, da von diesen die Gefahr einer Seuche ausgehe. Deswegen beabsichtige er, die Stadt Krakau bis zum 1. November 1940 weitgehend judenfrei zu bekommen. Eine große Aussiedlungsaktion wurde geplant.

Ende 1939 lebten etwa 65.000 Juden in der Stadt. Dem Judenrat wurde die Anweisung erteilt, die »Umsiedlung« zu organisieren. Rund 5.000 Juden, vorzugsweise solche mit handwerklichen Berufen, sollten in der Stadt verbleiben, weil man sie für die anfallenden Arbeiten einsetzen wollte. Allen anderen wurde eine Frist bis Mitte August 1940 gesetzt, Krakau »freiwillig« zu verlassen. Es wurde ihnen zugesichert, sich selbst einen neuen Wohnort wählen zu dürfen und ihren Besitz mitnehmen zu können.

Doch die Situation der Juden war in ganz Polen mit der in Krakau vergleichbar. Überall wurden sie verfolgt, erniedrigt und ermordet. Nicht nur aus Krakau, aus allen Städten sollten sie wegziehen und sich ein neues Zuhause suchen. Niemand sollte mehr dort leben, wo er zum Teil seit Generationen ansässig war.

Auch die Schulen wurden geschlossen. Jüdische Kinder brauchten keine Bildung, so der Tenor der Deutschen, da sie ohnehin nur noch eine begrenzte Lebenserwartung hätten.

In Krakau gelang es dem Judenrat dennoch, mit Genehmigung der Besatzungsmacht eine Volksschule für jüdische Kinder einzurichten.

Den polnischen Kindern boten die Besatzer eine vierjährige Volksschule an, um einfache Wörter und Sätze sowie den Zahlenbereich bis 500 zu lernen. Ihre Zukunft sollte darin bestehen, den Deutschen Untertan zu sein und deren Befehle widerspruchslos zu befolgen.

Der Plan von Generalgouverneur Frank, die Juden zum Verlassen der Stadt zu bewegen, ging nicht auf. Bis Juli 1940 waren kaum mehr als 7.000 Menschen weggezogen. Die anderen wollten ihre Heimat nicht verlassen, hatten sie sich doch eine Existenz aufgebaut oder ganz einfach Angst vor dem Fremden, das sie anderswo erwarten würde. Ihre Skepsis, den Anweisungen der Deutschen zu folgen und ziellos wegzuziehen, wurde noch verstärkt durch die große Zahl derer, die die Stadt schon früher verlassen hatten, aber wieder zurückkehrten, weil sie an dem gewählten Zufluchtsort nicht akzeptiert und aufgenommen wurden.

Nicht nur die Rückkehrer, sondern auch andere, die aus ihren Städten und dem Umland vertrieben wurden, suchten in Krakau eine Unterkunft. Also war der

Judenrat gefordert, Unterkünfte zur Verfügung zu stellen, und quartierte die Menschen notgedrungen in Schulen und Synagogen ein. Andere Möglichkeiten gab es nicht.

Durch einen Erlass des Gouverneurs bestand für alle Juden Arbeitspflicht. Professoren, Lehrer und Künstler, die noch in der Stadt lebten, wurden deshalb vom Rat zur Straßenreinigung und Abfallentsorgung eingeteilt, um sie zu schützen.

Auch Niusias Eltern gingen wieder ihrer Arbeit nach. Dolek arbeitete zum Glück weiter als Buchhalter bei seiner bisherigen Firma Zenit und Regina stellte als Hutmacherin weiterhin Hüte her. Antosia versorgte tagsüber die Kinder, sodass Regina gut zu Hause arbeiten konnte. Die Hüte produzierte sie entweder auf Bestellung oder sie versuchte sie unter der Hand auf dem Schwarzmarkt zu verkaufen. Die Hüte waren auf jeden Fall eine wichtige Einnahmequelle.

Bei seinem täglichen Weg zur Arbeit bekam Dolek hautnah mit, wie die Deutschen mit den jüdischen Mitbürgern umgingen. Er sah, wie sie verspottet, angebrüllt und geschlagen wurden. Oft lagen Tote am Straßenrand oder auf dem Bürgersteig. Erschlagen. Erschossen. Irgendwann wird es auch uns so gehen, da war sich Dolek sicher. Er hatte panische Angst um seine Familie, vor allem um die Kinder.

Ein Schicksalsschlag holte Dolek und Regina ein.

Rozia Rosner

Halinka Rosner

Reginas Schwägerin Rozia und ihre Tochter Halinka wurden zu Hause abgeholt, irgendwohin in die Ukraine verschleppt und dort erschossen. Warum Halinka?, fragte sich Regina. Sie war doch noch ein Kind! Tränen liefen ihr über die Wangen, wenn sie an das Mädchen dachte. Halinka war nur wenig älter als ihre Tochter Niusia gewesen.

Nachdem sich abzeichnete, dass die Stadt mit der bisher gewählten Methode nicht judenfrei wurde, wurden vom Arbeitsamt Kennkarten eingeführt, auf denen vermerkt war, dass die Besitzer für notwendige Arbeiten in der Stadt bleiben durften. Ohne eine solche Kennkarte war man verpflichtet, die Stadt umgehend zu verlassen. Aber auch damit kamen die neuen Herren ihrem Ziel nicht näher. Die Menschen blieben einfach in ihren Wohnungen und Häusern.

SS-Gruppenführer* Otto Freiherr von Wächter, der für den Verwaltungsdistrikt Krakau zuständig war, setzte SS-Obersturmbannführer* Rudolf Pavlu* ein, der ab sofort die Aussiedlungsaktion betreiben sollte. Auf Pavlus Veranlassung hin wurde vom Judenrat eine Befragung unter der jüdischen Bevölkerung durchgeführt, um herauszufinden, wem noch weiter eine Arbeitserlaubnis erteilt werden könne und wer die Stadt zu verlassen habe. Handwerksberufe wurden für die Erteilung einer Arbeitserlaubnis bevorzugt.

Nur ein kleiner Teil der jüdischen Bevölkerung erhielt die begehrten Papiere. Alle anderen sollten die Stadt verlassen. Weil niemand freiwillig ging, führten die deutsche und polnische Polizei Ende November und Anfang Dezember 1940 Razzien durch. Die Folge war, dass 20.000 jüdische Bürgerinnen und Bürger die Stadt verlassen mussten. Im Januar und Februar 1941 wurden die »Säuberungsaktionen« fortgesetzt.

Doch schon im Frühjahr 1941 erklärte SS-Gruppenführer Wächter die gerade erst ausgestellten Arbeitsausweise für ungültig, denn die Zahl der Juden, die noch in der Stadt lebten, war in seinen Augen weiter zu hoch. Binnen kurzer Zeit mussten die Menschen neue Bescheinigungen beantragen. Strenge Kontrollen wurden durchgeführt. Alle, die keine entsprechenden Bescheinigungen hatten, mussten die Stadt wieder umgehend verlassen.

Die Menschen, die auf diese Weise vertrieben wurden, fanden an ihren Zufluchtsorten weder eine Unterkunft noch eine bezahlte Arbeit, um ihre Familie zu ernähren. Vor Ort wurden von jüdischen Behörden Hilfen für diese Menschen organisiert, die an den Zuständen, unter denen sie leben mussten, oft verzweifelten. Unterdrückung, Hunger, Krankheiten und mangelnden Wohnraum erlebten sie überall, wo sie hinkamen.

Schließlich wurde im März 1941 ein »jüdischer Wohnbezirk« in Krakau eingerichtet.

SS-Gruppenführer Otto Freiherr von Wächter befahl, im Stadtteil Podgórze so ein Gebiet zu schaffen. Die Bezeichnung »Ghetto« wurde bewusst vermieden, um keine Ängste in der Bevölkerung zu schüren. Die nicht jüdischen Bewohner in diesem Stadtteil mussten ihre Häuser und Wohnungen verlassen. 3.000 Menschen wurden aus dem Stadtteil ausgesiedelt, 15.000 sollten nun dort ihren Platz zum Wohnen finden. Doch nicht alle Bewohner von Podgórze verließen in der ihnen gesetzten Frist ihr Zuhause. Viele weigerten sich bis zum Schluss, einfach wegzugehen, war dies doch der Ort, an dem sie ihr bisheriges Leben verbracht hatten. Niemand wollte wahrhaben, dass die Anordnungen der Deutschen tatsächlich umgesetzt würden. In Versammlungen wurden Bittschreiben formuliert und von Delegationen den Behörden übergeben. Aber alle Proteste blieben erfolglos.

So kam es dazu, dass viele Bewohner am Ende überhastet ihre Wohnungen verlassen mussten. Auf Karren, offenen Last- oder Möbelwagen, die mit allem Hab und Gut beladen waren, zogen sie in die eine Richtung über die Weichsel, während ihnen die jüdischen Mitbürger, ebenfalls mit dem, was sie mitnehmen konnten, auf der Brücke entgegenkamen.

Die Razzia

Seitdem SS-Gruppenführer Otto Freiherr von Wächter am 3. März 1941 angekündigt hatte, im Krakauer Stadtteil Podgórze eine jüdische Wohnsiedlung einzurichten, rechnete die Familie Horowitz fest damit, bald ihre bisherige Wohnung verlassen zu müssen. Bis zum 20. März sollten alle jüdischen Bewohner Krakaus umgezogen sein, so stand es in dem Erlass.

»Podgórze ist ein kleiner Stadtteil«, sagte Dolek eines Abends, »da werden nicht alle eine passende Wohnung finden.« Er kannte die Gegend gut, weil seine Eltern dort lebten.

Abends, wenn Niusia im Bett lag, überlegten Dolek und Regina, was sie unbedingt mitnehmen sollten und worauf sie verzichten könnten. Sie hatten keinerlei Vorstellung von ihrer künftigen Wohnung. Nur eines wussten sie: Eine Wohnung wie diese würden sie dort nicht haben.

Nicht einmal einen Straßennamen hatten sie, wo ihr neues Zuhause sein sollte. Der Judenrat, hieß es, weise die Wohnungen zu.

Aber was bedeutete »jüdische Wohnsiedlung«? Sollte das eine vorübergehende Bleibe sein? Konnte man darunter nicht auch einen dauerhaften Wohnort für Juden verstehen? Etwas Festes, von wo man nicht mehr vertrieben wurde?

Das Ehepaar Horowitz war jedoch skeptisch. Schließlich bekamen sie täglich mit, wie ihre Glaubensbrüder und -schwestern von den Soldaten behandelt wurden. Nein, diese Bezeichnung war bestimmt nur ein schöner Scheinname.

»Nun ja«, sagte Regina, »Podgórze wird für uns sicher nur eine Zwischenstation sein, bevor man uns …« Sie wagte den Satz nicht zu Ende zu denken, geschweige denn zu sprechen. Sie musste die Vorstellungen aus ihrem Kopf vertreiben, um nicht in Depression zu verfallen. Denn sie brauchte all ihre Kraft, um in dieser unfassbaren Zeit für ihre Kinder da zu sein.

»Wir werden das gemeinsam durchstehen«, tröstete Dolek seine Frau und nahm sie in den Arm. »Irgendwann hat das alles bestimmt ein Ende.«

Regina nickte, obwohl sie das Ende nicht sah. Sie hatte das Gefühl, dass dies erst der Anfang von etwas war, dessen Ende man gar nicht absehen konnte.

Gemeinsam entschieden sie sich, nur die notwendigsten Dinge mitzunehmen: Kleidung, Nahrungsmittel, Dokumente, Fotos und etwas Geschirr.

Viel Zeit blieb ihnen nicht, in wenigen Tagen schon würden sie die Wohnung verlassen müssen. Obwohl Dolek und Regina Horowitz alles bereitgelegt hatten, blieb ihnen am Ende keine Möglichkeit mehr zum Einpacken.

In den frühen Morgenstunden des 20. März drangen SS-Männer in ihre Wohnung. Die lauten Schritte auf der Treppe, die sie auch in den Tagen und Wochen zuvor schon gehört hatten, ließen sie ahnen, was kam. Bislang waren sie verschont geblieben, bislang waren nur die Nachbarn unter und über ihnen abgeholt worden. Doch heute, da waren sie sicher, würden sie es sein, die abgeführt wurden. Kaum waren die Soldaten in der Wohnung, wurden laute Befehle gebrüllt, die das Ehepaar nicht verstand. Niusia rannte zu ihren Eltern. Wie angewurzelt stand sie zwischen den beiden, sah zu, wie die Soldaten die Fenster aufrissen und alles, was ihnen in die Hände fiel, rauswarfen.

Regina hatte eine Vorliebe für fliederfarbene Stoffe. Tücher, Schals, Tischdecken; selbst ein Teil ihrer Bettwäsche hatte diese Farbe. Achtlos griffen die Soldaten nach den Wäschestücken und warfen sie aus den Fenstern. Die sorgsam gefalteten Decken, die Bettlaken und -bezüge platschten unten auf den Bürgersteig, während die leichten Schals und Tücher, vom Wind gebauscht, noch ein Stück durch die Luft trieben, ehe sie kreisend auf der Straße landeten.

Regina wollte dazwischengehen, noch etwas von dem retten, was sie gerne mitgenommen hätte, doch ihr Mann hielt sie zurück. Die Soldaten waren bewaffnet und würden jeden Widerstand gegen ihre Aktion mit Schüssen quittieren.

Mit weit aufgerissenem Mund sah Niusia, wie einer der Soldaten ihre geliebte Puppe an einem Bein nahm und sie ebenfalls aus dem Fenster warf. Ihr einziges Spielzeug, ihre Erinnerung an Onkel Jerzy. Niusia war so entsetzt, dass sie nicht einmal weinen konnte.

Die ganze Aktion der SS-Männer dauerte nur wenige Minuten. Dolek und Regina mussten fassungslos zusehen, wie ihre Wohnung zertrümmert wurde. Der kleine Ryszard, der nichts verstand, fing an zu weinen.

Als in der ganzen Wohnung kein Stück mehr an seinem Platz stand, die Möbel zerbrochen auf dem Boden oder draußen auf der Straße lagen, brüllte einer der SS-Männer: »Raus! Raus! Schneller! Schneller!« Mit dem Gewehr im Anschlag machte er deutlich, dass sich die Familie beeilen solle.

Dawid und Regina griffen wahllos noch schnell nach ein paar Dingen und stopften sie in die Taschen, die sie bereitgelegt hatten. Auch draußen auf der Straße bückten sie sich nach ein paar Kleidungsstücken und Tüchern. Mehr hatten sie nicht mehr.

Mit ihrer wenigen Habe machten sie sich auf den Weg nach Podgórze.

Überall auf den Bürgersteigen lagen Koffer, Körbe und Taschen. Dazwischen rannten Menschen. Viele schrien vor Angst, weil Soldaten mit ihren Maschinengewehren nach ihnen schossen. Getroffen sackten sie zusammen. Regina versuchte, ihrer Tochter die Szenen zu ersparen, indem sie ihr die Augen zuhielt.

Doch Niusia bekam alles mit. Die Schreie. Die Schüsse. Den Aufprall der toten Körper auf der Straße und die deutschen Wörter. Sie verstand sie nicht, doch es ging etwas von ihnen aus, das sie in tiefe Angst versetzte. Alles geschah direkt um sie herum. Es gab kein Entrinnen. Sie drückte sich eng an ihre Mutter, wollte nichts sehen und hören, nur ihre Wärme spüren.

Aus den Fenstern einiger Wohnungen wurden Koffer und Möbelstücke auf die Straße geworfen. Regina und Niusia, Dawid und Ryszard mussten ständig den herabfallenden Gegenständen ausweichen. Mit schallendem Gelächter und einigen Warnschüssen beobachteten die Soldaten, wie die Bewohner die Flucht ergriffen. Manchmal griffen sie sich gezielt Männer heraus, schnitten ihnen die Bärte ab. Schließlich mussten die Männer vor ihnen hinknien und wurden mit einem Genickschuss ermordet.

Regina lief immer schneller. Sie konnte die Brutalität nicht mehr ertragen.

Ghetto Podgórze

Familie Horowitz war nicht allein auf dem Weg nach Podgórze. Während sie aber ihr Gepäck in Taschen trugen, waren andere Familien mit Handkarren oder Pferdewagen unterwegs, um die wenige Habe, die sie vor den Deutschen noch hatten retten können, zu ihrem neuen Wohnort zu bringen. Niemand von all diesen Menschen, die in langen Kolonnen über die Weichselbrücke liefen, hatte eine Vorstellung davon, wo sie unterkommen würden. Nur eines wussten sie: Sie mussten sich am Rynek Podgórski, dem Marktplatz von Podgórze, melden. Dort hatte der Judenrat ein paar Tische aufgestellt, um den Ankömmlingen die Adresse ihrer zukünftigen Bleibe zu nennen. Das war schwierig, denn es gab nicht genügend Wohnungen. Oft mussten sich mehrere Familien ein Zimmer teilen. Doch Familie Horowitz wusste noch nicht, was auf sie zukommen würde.

Auf dem ganzen Weg nach Podgórze waren sie von SS-Soldaten bewacht worden. Niemand durfte aus der Reihe ausscheren. Es bestand kein Zweifel: Die Soldaten würden sofort von ihren Schusswaffen Gebrauch machen. Beweise dafür sahen sie zur Genüge am Straßenrand liegen – Tote über Tote.

Drei, die mit ihnen in die gleiche Richtung laufen mussten, kannte Dolek. Es waren sein Schwager Hermann Rosner mit seiner Frau Manci und ihrem Sohn Olek. Auch sie hatten bis zuletzt in ihrer Wohnung ausgeharrt. Wo werden sie wohnen?, überlegte Dolek. Vielleicht auch bei seinen Eltern Sara und Szachne, so wie er es für sich und seine Familie erhoffte?

Dolek und Hermann blieben stehen und sahen sich an. Angst und Unsicherheit standen in ihren Gesichtern.

»Wir müssen weitergehen, sonst schießen sie«, sagte Hermann in gedämpftem Ton.

»Weißt du was von deinen Eltern und Geschwistern?«, wollte Dolek noch wissen. Hermann zuckte nur mit den Schultern.

Sie gingen weiter, damit sie nicht auffielen.

Jedem nicht jüdischen Bürger Krakaus war es untersagt, das Ghetto zu betreten. Niemand sollte mitbekommen, unter welchen Bedingungen die jüdische Bevölkerung in dem neuen Wohngebiet leben musste, und vor allem, was dort mit ihnen geschah. Das Ghetto lag zentral in der Stadt und trennte einige Stadtbezirke voneinander. Bis zur Errichtung des Ghettos war es kein Problem gewesen, von einem Bezirk in den andern zu gehen oder die Straßenbahn zu benutzen. Die Straßenbahn war zwar immer noch in Betrieb und fuhr auch weiter quer durch Podgórze, doch wurden für die

Dauer der Durchfahrt sämtliche Türen verriegelt. Und die Fenster der Bahnen waren auf dieser Strecke mit einer undurchsichtigen Folie überklebt, damit niemand nach draußen schauen konnte.

Unzählige Menschen gingen an diesem 20. März 1941 durch die Straßen und Gassen von Krakau, alle in Richtung der Weichselbrücke, die sie zu ihrem neuen Wohngebiet führte. Als Familie Horowitz endlich das Ghetto erreichte, stellten sie fest, dass vielen schon eine neue Wohnung zugewiesen wurde. Die Menschen trugen Möbel, Koffer und Taschen in Hauseingänge.

Andere reihten sich vor den Tischen des Judenrats auf und hofften darauf, eine passende Wohnung zugewiesen zu bekommen.

Dolek und seine Familie kamen nur langsam vorwärts. Mit Regina hatte er besprochen, dem Judenrat vorzuschlagen, bei seinen Eltern in der Limanowskiego-Straße zu wohnen. Seine Eltern hatten dort eine kleine Wohnung.

»Wir werden uns einschränken müssen«, meinte Dolek.

Regina nickte. Das schien ihnen allemal besser, als sich womöglich mit fremden Familien eine Wohnung zu teilen.

Der Judenrat stimmte dem Wunsch zu und sofort machten sie sich auf den Weg.

Niusia freute sich, als sie ihre Großeltern sah. Ein

Gefühl von Geborgenheit überkam sie nach all der Angst und Unsicherheit der letzten Tage und Wochen.

Manchmal traute sie sich sogar raus auf die Straße. Sie brauchte frische Luft und etwas Bewegung. Irgendwann lernte sie auch ein paar Mädchen kennen, die schon etwas älter waren. Gemeinsam streiften sie durch das Ghetto.

Die Erwachsenen plagten offenbar große Sorgen. Sie scherzten nicht mehr mit ihr wie früher, sie lachten nicht, freuten sich nicht, wenn sie ihre Nähe suchte. Meist saßen sie mit ernsten Gesichtern am Tisch und redeten miteinander. Niusia verstand nicht, worum es dabei ging. Sie sah nur, dass Mama und Oma manchmal den Kopf schüttelten oder ihnen Tränen über die Wangen liefen.

»Was wird aus uns werden?« Diese Frage stellte Regina immer wieder.

Auch Dolek und seinem Vater waren die Angst und Verzweiflung deutlich anzumerken. Sie sahen keine Chance, die Stadt oder das Land zu verlassen, um sich in Sicherheit zu bringen. Die Deutschen hatten sie eingekesselt, an Flucht in ein Nachbarland war nicht zu denken. Selbst das Ghetto wurde dichtgemacht. Stacheldraht und eine hohe Mauer, die von den jüdischen Bewohnern selbst errichtet werden musste, schotteten sie von der Außenwelt ab. Die Mauer musste, so die Anweisung der Deutschen, die Form von jüdischen Grabsteinen haben.

Teil der Ghetto-Mauer Krakau, die von den jüdischen Bewohnern gebaut werden musste. Der obere Teil musste abgerundet sein und bekam so die Form jüdischer Grabsteine.

Die Juden waren isoliert, Kontakte zu früheren Freunden außerhalb des Ghettos waren unmöglich. Doch es kam noch schlimmer.

Ihre vorläufig sicher geglaubte Bleibe bei Doleks Eltern war nur von kurzer Dauer. Sie mussten umziehen in eine Wohnung am Rynek Podgórski, Hausnummer 1, die der Judenrat ihnen nun zuteilte. Proteste von Dolek blieben wirkungslos. Den Grund für die Verlegung konnte er nur ahnen. Einerseits sah er es als reine Schikane der Deutschen, da auch andere Menschen ständig innerhalb des Ghettos umziehen mussten. Andererseits hieß es, weitere jüdische Bürger müssten untergebracht werden.

Die Familie Horowitz ahnte nicht, was auf sie zukommen würde, als man ihnen mitteilte, es sei eine Zweizimmerwohnung. Sie betraten das Haus und suchten nach der Eingangstür zu der Wohnung, die man ihnen genannt hatte.

Dolek klopfte vorsichtig, da er hinter der Tür Stimmen hörte. Weil niemand reagierte, öffnete er die Tür und blieb schockiert stehen. Das ganze Zimmer war voller Menschen.

Dolek sagte, man habe ihm und seiner Familie die Wohnung zugewiesen.

Einige Bewohner zeigten ein müdes Lächeln, und einer von ihnen meinte: »Schau dich im nächsten Zimmer um, das ist noch nicht so voll, dort findet ihr sicher noch einen Platz.«

Dolek zwängte sich mit Frau und Kindern durch den überfüllten Raum, öffnete die Tür zum nächsten Zimmer und blieb kopfschüttelnd stehen. Auch dort saßen schon viele auf dem Fußboden, auf Kisten oder Hockern. Er zählte sie durch. Es waren tatsächlich ein paar weniger als im ersten Raum.

»Wie sollen wir hier leben?«, fragte Regina, als sie sich umgeschaut hatte. »Es gibt nicht einmal genügend Platz zum Schlafen. Und die Kinder! Wir können sie doch hier nicht einsperren! Es sind Kinder, die brauchen Bewegung!«

»Sich beschweren ist zwecklos«, sagte einer der Bewohner. »Entweder ihr bleibt oder ihr müsst es euch auf der Straße bequem machen.«

Tatsächlich fanden bei Weitem nicht alle Menschen, die man in das Viertel getrieben hatte, eine Wohnung. Viele suchten notdürftig Schutz in Hauseingängen, Schuppen oder unter irgendwelchen Überdachungen. Selbst auf der Straße ließen sich einige nieder und hofften darauf, dass ihnen der Judenrat bald etwas zuweisen würde. An manchen Stellen saßen Hunderte auf der Straße, ohne jeglichen Schutz.

Mit der Aussicht, als Alternative im Freien schlafen zu müssen, entschieden sich Dolek und Regina schließlich doch, in dem Zimmer einen Platz zu ergattern. Sie schauten sich um, wo sie sich mit ihren Kindern niederlassen könnten. Sie baten den einen oder andern, ein kleines Stück zur Seite zu rücken, damit die ganze Familie nebeneinandersitzen konnte. Doch keiner der Angesprochenen tat es, jeder verteidigte seinen Platz und gab keinen Zentimeter frei. So mussten sie sich an getrennten Stellen niederhocken, Dolek zusammen mit Ryszard, Regina zusammen mit Niusia schräg gegenüber an der Wand. Lethargie und die Körperausdünstungen der Bewohner hatten sich im Raum breitgemacht. Niemand sagte etwas, alle saßen, dick in ihre Jacken oder Mäntel gepackt, und starrten vor sich hin.

Dolek war froh, dass er und Regina eine Arbeit hatten. So konnten sie, mit der entsprechenden Arbeitserlaubnis, morgens das Ghetto verlassen und nach Feierabend wieder zurückkommen. Doch was sollten sie mit den Kindern machen? Konnten sie sie den ganzen Tag allein in dem Zimmer lassen? Dolek musste sich etwas überlegen.

»Gibt es hier in der Wohnung so etwas wie eine Küche, in der man kochen kann?«, fragte Regina in die Runde.

»Wenn du noch etwas zum Kochen hast, kannst du den Herd in der Küche benutzen«, bekam sie zur Antwort. »Pass aber auf, dass nichts wegkommt! Hier haben alle Hunger und Hunger kennt keine Moral. Wenn jemand etwas Essbares findet, nimmt er es.«

»Wir haben alle Hunger«, sagte ein älterer Mann, der offensichtlich keine Zähne mehr hatte, »man muss sich an der Volksküche anstellen und hoffen, noch etwas zu kriegen. Die Lebensmittel sind sehr knapp und die Suppenteller werden nicht immer voll.«

Die Tatsache, dass Dolek und Regina arbeiten konnten, war ein Grund zur Freude, konnten sie so doch etwas Geld verdienen, um ein paar Lebensmittel zu organisieren. Ob es reichen würde, jeden Tag satt zu werden, hing nicht allein von der Höhe ihres Verdienstes ab, sondern auch davon, ob es überhaupt Lebensmittel gab, und von der Frage, ob ihnen der Lohn wirklich ausbezahlt wurde.

Dolek und Regina beschlossen, den Rest des Tages

mit ihren Kindern rauszugehen. Sie hatten noch etwas Geld und wollten sehen, ob und wo sie noch ein paar Lebensmittel auf dem Schwarzmarkt auftreiben könnten.

Der Anblick, der sich ihnen bot, ließ sie erschauern. Kinder, Kranke, alte Menschen, Männer und Frauen jeglichen Alters lagen, in Decken und Lumpen gewickelt, auf den Bürgersteigen. Ihre eingefallenen Wangen zeugten davon, dass sie lange nichts mehr gegessen hatten. Kraftlos kauerten sie da, selbst zum Betteln schienen sie zu schwach zu sein. Oder sie hatten die Hoffnung aufgegeben, von denen, die hier leben und überleben mussten, etwas zu bekommen. Bei manchen wusste man nicht mal mehr, ob sie womöglich schon tot waren.

Für Niusia war dieser Anblick kaum zu ertragen. Doch immer wieder musste sie mit weit aufgerissenen Augen zu den Menschen hinschauen. Sie war noch zu jung, um das Leben im Ghetto zu verstehen, aber es machte ihr Angst, große Angst, die sie nachts bis in ihre Träume verfolgte.

An diesem Tag konnten sie nichts mehr besorgen. Zu viele Menschen waren unterwegs auf der Suche nach etwas Essbarem. Das Ghetto war überfüllt und täglich wurden mehr Vertriebene eingepfercht.

An einem anderen Tag, als sie im Ghetto unterwegs waren, erlebten sie eine noch schrecklichere Szene:

Eine Gruppe von SS-Soldaten schoss wahllos um sich. Die Soldaten nannten das »Sport mit Juden«. Dabei wurde auf die, die sich vor den Schüssen retten wollten, gezielt gefeuert. Wenn jemand getroffen wurde, lachten die Soldaten und schlugen sich gegenseitig auf die Schultern. Es war wie bei einer Treibjagd, nur dass hier auf Menschen geschossen wurde.

Angewidert drehten Dolek und Regina mit ihren Kindern um und gingen in eine andere Richtung.

Meist kehrten sie hungrig in die Wohnung zurück, hungrig legten sie sich auf den blanken Fußboden und versuchten zu schlafen. Nicht nur ihr Hunger, sondern auch die Geräusche der Mitbewohner und die Kälte im Raum ließen sie immer wieder aufwachen.

Doch irgendwann wurde es hell, ein neuer Tag brach an, und mit etwas Glück würden sie irgendwo einen Tee oder einen Kaffee trinken können und vielleicht auch etwas zu essen finden.

Dolek und Regina mussten Kontakt aufnehmen zu Menschen, die Lebensmittel von außen ins Ghetto schmuggelten. Es war nicht einfach, sie mussten vorsichtig sein. Auf Schmuggel stand die Todesstrafe. Trotzdem schafften die Leute es, Kartoffeln, Mehl, manchmal sogar Brot ins Ghetto zu bringen. Dafür gruben sie unter der Ghettomauer schmale Gänge zum Durchkriechen. Gelegentlich gelang es auch Ghettobewohnern, die außerhalb arbeiten mussten, unbemerkt etwas durch den offiziellen Eingang zu schmuggeln.

Das Leben im Ghetto hatte zwei Seiten. Es gab die täglichen Schikanen der SS-Soldaten, es gab Hunger, vielerorts lagen Tote am Straßenrand, und Menschen wurden abgeholt und in andere Lager gebracht. Auschwitz war nur *ein* Ziel solcher Deportationen*.

Auf der anderen Seite entwickelte sich aber auch so etwas wie ein normales Leben im Ghetto. Geschäfte wurden eröffnet, Menschen gingen zur Arbeit, man traf sich in Cafés und Restaurants, es gab Kino- und Theatervorstellungen. Viele Menschen hofften, trotz all des Grauens, dass das Ganze bald ein Ende haben würde. Besonders junge Menschen, die ihr Leben noch vor sich zu haben glaubten, wollten in dieser schweren Zeit Vergnügungen nachgehen. Kabarett- und Tanzveranstaltungen boten ihnen eine willkommene Abwechslung. Auch die jüdischen Feiertage wurden von den Familien begangen.

Einen Rest Hoffnung hatten sich viele Menschen bewahrt, nicht ahnend, welche Pläne die Deutschen tatsächlich noch mit ihnen hatten.

Rückkehr nach Krakau

Generalgouverneur Hans Frank hatte in einem Erlass verfügt, dass nicht nur die Juden aus der Stadt Krakau, sondern auch die aus dem gesamten Umland im Ghetto Podgórze leben sollten. Gouverneur Otto Freiherr von Wächter sorgte mit entsprechenden Veröffentlichungen dafür, dass der Erlass bis ins letzte Dorf bekannt wurde. Es wurden Sanktionen angedroht, wenn man den Aufforderungen nicht nachkomme oder man sich bei Polen verstecke. Sowohl den Juden als auch Polen, die den Verfolgten Unterschlupf gewährten, drohe die Todesstrafe.

Familie Rosner war also gezwungen, ihren neuen Wohnort in Tyniec zu verlassen, wo sie sich in den letzten Monaten halbwegs eingerichtet hatte und in der Umgebung mit ihrer Musik den Lebensunterhalt verdienen konnte. Mit gemischten Gefühlen kehrten sie nach Krakau zurück. Über Jahrzehnte war es ihre Heimatstadt gewesen. Und nun?

Poldek war entsetzt über das, was er sah, als sie durch die Straßen liefen. Überall an Litfaßsäulen und Hauswänden klebten Plakate in deutscher und polnischer Sprache mit folgendem Inhalt:

1. *Alle Juden aus Krakau müssen registriert werden.*
2. *Alle jüdischen Bankkonten sind gesperrt!*
3. *Alle jüdischen Kulturstätten sind geschlossen!*
4. *Gebetsveranstaltungen in Privathäusern sind für Juden verboten!*
5. *Einnahmen aus Vermietungen und Verpachtungen sind für Juden verboten!*
6. *Jüdische Geschäfte müssen als solche gekennzeichnet sein!*
7. *Eine weiße Armbinde mit einem blauen Davidstern ist für Juden am rechten Arm zu tragen!*
8. *Jüdische Grundschulen sind geschlossen!*
9. *Bahnfahren ist für Juden verboten!*
10. *Das Betreten von Restaurants und das Arbeiten in Restaurants ist für Juden verboten!*
11. *Das Betreten von Parks ist für Juden verboten!*
12. *Auf einer Bank sitzen ist für Juden verboten!*
13. *Das Betreten bestimmter Straßen ist für Juden verboten!*
14. *Jüdische Ärzte dürfen nicht mehr praktizieren!*
15. *Jüdische Rechtsanwälte dürfen nicht mehr praktizieren!*

Poldek schüttelte den Kopf, als er all das gelesen hatte. Was bisher selbstverständlich gewesen war, worüber man sich nie hatte Gedanken machen müssen, war mit einem Mal verboten. Für einen Moment blieb er vor einem der Plakate stehen. Er konnte es einfach nicht begreifen.

»Wir müssen weiter«, sagte sein Vater und zog ihn am Ärmel. »Die SS-Soldaten stehen bestimmt nicht zum Spaß hier herum. Die schießen, wenn jemand aus der Reihe tanzt.«

Ihr Ziel war das Ghetto im Stadtteil Podgórze. Der Judenrat, bei dem sie sich meldeten, wies ihnen ihre neue Unterkunft zu.

Poldek und seinem Bruder Hermann wurde ein Zimmer zugewiesen, in dem schon zwei Familien mit kleinen Kindern wohnten. Auch das Nachbarzimmer war mit Männern, Frauen und Kindern überfüllt. In der kleinen Kochküche mussten die Frauen sich absprechen, wer wann für wen etwas kochte, denn es gab nur eine Herdstelle.

Poldeks Eltern Henryk und Franziska wurde ein anderes Zimmer zugewiesen. Die beiden Söhne machten sich Sorgen um sie, denn sie waren alt, und beide hatten keinen Beruf, der im Ghetto oder außerhalb dringend benötigt wurde. Henryk war »nur« Musiker und auch Franziska hatte keinen Beruf erlernt. Sie war Hausfrau und Mutter von neun Kindern.

Doch zumindest vorerst, so schien es, bestand kein Anlass zur Sorge, dass sie deportiert werden könnten. Das Ehepaar hatte herausgefunden, dass auch ihre Tochter Regina mit ihrem Mann und den beiden Kindern in Podgórze waren, und Hermann mit seiner Frau Manci und dem kleinen Olek lebten ebenfalls hier. Sie nahmen Kontakt zu ihnen auf und boten ihre Unterstützung an.

Regina war sehr dankbar dafür.

»Dolek und ich müssen jeden Tag außerhalb des Ghettos zur Arbeit im Krakauer Luftgau*, und wir brauchen jemanden, der sich in dieser Zeit um Ryszard kümmert.«

»Und was ist mit Niusia?«, fragte Henryk. »Soll die etwa allein bleiben?«

»Nein«, antwortete Regina, »Niusia hat eine Arbeitserlaubnis, sie muss die Straße fegen. Das ist in den Augen der Deutschen eine reichsnützliche Arbeit. Ich habe sie einfach etwas älter gemacht, damit sie die Stelle bekommen konnte.«

Henryk nickte.

Auch Olek brauchte jemanden, der tagsüber für ihn da war. Die Großeltern waren dankbar, dass sie sich um die Kinder kümmern konnten. So kamen sie sich nicht vollkommen nutzlos vor. Sie freuten sich, nun oft mit ihren Enkeln zusammen zu sein, auch wenn die Umstände schwer waren.

Poldek und sein Bruder Hermann suchten sich selbst eine Arbeit. Sie streiften durch das Ghetto, sahen, dass Cafés und auch ein paar Bars geöffnet waren, und fragten, ob sie Musik machen dürften. Ihre Instrumente hatten sie stets dabei, denn die wollten sie nicht unbewacht in der überfüllten Wohnung zurücklassen.

Ein kleines Café bot ihnen die Möglichkeit aufzutreten. Abends drängten sich die Menschen in den Raum, hörten begeistert zu, tanzten, lachten und waren fröhlich. Die Musik war eine willkommene Abwechslung in ihrem Alltag, der von Leid, Hunger und Tod geprägt war. Hier konnten sie, zumindest für ein paar Stunden, ihren Kummer vergessen.

Die beiden Musiker mussten aber auch für Symche Spira*, den Chef des jüdischen Ordnungsdienstes im Ghetto, spielen. Dieser Ordnungsdienst war im Ghetto sehr unbeliebt, und die Menschen begegneten Spira mit größter Vorsicht, denn er arbeitete sehr eng mit der Besatzungsmacht zusammen. Er demonstrierte damit seine Macht gegenüber den beiden Musikern, so wie er es auch bei anderen jüdischen Bewohnern im Ghetto tat. Willkürlich befahl er den Leuten, seine Schuhe zu putzen, die Bürgersteige zu säubern, damit er sie ungehindert benutzen konnte, oder er verlangte von einer Gruppe, dass sie sich nebeneinander aufstellen sollte, um dann mit erhobenem Haupt an ihnen vorbeizuschreiten und den Menschen auf diese Weise Angst einzuflößen.

Spira wusste auch bald, dass Poldek und sein Bruder in einem Café Musik machten. Regelmäßig ließ er sich die Titellisten zur Genehmigung vorlegen. Oft strich er dann Lieder aus dem Programm und begründete sein Vorgehen mit dem Argument, dass die Deutschen diese Musik ablehnen würden. Als Poldek fragte, ob er denn mit den Deutschen darüber geredet habe, merkte Spira nur an, er wisse, was erlaubt sei und was nicht.

Eines Tages veränderte sich Poldeks Leben.

Wie fast jeden Abend spielten sie, hatten gute Laune und freuten sich, dass ihr Publikum mit der Musik mitging. Dann sah er sie plötzlich. Bislang war sie ihm nie aufgefallen oder sie war an diesem Abend zum ersten Mal da. Er wusste es nicht. Die junge Frau, die vor der Bühne tanzte und ihn dabei unentwegt anschaute, gefiel ihm auf den ersten Blick. Er musste sie unbedingt kennenlernen.

In einer Pause ging er auf sie zu, suchte nach Worten und stotterte schließlich etwas zusammen, was sie zu einem Lächeln veranlasste.

»Ich bin Leopold, das heißt ich bin Poldek«, brachte er schließlich heraus. »Ich … mein Bruder und ich machen hier jeden Abend Musik.«

»Sehr gute Musik, wie ich finde«, sagte die junge Frau und lächelte ihn weiter an.

»Waren Sie schon öfter hier?«, wollte Poldek wissen. »Ich hab Sie noch nie gesehen.«

»Nein, ich bin heute zum ersten Mal da, aber ich werde wiederkommen. Die Musik gefällt mir, die Atmosphäre gefällt mir, und es gibt hier nette Menschen.«

Jetzt wäre es an Poldek gewesen, etwas zu sagen, doch er brachte kein Wort heraus.

»Spielt ihr noch lange?«, fragte die junge Frau.

»Ja … nein … ich weiß noch nicht«, stotterte er. »Ist das wichtig?«

»Vielleicht können wir hinterher noch was trinken und uns unterhalten«, schlug sie vor.

Poldek wusste nicht, wie ihm geschah. Er nahm ihre Hand und küsste sie. »Sehr gerne«, sagte er, schwebte förmlich auf die Bühne zurück und spielte mit seinem Bruder weiter. Weil er ein guter Pianist war, musste er nicht ununterbrochen auf die Noten oder die Tasten schauen, sein Blick war die ganze Zeit nur bei der jungen Frau.

Als die beiden Musiker ihr Programm beendet hatten, saßen Poldek und sie noch lange zusammen. Er erfuhr, dass sie Helen hieß, und seit diesem Abend trafen sie sich täglich. Für Poldek konnte die Zeit nicht schnell genug vorbeigehen, bis er sie wiedersah.

Auch Helen freute sich, Poldek so oft zu treffen. Mein Poldek, sagte sie in Gedanken, denn sie musste sich eingestehen, dass sie in ihn verliebt war. Allein schon, wenn sie an ihn dachte, überkam sie ein wunderbar warmes Gefühl. In all dem Grauen um sie herum fühlte sie sich durch ihn gestärkt.

Aktion Reinhardt

Am 16. Juli 1941 wurde im Rahmen einer Konferenz, die von SS-Obergruppenführer* Reinhard Heydrich geleitet wurde, ein weitreichender Beschluss gefasst, der unter dem Namen »Aktion Reinhardt«* in die Geschichte einging. Bei diesem Treffen in der Wolfsschanze* wurde festgelegt, dass sämtliche Juden sowie alle Sinti und Roma in den von den Deutschen besetzten Gebieten ermordet werden sollten. Wenige Wochen später erteilte Reichsmarschall* Hermann Göring* Reinhard Heydrich die Vollmacht, alle Vorbereitungen für eine Gesamtlösung der Judenfrage in Deutschland zu treffen. Heydrich sollte die organisatorischen, technischen und finanziellen Maßnahmen zur Ermordung sämtlicher Juden in Europa einleiten. Auch der Leiter des Konzentrationslagers Auschwitz, Rudolf Höß*, wurde darüber informiert, dass Reichskanzler Adolf Hitler* die »Endlösung« der Judenfrage befohlen habe. Höß werde, wie andere Lagerleiter, in die Umsetzung dieses Befehls eingebunden. Zu dieser Grundsatzentscheidung wurde bei der für den 20. Januar 1942 einberufenen Wannseekonferenz* die organisatorische Durchführung der Judenermordung beschlossen. An dieser Versammlung nahmen fünfzehn hochrangige Vertreter der Regierung und der SS-Behörden teil. Als einziger Punkt stand die »Endlösung der Judenfrage« auf der Tagesordnung. Adolf Eichmann* führte das Protokoll.

Der Stellvertreter von Generalgouverneur Hans Frank, Staatssekretär Dr. Josef Bühler*, forderte in seiner Rede vor dem Gremium, mit dieser Endlösung im Generalgouvernement Krakau zu beginnen. Er begründete seine Forderung damit, dass der Jude als Seuchenträger eine große Gefahr für die übrige Bevölkerung darstelle. Hintergrund dieser Behauptung war, dass es in den eingerichteten Ghettos tatsächlich Krankheiten gab, die sich rasch ausbreiteten. Die Gründe dafür waren allerdings das erzwungene enge Zusammenleben der Menschen sowie die unzureichende medizinische Versorgung. Nachdem die organisatorischen Fragen zur Ermordung der Juden geklärt waren, beauftragte Heinrich Himmler*, Reichsführer der SS, den in Lublin* ansässigen SS- und Polizeiführer Odilo Globocnik* mit der praktischen Durchführung der Aktion. Die Ermordung der Juden sollte zunächst in drei Vernichtungslagern stattfinden: Belzec, Sobibor* und Treblinka*. Diese Lager wurden als logistisch vorteilhaft beschrieben, da sie einerseits in ländlichen Gebieten und andererseits in der Nähe von Eisenbahnlinien lagen.

Globocnik schien Himmler deswegen der geeignete

Mann für die Durchführung, da er Monate zuvor den Auftrag zum Bau des Vernichtungslagers Belzec erhalten und den Plan realisiert hatte, das Lager mit Gaskammern zu versehen, um auf diese Weise eine größere Anzahl von Juden töten zu können.

Die Umsetzung der Pläne zur Vernichtung der Juden im Generalgouvernement Krakau hatte unmittelbare Auswirkungen auf das Ghetto in der Stadt.

Für die ohnehin schon unter schlimmsten Bedingungen lebenden Menschen dort gab es ständig neue Einschränkungen, wodurch sich Armut, Hunger und Krankheiten noch schneller ausbreiteten.

Generalgouverneur Frank erließ eine Verordnung, nach der jeder Jude mit dem Tode bestraft wurde, der sich ohne Erlaubnis außerhalb des Ghettos aufhielt. Da nur einem sehr begrenzten Teil der Bewohner Passierscheine ausgestellt wurden, gab es durch den Erlass im Ghetto weniger Lebensmittel, die außerhalb organisiert und hereingebracht werden konnten. Deshalb rechneten die deutschen Behörden damit, dass Bewohner das Ghetto auf illegale Weise verlassen würden. Und in der Tat wurden vermehrt geheime Gänge durch das Erdreich unter der Ghettomauer gegraben, um dem Mangel abzuhelfen.

Mit der neuen frankschen Verordnung hatte die SS aber eine perfekte Handhabe, gegen diese Menschen vorzugehen.

Gleichzeitig drohte man der polnischen Bevölkerung mit Todesstrafe, wenn sie Juden versteckte.

Überall in der Stadt hingen Plakate mit folgendem Wortlaut:

Bekanntmachung
Betrifft: Beherbergung von geflüchteten Juden

Es besteht Anlass zu folgendem Hinweis: Gemäß der 3. Verordnung über Aufenthaltsbeschränkungen im Generalgouvernement vom 15.10.1941 unterliegen Juden, die den jüdischen Wohnbezirk unbefugt verlassen, der Todesstrafe.

Gemäß der gleichen Verordnung unterliegen Personen, die solchen Juden wissentlich Unterschlupf gewähren, Beköstigung verabfolgen oder Nahrungsmittel verkaufen, ebenfalls der Todesstrafe.

Die nichtjüdische Bevölkerung wird daher dringend gewarnt:
Juden Unterschlupf zu gewähren
Juden Beköstigung zu verabfolgen
Juden Nahrungsmittel zu verkaufen.
Der Stadthauptmann

Die Wohnsituation im Ghetto spitzte sich immer weiter zu. Obwohl der Judenrat bei der zuständigen Verwaltung protestierte, es sei kein Platz mehr vorhanden, bestanden die deutschen Besatzer darauf, alle Juden aufzunehmen. Fünfzehn Menschen, manchmal auch mehr, wurden in einen Raum gepfercht. Immer mehr Menschen lebten zwangsläufig auf der Straße.

Auch in die Wohnung, in der Familie Horowitz untergebracht war, wurden weitere Menschen einquartiert. Das einzige Bett im Raum musste für zwölf Personen herhalten.

Schließlich setzten die Maßnahmen ein, die man auf der Wannseekonferenz beschlossen hatte.

In den ersten Märztagen 1942 begannen die systematischen Deportationen. Die Besatzer forderten den Judenrat auf, eine Liste der Menschen zusammenzustellen, die nicht arbeitsfähig seien. Dazu gehörten insbesondere Alte und Kinder. Die Deutschen versprachen, sie in ein Lager in der Ukraine zu bringen. Dort seien die Lebensbedingungen wesentlich besser als hier im Ghetto.

Die Anweisung an den Judenrat erging am späten Abend und sollte unverzüglich ausgeführt werden. Das bedeutete, dass die Mitglieder des Rats und die jüdische Polizei, die für diese Aktion mit herangezogen wurde, nachts in die Wohnungen eindringen mussten, um die Personen aus den Betten zu holen und zum Marktplatz zu bringen. Den Kindern und Alten blieb kaum Zeit, etwas zusammenzupacken.

Voller Angst, weinend und schreiend standen sie mit ihrer wenigen Habe auf dem Platz, umstellt von der deutschen und jüdischen Polizei. Weder die Betroffenen noch deren Angehörige, die ihnen zu Hilfe gekommen waren, wussten, was mit ihnen passieren würde. Eltern, die zu ihren weinenden Kindern vordringen wollten, Angehörige, die den alten Menschen noch etwas mitzugeben versuchten, wurden von den Polizisten vertrieben.

Zwei Menschen, die bei diesem Transport mit deportiert wurden, waren Niusias Großeltern, Henryk und Franziska Rosner. Bei dieser ersten der großen Deportationen wurden sie zusammen mit Hunderten weiterer Juden aus dem Ghetto in Zugwaggons gepfercht und nach Belzec gebracht. Dort angekommen, erzählte man ihnen, sie seien in einem Zwischenlager. Nach dem Duschen bekämen sie frische Kleidung und der Transport werde weitergehen in ein Arbeitslager, in dem sie untergebracht würden. Keiner der Menschen, die in diesen angeblichen Duschraum geführt wurden, kam lebend wieder heraus. Der Transport war der Beginn einer systematischen Massenermordung im Lager Belzec, das man einzig für diesen Zweck gebaut hatte.

In den darauffolgenden Wochen fanden weitere Selektionen statt, bei denen alle, die entweder keine Arbeitsberechtigung oder keine kriegswichtige Arbeit nachweisen konnten, in Vernichtungslager deportiert wurden.

Bis Anfang Juni fuhren weitere Züge mit bis zu 6.000 Menschen nach Belzec. Die, die sich gegen ihre Verlegung zur Wehr setzten, wurden noch im Ghetto erschossen. Rund 600 Tote mussten von den Ghettobewohnern beigesetzt werden.

Dolek und Regina Horowitz hatten große Angst um ihre Kinder. Sie waren eben »nur« Kinder und in den Augen der Nazis nicht für kriegswichtige Arbeitseinsätze geeignet, obwohl Niusia eine offizielle Arbeitserlaubnis hatte und jeden Tag die Straßen fegte. Doch für Ryszard war nach dem Abtransport der Großeltern niemand mehr da, der tagsüber auf ihn aufpasste. Und auch Olek hatte niemanden mehr.

Dolek und Regina überlegten mit Hermann und Manci, wie sie ihre Kinder vor dem Zugriff der SS schützen könnten. Es gab eine Möglichkeit, die allerdings sehr riskant war. Außerhalb des Ghettos, in der Gertrudy-Straße, wohnte ein Bekannter aus früheren Jahren. Er war zwar kein Jude, sondern ein katholischer Krakauer Bürger. Sein Familienname »Neumann« war für die deutsche Besatzung unauffällig. Aus ihrer Erinnerung schätzten Dolek und Regina, aber auch Hermann und Manci ihn als sehr zuverlässig ein.

Zu ihm mussten sie Kontakt aufnehmen und ihn bitten, die Kinder wegzubringen. Ein sicherer Ort könnte bei seinem Bruder Mundek in Bochnia* sein. Für Niusia, Ryszard und ihren Neffen Olek schien Bochnia sicherer als das Krakauer Ghetto.

Mit gültigem Passierschein in der Tasche machte

sich Dolek an einem Tag Anfang Oktober auf den Weg in die Gertrudy-Straße. Wie sich die Stadt in der kurzen Zeit seit der Eroberung durch die deutsche Wehrmacht verändert hatte! Gut gekleidete Deutsche, die mittlerweile in der Stadt wohnten, aber auch Polen flanierten durch die Straßen, es gab Geschäfte, die zum Einkaufen einluden, Cafés, Gaststätten und Hotels waren geöffnet. Es schien an nichts zu fehlen. Nur die vielen SS-Männer störten nach seinem Empfinden das Straßenbild. Sie waren unterwegs, kontrollierten Ausweise oder Passierscheine.

Einmal bekam Dolek mit, wie Männer aus einem Lokal gezerrt wurden. Die Polizisten schlugen mit Knüppeln und Gewehren auf sie ein und verfrachteten sie in ein bereitstehendes Militärfahrzeug, mit dem sie abtransportiert wurden.

Dolek war froh, als er endlich die Gertrudy-Straße erreichte. Den Bekannten, Herrn Neumann, musste er nicht lange überreden, die Kinder in Sicherheit zu bringen. Sie sollten zu ihrem Onkel Edmund, auch Mundek genannt, nach Bochnia*.

Noch bevor Ende Oktober 1942 im Ghetto die nächste große Räumungsaktion stattfand, bei der 7.000 Bewohner nach Auschwitz und Belzec deportiert wurden, waren alle drei Kinder in Sicherheit.

Ghetto Bochnia

Dolek und Regina Horowitz, aber auch Hermann und Manci Rosner gingen davon aus, dass die Kinder bei Mundek und seiner Frau Roma in Sicherheit waren. Besonders Regina beruhigte sich damit, dass Mundek im jüdischen Ordnungsdienst war und von daher einen guten Überblick über mögliche Gefahren für die Kinder rechtzeitig sehen würde.

Doch auch das Ghetto in Bochnia war ein Ort voller Gefahren. Die beiden Familien hatten gehört, dass dort die gleichen Gesetze und Verordnungen galten wie im Ghetto in Krakau, denn auch diese Stadt gehörte zu dem Generalgouvernement, über das Hans Frank mit eiserner Hand herrschte. Auch in Bochnia gab es die Todesstrafe für alle, die ohne gültige Erlaubnis das Ghettogebiet verließen. 300 jüdische Bürger waren schon dingfest gemacht und auf dem dortigen jüdischen Friedhof erschossen worden.

Dolek schüttelte den Kopf, als er davon erfuhr. Er dachte an seine Kinder und an Olek. Hoffentlich bekommen sie von den Exekutionen nichts mit, wünschte er sich.

Ständig fanden in Bochnia Razzien statt. Mundek

konnte nur zuschauen, mit welch brutaler Gewalt die Deutschen gegen die Bewohner vorgingen. Entweder waren fehlende Arbeitserlaubnisse der Grund, sie zu schlagen, zu verhaften und anschließend in Arbeitslager zu stecken beziehungsweise direkt in das Vernichtungslager in Auschwitz zu schicken. Oder die Deutschen erfanden einen Anlass, die Menschen zu demütigen.

Der Fantasie an Grausamkeiten waren offenbar keine Grenzen gesetzt. Eines Tages wurden all jene Bewohner aus dem Ghetto zusammengetrieben, die keine gültige Arbeitserlaubnis hatten. Sie sollten deportiert werden. Da die Zahl in den Augen der SS-Männer zu gering war, befahlen sie den jüdischen Polizisten, die im Ghetto arbeiten mussten, ihre Eltern, Frauen und Kinder zu holen, um sich zu der Gruppe dazuzustellen. Weil sie sich weigerten, wurde eine Durchsuchung angeordnet, bei der 600 Menschen, vorwiegend Alte und Kranke, aber auch Kinder, erschossen wurden.

Eine Gruppe von 400 Menschen hatte sich an dem vorgeschriebenen Sammelplatz eingefunden. Mit Lastwagen wurden sie abtransportiert und in einem nahe gelegenen Dorf vor einer Grube, die man eigens dafür ausgehoben hatte, erschossen.

Besonders nach solchen Willküraktionen verstärkte sich bei Mundek und Roma die Angst. Wie lange würden sie die Kinder noch schützen können? Die Angst machte aber auch vor den Kindern nicht halt. Sie spürten genau, in welcher Anspannung Onkel Mundek und Tante Roma tagtäglich lebten. Dazu kamen die Aufforderungen, sich nicht unerlaubt draußen auf der Straße aufzuhalten oder leise zu sein und sich zu verstecken. Solche Aufforderungen gab es häufig und oft mussten die Kinder über Stunden in ihrem Versteck bleiben. Mit all ihrer Angst und ohne die Eltern saßen sie allein in irgendwelchen dunklen Schlupflöchern.

Der 10. November 1942 war ein Tag, der sich tief in Mundeks Gedächtnis eingrub. Bei einer neuerlichen Aktion zogen bewaffnete Soldaten durch die Straßen, trieben Menschen zusammen und schossen auf die, die versuchten zu fliehen. Viele Tote lagen auf der Straße und alle, die in der Gruppe zusammenstanden, wurden zum Friedhof geführt und dort erschossen. Von den Angehörigen verlangte die SS einen Betrag in Höhe von 20.000 Zloty als Entschädigung für die verwendete Munition. Am gleichen Tag wurden weitere 500 Menschen nach Belzec deportiert, wo sie in Gaskammern ermordet wurden.

Mundek war an dem Abend, nachdem er auch alle Einzelheiten dieser Aktion erfahren hatte, völlig verzweifelt. Nicht einmal seiner Frau gegenüber konnte er in Worte fassen, was er empfand. Tränen liefen ihm über die Wangen.

»Wir haben kein Geld für Lebensmittel«, sagte er

nach einer Weile, »und nun sollen wir dafür …!« Er brachte den Satz nicht zu Ende.

Und es gab noch eine zweite Nachricht, die ihm große Sorgen bereitete. Als Mitglied im Ordnungsdienst hatte er erfahren, dass das Ghetto in zwei Bereiche aufgeteilt werden sollte. In ein Ghetto A und ein Ghetto B.

Im Ghetto A sollten all jene untergebracht werden, die eine Arbeitserlaubnis hatten; die älteren Menschen, Behinderte und vor allem die Kinder, sollten im Ghetto B leben. Beide Bereiche würden durch einen Zaun getrennt, so lautete der Plan.

»Wir müssen uns überlegen, was wir mit den Kindern machen. Wenn es tatsächlich dazu kommt, haben wir keine Chance mehr, sie zu beschützen. Wir können ihnen auch keine Arbeitserlaubnis besorgen, dafür sind sie einfach zu klein.«

Erschöpft sackte Mundek auf seinem Stuhl zusammen. Roma setzte sich neben ihn und nahm ihn in den Arm.

»Wir werden eine Lösung finden«, meinte sie, obwohl sie noch keine Vorstellung hatte, wie diese Lösung aussehen könnte.

Die Aufteilung des Ghettos kam schneller, als Mundek gedacht hatte. Schon wenige Wochen nach der Erschießungsaktion ging es los. Im Ghetto A wurden Werkstätten eingerichtet, in denen die noch Arbeitsfähigen kriegswichtige Produkte herstellen sollten. Dazu gehörten vor allem Uniformen, Schuhe, Stiefel und Unterwäsche.

Die Menschen im Ghetto B lebten in ständiger Angst, deportiert zu werden. Eine Untergrundbewegung, die sich in der Stadt gegründet hatte, versuchte mit gefälschten Ausweispapieren, den Menschen dort eine Chance für eine Arbeit zu geben. Doch schon bald flog die Bewegung auf und die meisten ihrer Mitglieder wurden erschossen. Nur wenige konnten sich retten und versuchten durch neue Kontakte zu weiteren Untergrundmitgliedern, gegen die Deutschen vorzugehen.

Kinder wurden im Ghetto A nicht geduldet. Roma und Mundek mussten für die drei, deren Verantwortung sie übernommen hatten, ständig neue Verstecke finden, wo sie zumindest zeitweise sicher waren. Für die Kinder waren diese Wochen und Monate kaum zu ertragen.

Im Sommer 1943 stand das Ghetto vor der Auflösung. Alle, die noch dort waren, egal ob in Bereich A oder B, würden in die umliegenden Lager gebracht und dort ermordet werden, da war sich Mundek ganz sicher.

Gemeinsam mit seiner Frau beschloss er, die Kinder nach Plaszów zu bringen, weil sie auch ihre Eltern bereits dort vermuteten.

Die Hochzeit

Helen – ihr Name, ihr Gesicht, ja ihre ganze Erscheinung gingen Poldek nicht mehr aus dem Sinn. Die Tage zogen sich endlos hin, bis er sie abends in dem Café wiedersah.

Die anfängliche Zurückhaltung war längst gewichen. Wenn sie zur Tür hereintrat, ging er auf sie zu, umarmte und küsste sie. Nach der Vorstellung saßen sie noch lange zusammen, redeten miteinander und gestanden sich ihre Liebe.

»Werden wir eine gemeinsame Zukunft haben?«, fragte Helen eines Abends.

Poldek zuckte mit den Schultern. »Was bedeutet in Zeiten wie diesen schon Zukunft? Der morgige Tag ist auch Zukunft und dann kann alles anders sein. Wir bekommen doch mit, wie hier täglich Menschen wegtransportiert und nie mehr gesehen werden. Zukunft ist etwas, woran ich nicht so gern denke.«

»Was ist denn für dich wichtiger?«

»Die Gegenwart, der Augenblick, dieser Augenblick, in dem wir hier zusammen sind und miteinander reden. Das ist es, was ich genießen kann.«

»Haben wir eine Chance, solche Momente wie jetzt

öfter zu erleben?« Helen schaute Poldek lange in die Augen.

»Wir können es zumindest probieren«, meinte er. »Wir könnten …«

»Was könnten wir?«

»Manchmal denke ich, wenn wir verheiratet wären, könnten wir vielleicht zusammen in einem Zimmer wohnen. Davon träume ich oft.«

»Heiraten? Wir kennen uns doch erst seit ein paar Wochen. Meinst du, dass das gut geht?« Helen war nicht wirklich empört, sondern mehr überrascht über Poldeks Idee.

»Worauf sollen wir warten? Auf gnädige Deutsche, die sich entschuldigend aus unserem Land zurückziehen? Auf schönes Wetter oder auf bessere Zeiten? Nein, Helen, ich möchte die Zeit, die wir haben, gerne mit dir zusammen verbringen, und wenn sie nur einen Tag währt.«

Helen wurde rot. Ihr war auf einmal ganz heiß. Ja, auch sie wollte so viel Zeit wie möglich mit Poldek verbringen.

An diesem Abend beschlossen sie zu heiraten. Sie redeten mit ihren Familien und Freunden darüber, die sich, trotz aller Widrigkeiten, über den Entschluss der beiden freuten. Sie sprachen mit einem Rabbi und vereinbarten einen Trautermin. Für den 17. Januar 1943 hatten sie einen kleinen Kreis von Familienmitgliedern und Freunden eingeladen, um mit ihnen die Hochzeit zu feiern. Es wurde Musik gemacht und getanzt. Auf dem Schwarzmarkt hatten sie auch ein paar Lebensmittel organisiert, damit niemand hungern musste.

Spät am Abend zog sich das junge Ehepaar in ein Zimmer zurück. Die Mitbewohner wurden gebeten, diese eine Nacht in einem anderen Raum zu verbringen, um die frisch Vermählten nicht zu stören.

Kurz nach Mitternacht klopfte es. SS-Männer standen vor der Tür und forderten Poldek auf, sich unverzüglich anzuziehen und mitzukommen.

»Wo bringen Sie meinen Mann hin?«, rief Helen hinter ihnen her, bekam aber keine Antwort. Weinend blieb sie im Zimmer zurück.

Poldek musste auf die Ladefläche eines Lkw steigen, wo sich schon andere Männer befanden. Das Fahrzeug setzte sich in Bewegung und brachte sie in das Lager Plaszów.

Rückkehr der Kinder zu ihren Eltern

Mundek hatte sich in Bochnia umgehört, ob von dort irgendwelche Transporte ins Ghetto Plaszów geplant seien. Er schloss das nicht aus, denn das Ghetto in Bochnia wurde ja nach und nach aufgelöst und Brauchbares wie Lebensmittel oder Kohle in die umliegenden Lager gebracht.

Ein Lkw-Fahrer, der ihm vertrauenswürdig schien, willigte ein, die drei Kinder mitzunehmen. In zwei Tagen werde die Fahrt losgehen. Sie müssten sich zwischen den Säcken, die er geladen habe, einen Platz suchen, mehr Bequemlichkeit habe er nicht zu bieten.

Mundek ließ den Eltern eine Nachricht zukommen, damit sie auf die Ankunft ihrer Kinder vorbereitet waren.

Es war ein heißer Augusttag, als sie in Bochnia aufbrachen. Die Kinder kauerten sich zwischen die Säcke, die bei jedem Ruckeln staubten. Und es ruckelte oft, denn der Lkw fuhr über eine Landstraße mit vielen Schlaglöchern.

Niusia, aber auch die beiden Jungen wussten nicht, wohin sie gebracht wurden. Mundek hatte ihnen lediglich gesagt, dass sie bald zu ihren Eltern zurückkämen.

Die Kinder freuten sich auf jeden Fall, nach der langen Trennung endlich Mama und Papa wiederzusehen.

Niusia fragte sich, ob sie wohl noch in Krakau in der Wohnung mit den vielen anderen Menschen waren oder ob sie erneut hatten umziehen müssen. Onkel Mundek hatte zum Abschied gesagt, sie würden nach Plaszów fahren, doch keines der Kinder konnte mit dem Namen etwas anfangen. Plaszów? War das vielleicht ein weiteres Gebiet, in dem nur Juden leben durften?, überlegte Niusia. Von Podgórze wusste sie das. Sie hoffte, dass es in Plaszów schöner war, denn sie wollte nicht noch einmal mit so vielen fremden Menschen in einem Zimmer schlafen.

Die Fahrt kam Niusia endlos vor. Sie hatte Durst, sie hatte Hunger, und sie wusste nicht, wann sie etwas zu essen und zu trinken bekommen würde.

Irgendwann näherten sie sich einem Ort. Zäune und ein Tor waren das Erste, was sie erkannte. Und dann, kaum hatten sie die Einfahrt passiert, sah sie einen Galgen. Darunter befand sich ein Mann auf einer Kiste, dem gerade ein Strick um den Hals gelegt wurde. Viele SS-Männer standen drum rum. Der Lkw fuhr dicht an dem Galgen vorbei. Niusia schaute den Mann auf der Kiste an, sie hatte ihn schon mal gesehen. Er war noch jung, noch sehr jung. Der Name Haubenstock fiel ihr ein, als sie in das Gesicht des Mannes schaute. Sie hatte ihn bei einer Familienfeier gesehen, wusste aber nicht mehr seinen Vornamen. Genau in diesem Augenblick trat einer der SS-Leute die Kiste unter den Füßen des Mannes weg. Sein ganzer Körper zappelte, als er an dem Strick hing. Niusia musste schnell wegschauen.

Der Lkw fuhr weiter, vorbei an Plätzen und Baracken. Sie sah Menschen in gestreifter Kleidung, die hier arbeiteten. Was hatte das alles zu bedeuten? Wo war sie gelandet? War das der Ort, den Onkel Mundek ihnen genannt hatte? Und ihre Eltern? Sollten die etwa hier sein? Auch in dieser gestreiften Kleidung? Alles drehte sich in ihrem Kopf. Der Ort kam ihr grausam vor.

Dann ging es ganz schnell. Mit einem Ruck hielt der Lkw an. Ryszard und Olek krochen zwischen den Säcken hervor. Niusia sah sich um, der Fahrer kam, half ihnen von der Ladefläche, und plötzlich, als sei sie vom Himmel gefallen, stand sie vor ihnen: Regina, ihre Mutter.

Zuerst hatte Niusia die Frau gar nicht erkannt. Ihre Wangen waren hohl, die Wangenknochen standen vor. Sie sah sehr dünn aus in ihrer gestreiften Kleidung. Erst als Niusia die Stimme hörte, war sie sicher: Das ist meine Mama!

Ryszard war unbefangener. Noch etwas wackelig auf den Beinen von der langen Fahrt taumelte er auf sie zu und streckte die Arme aus.

Regina Horowitz vergoss Freudentränen. Endlich

konnte sie ihre Kinder noch mal in den Arm nehmen. Wie oft hatte sie in den zurückliegenden Monaten an sie gedacht, sich nach ihnen gesehnt und sich Sorgen gemacht. Doch die Entscheidung, sie nach Bochnia zu Mundek zu schicken, fand sie nach wie vor richtig. Im Krakauer Ghetto hatte sie miterleben müssen, wie bei den Deportationen immer öfter auch Kinder dabei waren.

Nur wenige Augenblicke später kam Oleks Mutter dazu, nahm ihren Sohn auf den Arm, weinte und küsste ihn.

»Wir können hier nicht stehen bleiben«, sagte Regina nach kurzer Zeit. »Wenn uns jemand sieht, dann …« Wegen der Kinder sprach sie den Satz nicht zu Ende.

Ängstlich schauten sie sich um, ständig mussten sie sich vergewissern, dass kein SS-Mann in der Nähe war. Eilig gingen sie in ihre Baracke.

Niusia drehte sich im Kreis, als sie den Raum betraten. Die linke Wand stand voller Betten – in drei Etagen –, ebenso die rechte. Sie war entsetzt über das, was sie sah. Das sollte ihr Schlafzimmer sein, ihr neues Zuhause? Betten ohne Decken und Kopfkissen, sondern nur mit irgendwelchen schmutzigen Lumpen, die sie sich unter den Kopf schieben konnten?

»Zwei Frauen müssen sich immer ein Bett teilen«, flüsterte ihr Regina zu, als sie sah, wie ihre Tochter kopfschüttelnd alles betrachtete. »Du wirst bei mir schlafen.«

»Aber hier drin ist alles so schmutzig und … es stinkt ganz fürchterlich, hier kann man doch nicht schlafen!«

»Du wirst dich dran gewöhnen«, meinte ihre Mutter.

»Und wo wird Ryszard schlafen und wo schläft Papa?«, wollte Niusia wissen. In dem ganzen Raum sah sie nur Frauen.

»Papa und Ryszard schlafen in einem anderen Block, in dem nur Männer sind.«

»Wo ist Papa eigentlich, ich hab ihn schon so lange nicht mehr gesehen. Weiß er nicht, dass wir hier sind?«

»Doch, er weiß auch, dass ihr heute angekommen seid, aber er muss jetzt noch arbeiten. Nach dem Abendappell* werden wir uns hier treffen.«

»Nach dem was …?«

»O ja, das kennst du noch nicht. Morgens und abends müssen wir uns immer draußen aufstellen. Dann wird durchgezählt, ob alle da sind.«

»Das versteh ich nicht. Kann man denn von hier aus auch weggehen? Warum sollte jemand morgens fehlen, wenn er am Abend vorher noch da war?« Niusia schüttelte den Kopf, alles war so fremd für sie. Die Baracken, die dreistöckigen Betten, der Gestank. Sie fürchtete, er würde sich nicht nur in ihrer Kleidung, sondern auch in ihrer Haut festsetzen und nie mehr weggehen.

»Nein«, sagte ihre Mutter, »man kann hier nicht einfach weggehen, aber manchmal werden Leute krank oder …« Sie druckste herum, um die Wahrheit vor ihrer Tochter zu verbergen.

»Oder sie sterben, meinst du? Das gab es auch in Bochnia. Dort sind auch Menschen über Nacht gestorben.«

Regina nickte.

»Ich muss dringend mal zur Toilette«, sagte Niusia irgendwann zu ihrer Mutter und trippelte von einem Fuß auf den andern. »Kannst du mir zeigen, wo die ist?«

»Oh«, meinte Regina, »das sind keine Toiletten, wie du sie kennst, hier sagt man ›Latrine‹ dazu. Komm mit, ich zeige sie dir.«

Sie betraten einen Raum, in dessen Mitte auf einem Sockel eine Betonplatte mit runden Löchern angebracht war. Niusia und ihre Mutter waren nicht die Einzigen in dem Latrinenraum, auf den meisten Öffnungen saßen Frauen und verrichteten ihr Geschäft. Jetzt, zu dieser Zeit, da kein großer Andrang herrschte, unterhielten sich die Frauen. Niusia konnte und wollte ihnen nicht zuhören, am liebsten wäre sie sofort wieder rausgelaufen. Doch es blieb ihr nichts anderes übrig. Sie schloss die Augen, zog ihre Hose runter und setzte sich auf die erstbeste Öffnung. Ihre Blase war zum Bersten voll, deswegen dauerte es länger als gewohnt. Eilig im Rausgehen zog sie sich die Hose wieder hoch.

»Gibt es hier keine richtigen Toiletten?«, fragte sie ganz entgeistert.

»Du wirst dich dran gewöhnen«, meinte Regina erneut. »Das mussten wir alle.«

Niusia war froh, als sie wieder in der Baracke waren. Ob ich mich wirklich an diesen Gestank gewöhnen kann?, überlegte sie.

Plötzlich ertönte der Klang einer Trompete.

»Was ist das, was bedeutet das, wer spielt da?« Niusia war neugierig geworden, denn mit Trompetenmusik hatte sie nicht gerechnet. Es war kein einzelner Ton, der über das Lager hallte. Es war eine richtige kleine Melodie, die sie sich schnell eingeprägt hatte. Die Melodie hatte etwas Leichtes, das so gar nicht zu diesem Ort passte.

»Das ist Wilhelm, mein Bruder. Er ist auch hier. Er gibt morgens und abends das Signal für den Appell. Dann müssen wir uns alle beeilen und in Fünferreihen auf dem Platz draußen aufstellen. Mittags um zwölf Uhr spielt er die Melodie noch einmal. Dann müssen wir aber nicht zum Appell, sondern bekommen zu essen.«

»Müssen Ryszard, Olek und ich jetzt auch mit raus zum …?«

»Zum Appell? Nein, heute bleibt ihr noch hier und verhaltet euch bitte ganz still. Das ist wichtig! Nicht herumrennen, nicht laut sein! Eure Namen stehen noch nicht auf der Liste. Papa musste erst abwarten, ob ihr auch wirklich heute ankommt. Er wird euch melden und dann, ja dann musst du immer mit raus. Olek und Ryszard sind noch zu klein.«

Mit dieser Erklärung machte sich Regina im Laufschritt auf den Weg nach draußen, damit sie sich noch rechtzeitig aufstellen konnte.

Niusia, aber auch die beiden Jungen wussten, was es hieß, leise zu sein. In Bochnia hatten Onkel Mundek und Tante Roma es ihnen oft genug erklärt und sie manchmal ermahnt, wenn sie die Regel nicht ganz genau befolgten.

Endlich, nach langer Zeit, ging die Eingangstür auf und die ersten Frauen kamen zurück.

Wo sind Mama und Papa? Niusia schaute, konnte sie aber noch nicht sehen.

Sie gehörten zu den Letzten, die den Raum betraten. Dolek schaute sich um, und als er seine Kinder entdeckte, lief er auf sie zu, umarmte und küsste sie. Niusia hatte ihren Papa noch nie weinen sehen. Jetzt weinte er.

Auch Olek entdeckte seine Eltern und lief auf sie zu. Einen Freudenschrei musste er unterdrücken. Auch er wusste schon, dass solche Gefühlsausbrüche gefährlich sein konnten.

»Was machen wir mit den Kindern?«, fragte Regina ihren Mann. »Ich möchte nicht, dass sie ins Kinderhaus kommen. Dort mag es ihnen vielleicht nicht schlecht gehen, weil sie mit anderen Kindern zusammen sind, auch das Essen soll etwas besser sein, doch das halte ich für ein Gerücht. Warum sollte man Kindern ein besseres Essen geben, wenn man ohnehin vorhat, sie zu deportieren? Das wird früher oder später ganz sicher passieren. Ich möchte nicht, dass unsere Kinder mit dabei sind!«

»Nein«, sagte Dolek, »wir geben sie nicht in das Kinderhaus. Ryszard werde ich mitnehmen, er wird tagsüber in der Lagerbaracke sein, in der ich oft zu tun habe, und für Niusia besorge ich eine Arbeitserlaubnis.«

»Aber sie ist doch noch zu jung! Wie willst du das machen?«, fragte Regina.

»Ich werde sie bei der Registrierung einfach ein bisschen älter machen. Wenn es klappt, würdest du sie dann mit zu dir nehmen?«

»Sicher, das mache ich. Aber wenn ich mir vorstelle … sie ist noch ein Kind und soll so viele Stunden am Tag arbeiten? Wie soll sie das durchhalten?«

»Haben wir eine Wahl? Mir wär es auch lieber, sie könnte zur Schule gehen.«

»Du hast ja recht«, sagte Regina, »ich werde auf sie achten. Wir bekommen das hin. Wichtig ist, dass wir jetzt wieder zusammen sind und uns sehen können. Das wird uns allen guttun.«

Niusia hatte die ganze Zeit über zugehört, was die Eltern besprachen, doch verstanden hatte sie wenig.

Nur so viel, dass sie arbeiten sollte. Aber das kannte sie ja bereits aus dem Ghetto in Krakau.

Noch bevor es draußen dunkel wurde, musste Dolek zurück zu seiner Baracke. Er nahm Ryszard auf den Arm, verabschiedete sich von seiner Frau und Niusia mit einem flüchtigen Kuss und verließ eilig den Raum.

Niusia hatte gar nicht mitbekommen, dass auch Olek mit seinem Papa schon weg war. Sie hatte die ganze Zeit nur auf ihre Eltern und ihren Bruder geschaut.

»Ich freue mich, dass du da bist«, sagte Regina zu ihrer Tochter. »In all den Monaten habe ich dich und auch Ryszard so sehr vermisst. Und nun können wir zwei sogar in einem Bett schlafen. Lass uns jetzt hinlegen, denn morgen müssen wir früh aufstehen. Du weißt, der Morgenappell. Papa wird dich heute noch melden, dann kannst du ab morgen mit mir arbeiten. Es ist eine leichte Arbeit, du wirst dich daran gewöhnen.«

»Was ist das für eine Arbeit, die du machst?«, wollte Niusia wissen.

»Wir stellen Bürsten und Pinsel aus Pferdehaar her, ich werde dich einarbeiten, und du wirst es schnell lernen.«

Niusia konnte lange nicht einschlafen. Was war das für ein aufregender Tag. Am Morgen waren sie noch in Bochnia gewesen, danach die lange Fahrt, und als sie an den Galgen dachte, kuschelte sie sich an ihre Mutter. … Appell … arbeiten, das waren die letzten Worte, die ihr durch den Kopf gingen, bevor sie einschlief.

Poldek der »Maler«

Poldek war entsetzt, als er im Ghetto Plaszów ankam. Auf dem Gelände hatten sich einst zwei große jüdische Friedhöfe befunden. Nachdem er einige Zeit dort war, erfuhr er, dass man nicht nur die Grabsteine weggerissen hatte, um mit ihnen den Weg von der Straße zur Villa des Lagerleiters Göth* zu pflastern. Die Lagerleitung hatte auch Häftlinge beauftragt, die Toten auszugraben, um eventuell vorhandene Goldzähne aus den Gebissen herauszubrechen.

Selbst vor dem Tod haben sie keinen Respekt, dachte Poldek.

Er war nicht der Einzige, der in jener Nacht nach Plaszów gebracht worden war. Der jüdische Ordnungsdienst hatte eine lange Liste mit Namen von Männern erstellt, die vom Krakauer Ghetto hergebracht werden sollten. Einer von ihnen war sein Bruder Hermann gewesen.

Bei der Aufnahme ins Lager wurde er nach seinem Beruf befragt. Poldek überlegte einen Augenblick. Musiker würden sie hier keine benötigen, deswegen gab er schnell an, er sei Maler. Auch Hermann gab »Maler« an und so wurden sie beide in die Maler-Baracke gebracht. Wie alle anderen, die dort arbeiteten, hatten sie keinerlei Ahnung von dem Beruf, wurden aber freundlich aufgenommen und in die Arbeit eingeführt.

Es gab etwa achtzig Männer, die als Maler arbeiteten. Die Rosner-Brüder bekamen jedoch bald andere Aufgaben. Nachdem Amon Göth erfahren hatte, dass sie erstklassige Musiker waren, und sie zwang, auch für ihn zu spielen, mussten sie bloß noch Farbstreifen auf die Löscheimer im Lager streichen, um ihre Hände zu schonen: rote Streifen auf die mit Sand gefüllten Behälter, blaue auf die Wasserbehälter. Sonntags, wenn das Wetter es zuließ, durften sie auch vor der Baracke musizieren. Es gefiel ihnen, die Häftlinge mit ihrer Musik ein wenig aufzuheitern. Doch keiner von denen, die absichtlich oder zufällig vorbeikamen, durfte stehen bleiben. Sofort wurden sie von SS-Männern weggejagt.

Die übrigen Maler-Häftlinge mussten Innen- und Außenwände von Gebäuden oder Fenster, Türen und Tore streichen. Bei schönem Wetter war der Außendienst eigentlich sehr beliebt. Es gab nur eine Ausnahme: Der Arbeitsplatz durfte von der Villa des Lagerleiters aus nicht einsehbar sein, denn alle wussten, dass Amon Göth oft auf seiner Terrasse stand und wahllos auf Häftlinge schoss, insbesondere dann, wenn er das Gefühl hatte, sie arbeiteten zu langsam.

Eines Tages kam Göth zu einem Kontrollbesuch in

ihre Baracke. Knapp die Hälfte der Männer war im Außendienst.

Der Kapo baute sich vor Göth auf: »Herr Kommandant, dreiundvierzig Männer sind hier und arbeiten.«

Göth zählte schnell durch.

»Es sind nur einundvierzig«, stellte er fest. »Wo sind die beiden andern?«

»Einer streicht gerade den Nebenraum, und der andere, denke ich, ist auf der Toilette.«

»Du denkst?«, fauchte Göth. Im selben Moment zog er seine Pistole und erschoss den Kapo.

Die Männer zitterten vor Angst, als Göth sie anbrüllte, er werde alle erschießen, wenn sie nicht arbeiteten.

Hermann war es, der allen Mut zusammennahm und ihn ansprach. Er war der Einzige im Raum, der die deutsche Sprache beherrschte.

»Herr Lagerleiter«, begann er, »außerhalb dieses Blocks gab es zu wenig Arbeit für alle, deswegen sind wir hier und bereiten Farbe für künftige Anstriche vor.«

Göth geriet in Rage: »Zu wenig Arbeit?«, brüllte er. »Ich werde eure Faulheit bestrafen, und ihr werdet meine Peitsche zu spüren bekommen, jetzt gleich!«

Nacheinander mussten sämtliche Männer die Hose herunterlassen und sich über einen Tisch beugen. Amon Göth zog seine Peitsche und schlug zu.

Jeder, der einen Hieb abbekommen hatte, musste

sich aufrichten, seine Hose wieder hochziehen und sich mit einer Verbeugung bei ihm für die Bestrafung bedanken.

Ein schon älterer Gefangener bat Göth auf Polnisch, nicht zu fest zuzuschlagen.

Hermann musste die Bitte für den Lagerleiter übersetzen.

Göth grinste und schlug gleich umso kräftiger dreimal zu. Danach drehte er sich um und verließ den Raum.

Irgendwann machte Poldek noch eine viel furchtbarere Erfahrung mit dem Lagerleiter. Ein Cousin seiner Frau, ein 16-jähriger Junge, stand vor der Baracke und sang. Es waren verschiedene Lieder, wobei ihm auch die russische Nationalhymne einfiel. Ein SS-Mann hörte das und denunzierte den Jungen bei Amon Göth. Der Lagerleiter befahl daraufhin, dass sich sämtliche Häftlinge auf dem Appellplatz versammeln sollten. Ein Galgen wurde errichtet und der Junge im Beisein der anderen Häftlinge gehängt.

Poldek und sein Bruder Hermann sollten mit dem Lagerleiter aber noch andere Erfahrungen machen.

Arbeitsalltag in Plaszów

Regina musste ihre Tochter wecken. Sie schlief noch fest, doch es half nichts, Niusia musste aufstehen. Die Trompete hatte bereits zum Morgenappell aufgefordert.

Schlaftrunken tappte Niusia neben ihrer Mutter hinaus. Gerne hätte sie noch länger geschlafen, die Nacht war viel zu kurz und der gestrige Tag zu aufregend gewesen. Sie hatte erst nicht einschlafen können und später Albträume gehabt. Besonders der Mann am Galgen tauchte immer wieder in ihren Träumen auf.

Alle Frauen aus dem Block stellten sich wieder in Fünferreihen auf. Niusia schaute sich um. Trotz der Morgendämmerung sah sie, dass nicht nur die Frauen aus ihrem Block antreten mussten. Auch aus den anderen Unterkünften kamen die Häftlinge nach draußen und reihten sich auf. Niusia konnte nicht unterscheiden, ob es Männer oder Frauen waren. Alle sahen in ihren Häftlingsanzügen sehr abgemagert aus.

»Muss Papa sich auch aufstellen?«, fragte sie.

»Ja«, sagte Regina kurz angebunden. »Stell jetzt keine Fragen, bleib ruhig stehen und schau geradeaus!«

Dann kam Amon Göth in einem offenen Auto.

Sein Fahrer öffnete ihm die Tür. Riesengroß erschien er Niusia, als er an den Häftlingsreihen vorbeischritt. Eine merkwürdige Anspannung hatte sich unter den Gefangenen breitgemacht, niemand schaute nach vorn, wie noch vor wenigen Augenblicken, alle sahen zu Boden. Der Blick des Lagerleiters schweifte über die Reihen der Gefangenen, wie sie so ängstlich und demütig nach unten schauten. Er hatte ganz offensichtlich Gefallen daran.

Vor den jeweiligen Gruppen standen die Blockältesten und meldeten dem SS-Mann, der hinter einem Pult stand, wie viele Gefangene zum Appell angetreten waren. Niusia konnte ihre Blockälteste deutlich erkennen.

Als Amon Göth an das Pult trat, salutierte der SS-Mann und meldete dem Lagerleiter, dass an diesem Morgen alles ordnungsgemäß abgelaufen sei. Trotzdem wurde erneut durchgezählt.

Wie lange wird das wohl dauern?, überlegte Niusia. Sie musste dringend. Wenn sie zwischen den Frauen hindurch nach vorn schaute, konnte sie sehen, wie der SS-Mann offenbar wieder und wieder die Zahlen zusammenzählte.

Endlich – die Sonne war bereits aufgegangen und verbreitete ein bisschen Wärme – endete der Appell.

»Jetzt gibt es Kaffee«, sagte Regina, »aber keine Angst, die Brühe wird nur so genannt, sie schmeckt scheußlich, doch wenigstens haben wir etwas im Bauch, wenn wir zur Arbeit gehen.«

»Ich muss aber dringend aufs Klo«, quengelte Niusia. »Kann ich vorher noch hin?«

»Du weißt ja, wo die Latrine ist, oder soll ich lieber mitkommen?«

Niusia war unschlüssig. Den Weg würde sie allein finden. Nur vor den Frauen fürchtete sie sich ein bisschen. Schon gestern, als sie das erste Mal dort war, hatten sie einige angestarrt, als wollten sie sagen: »Was will denn das Kind hier?«

Kurz entschlossen nahm Regina ihre Tochter an die Hand und begleitete sie. Noch nie war Niusia dabei gewesen, wenn ihre Mutter auf der Toilette saß. Zu Hause nicht und auch nicht im Ghetto. Die Tür war immer verschlossen gewesen. Und hier gab es gleich mehrere Frauen, die ihnen zuschauen konnten.

Als könnte Regina ihre Gedanken lesen, sagte sie: »Auch daran wirst du dich gewöhnen müssen, dass wir beide dicht nebeneinander auf der Toilette sitzen.«

Sie hatten Glück, der Andrang war um diese Stunde noch nicht sehr groß, die meisten Frauen gingen erst nach dem Kaffee aufs Klo.

Die Brühe, die sie danach in der Baracke bekamen, schmeckte wirklich nicht wie Kaffee. Sie war etwas bitter und lauwarm. Niusia musste sich überwinden, das Zeug runterzuschlucken. Am liebsten hätte sie es gleich wieder ausgespuckt, so eklig war der Geschmack. Doch ihre Mutter mahnte: »Trink alles aus, so schnell gibt es heute nichts mehr, und es wird bestimmt ein warmer Tag, da werden wir noch viel Durst haben.«

Regina schaute sich im Block um. Luise Danz* hatte an diesem Tag Aufsicht. Vor ihr fürchteten sich alle, wenn die Frau mit ihrer Lederpeitsche durch die Reihen ging und zuschlug, sobald ihr irgendwas nicht gefiel.

Schnell strich Regina das Bett glatt, auf dem sie sich letzte Nacht an ihre Tochter geschmiegt hatte, nahm Niusia an der Hand, und gemeinsam machten sie sich mit den anderen Frauen auf den Weg zu ihrem Arbeitsplatz. Ein kurzes Stück ging es bergauf. Regina war froh, dass sie den Hügel nicht ganz hochmussten, bis zu dem tiefen Graben, der dort ausgehoben war. Sie wusste genau, was dort passierte, und wollte nicht nur sich, sondern vor allem ihrer Tochter den schrecklichen Anblick ersparen, der sie dort oben erwarten würde. Gut, dass an diesem Morgen keine Leichenteile über die Kuppe des Hügels ragten. Sie hatte in all den Monaten, in denen sie nun schon im Lager war, immer schnell weggeschaut, wenn Arme oder Beine von Erschossenen deutlich sichtbar in die Höhe ragten.

In der Arbeitsbaracke meldete Regina dem Vorarbeiter, dass Niusia ab sofort als weitere Arbeiterin zum Bürstenmachen gemeldet sei. Der Vorarbeiter musterte Niusia von oben bis unten, dann fragte er: »Wie alt ist denn das Kind?«

»Sie wurde offiziell registriert, sie ist dreizehn«, antwortete Regina. Jetzt bloß keine Nervosität zeigen! Zum Glück hakte der Vorarbeiter nicht weiter nach.

Niusia und ihre Mutter hatten zusammen einen Arbeitstisch.

»Schau mir zuerst einmal zu, wie ich es mache, dann machst du es nach.« Regina nahm ein Büschel Pferdehaar und wollte ihrer Tochter zeigen, welche Handgriffe notwendig waren. Doch Niusia hatte noch keinen Blick dafür, sie musste sich erst in dem Raum umschauen. Es gab nur Frauen, Frauen in Mamas Alter, und natürlich den Vorarbeiter. Ich bin die Jüngste hier, kein Kind weit und breit, dachte Niusia. Die sind ja alle im Kinderhaus.

»Hier, siehst du, wie ich es mache?«, fragte Regina und wiederholte noch einmal den Arbeitsgang. »Du musst die Borsten mit einem Draht durch das Loch schieben.«

Niusia versuchte es. Am Anfang fiel es ihr schwer, denn die Borsten waren steif und kratzig. Schon bald war die Haut an ihren Händen eingerissen. Doch Niusia gab sich Mühe und mit jedem Mal ging es besser.

»*Aaaachtung!*«, schallte es auf einmal durch die Baracke. Es war der Vorarbeiter, der sie mit seinem Ruf darauf hinwies, dass ein SS-Mann einen Kontrollgang durch die Halle machte.

»Du darfst jetzt nur auf deine Arbeit schauen«, flüsterte Regina Niusia zu. »Und versuch, ruhig zu bleiben, schau den Mann auf keinen Fall an!«

Niusia fragte lieber nicht, warum. Sie würde bestimmt nur einen bösen Blick von ihrer Mutter ernten. Es war aber auch schon zu spät, denn der Mann stand bereits neben ihr.

Niusia war aufgeregt, sie versuchte, ihr Zittern zu unterdrücken und sich auf die Arbeit zu konzentrieren. Zum Glück ging er ohne einen Kommentar weiter. Niusia wischte sich die Schweißperlen von der Stirn, auch Regina atmete erleichtert auf.

Der Vormittag zog sich hin und wurde lediglich durch einen Gang zur Latrine unterbrochen. Die Pause nutzten alle Frauen, um für einen kurzen Moment aus der Baracke zu kommen. Nur die Schnellsten konnten vorher blitzschnell ihr Geschäft machen, alle anderen mussten sich anstellen, während die Zeit verging. Die Frauen nutzten die Zeit auf dem Klo aber auch für einen kurzen Plausch oder ließen eine Zigarette reihum gehen. Dass das Rauchen verboten war, störte sie nicht, denn in der Latrine wurde nicht kontrolliert.

Nach einer gefühlten Ewigkeit war endlich Mittag. Die Trompete kündigte es an. Es gab, wie Regina schon angekündigt hatte, Suppe. Suppe? Niusia schnupperte an der Brühe, die sie in ihrem Napf hatte. Sie verzog das Gesicht.

»Iss, es gibt nichts anderes!«, befahl ihre Mutter.

»Kann man das wirklich essen?«

»Du wirst dich dran gewöhnen«, sagte Regina.

Wie oft hatte Niusia diesen Satz hier schon gehört.

Weil sie Hunger hatte, löffelte sie die Suppe aus. Satt war sie danach nicht. Doch an einen Nachschlag war nicht zu denken und sie hätte ihn wohl auch nicht runtergebracht.

Zurück in der Baracke, setzten alle ihre Arbeit fort. Niusias Hände schmerzten immer mehr, ihre Finger wurden ungelenk. Der Tag zog sich hin, ein Ende war nicht abzusehen.

Sie versuchte, sich abzulenken, Zeit zu schinden, und schaute sich weiter in der Baracke um. In der Seitenwand, neben der sie stand, war ein kleines Loch. Sie hatte es gerade erst entdeckt, weil sie bisher ihren Blick immer nur durch die Halle hatte schweifen lassen. Nun konnte sie durch das Loch nach draußen schauen. Ganz deutlich konnte sie den Hügel hinaufsehen. Es war zwar kein großer Ausschnitt, doch sie erkannte den Hügelrand, und auch ein kleines Stück nach rechts und links gab das Loch frei. Alles war hell von der Sonne beschienen. Wie gerne wäre sie einfach mal rausgegangen.

Nach zehn Arbeitsstunden war endlich Feierabend. Endlich! Die Trompete war deutlich zu hören. Niusias Hände schmerzten und auch der Rücken und die Füße taten ihr weh. Das stundenlange Über-den-Tisch-gebeugt-Stehen war schuld. Hinzu kam die ständige Angst vor dem Vorarbeiter, der sie mit strengem Blick beobachtete, die Angst vor den anderen Frauen, die sie misstrauisch beäugten, als gehörte sie nicht hierhin, und vor allem die Angst vor dem SS-Mann, der immer mal wieder Kontrollgänge durch die Halle machte.

Der erste Weg der Häftlinge führte zum Appellplatz. Es war die gleiche Prozedur wie am Morgen, nur dass jetzt alle nach dem langen Arbeitstag müde waren.

An diesem Abend ging es zum Glück sehr schnell, schon nach einer halben Stunde war der Appell beendet, und alle durften in ihre Baracken. Abendessen war angesagt. Es gab ein Kilogramm Brot, das unter acht Frauen aufgeteilt werden musste, dazu bekamen sie etwas Margarine und zum Trinken wieder die dunkle Brühe, so wie am Morgen.

Niusia schaffte es gerade noch zur Latrine. Erschöpft von dem langen Tag, legte sie sich danach auf ihre Pritsche. Bevor sie einschlief, fragte sie ihre Mutter, ob alle Tage so seien wie dieser.

Regina nickte bloß, dann war ihre Tochter eingeschlafen.

In dem Arbeitsblock glich wirklich ein Tag dem andern, doch Niusia gewöhnte sich nicht nur an die Monotonie, sie war auch abends nicht mehr so müde.

Obwohl es fürchterlich stank, ging sie jetzt öfter

zu der Latrine. Dort war man unbeaufsichtigt. Dort konnte man reden, Neuigkeiten austauschen. Und dort florierte auch ein illegaler Handel. Strümpfe wurden gegen ein Stück Brot getauscht, Zigaretten gegen eine Unterhose oder ein paar Schuhe gegen zwei Brotrationen.

Woher haben die Frauen diese Schuhe?, überlegte Niusia, denn es war offensichtlich, dass es nicht ihre eigenen waren.

Zwei Tage später löste sich das Geheimnis. Nachts war jemand aus ihrer Baracke gestorben, und die Frau, die mit der Verstorbenen die Pritsche geteilt hatte, nahm sofort deren Schuhe an sich. Am Abend wurden sie gegen Brot getauscht.

Eines Tages entdeckte Niusia ein Mädchen, das auch in der Baracke arbeiten musste.

»Wer ist das?«, fragte sie ihre Mutter. »Ich hab sie vorher noch nie gesehen!«

»Das ist Stella«, sagte Regina.

»Mussten die Eltern sie auch älter machen, damit sie hier arbeiten kann?«

Regina nickte. »Alle Eltern wollen ihre Kinder beschützen, und das geht am besten, wenn man zusammen ist. Deswegen bist du bei mir. Das Kinderhaus ist mir zu unsicher.«

»Warum?« Niusias Neugier war kaum zu bremsen.

»Kinder können noch nicht arbeiten, zumindest die

kleinen nicht. Deshalb kann es sein, dass die Deutschen sie irgendwann einfach wegbringen.«

»Und wohin werden die Kinder gebracht?«

Regina zuckte mit den Schultern. »Das weiß man nicht so genau, aber auf jeden Fall ist keines der Kinder je noch mal gesehen worden.«

Natürlich wusste Regina, was mit den Kindern passierte. Alle kamen in ein Vernichtungslager. Doch das wollte sie ihrer Tochter nicht sagen. Niusia musste auch so schon zu viel ertragen.

Sie wusste nicht, wie viele Tage sie schon in dem Lager war und in der Baracke Bürsten herstellte, als sie an einem Vormittag wieder durch die Öffnung in der Wand schaute. Sie hatte etwas gehört und war neugierig geworden. Oben auf dem Hügel war ein Lkw vorgefahren, auf der Ladefläche standen Frauen und Kinder. Sie mussten absteigen und sich in einer Reihe aufstellen.

Eine Frau hatte ihrer Tochter gerade noch den Mantel glatt gezogen und die Haarschleife neu gebunden.

Dann hörte Niusia Schüsse. Die Frauen und Kinder, die eben noch dagestanden hatten, waren verschwunden. Sie sah Soldaten, die aus Kanistern eine Flüssigkeit ausschütteten, und kurze Zeit später stieg eine dunkle Qualmwolke aus dem Hügel auf.

»Was ist da passiert?«, fragte Niusia neugierig.

Regina wusste nicht, was sie ihrer Tochter antworten sollte. Es war einfach bloß schrecklich, was dort geschah. Sie hatte es schon zu oft gesehen.

»Da geschehen schlimme Dinge«, sagte sie nur.

Die Frauen in dem Block nannten den Ort, wo die Erschießungen stattfanden, den Hujer-Hügel. Albert Hujer* hieß der SS-Mann, der immer mit dabei war. Im Lager wurde gemunkelt, er habe sich auf die Massenerschießungen spezialisiert.

Albert Hujer war, bevor er seine Dienste in verschiedenen Konzentrationslagern antrat, Mitglied im Sonderkommando 4a der SS gewesen. Dieses Sonderkommando führte, nachdem Deutschland die Sowjetunion überfallen hatte, Massenexekutionen sowohl an der sowjetischen als auch an der jüdischen Bevölkerung durch. Zunächst waren es Männer im Alter zwischen 18 und 65 Jahren, die das Kommando aus ihren Orten trieb und in abgelegene Waldstücke führte, wo bereits Gräben ausgehoben waren. Dort mussten sich die Männer in einer Reihe aufstellen und wurden mit Maschinengewehrsalven hingerichtet. Frauen und Kinder waren zuerst noch verschont worden, doch schon bald wurden sie auf die gleiche Weise erschossen.

Die Erschießungskommandos, zu denen Albert Hujer gehörte, hatten einen »Arbeitstag« von acht bis zehn Stunden, in denen sie nichts anderes taten als Menschen umbringen.

Wenn sie abends in ihre Unterkunft zurückkamen,

wurden sie mit viel Wodka versorgt, denn die Vorgesetzten hatten »Mitleid« mit den Männern. Die brauchten den Alkohol, um zu vergessen und schlafen zu können. Auf Wunsch bekamen sie auch Prostituierte.

In diesem Sonderkommando hatte Albert Hujer sein »Handwerk« gelernt.

»Schau da nicht raus«, sagte Regina nur. Mehr schaffte sie nicht, denn sie hatte Angst, vielleicht selbst mal mit ihrer Familie dort oben zu stehen.

Doch mit dieser Antwort war Niusia nicht zufrieden. In der Folgezeit kamen mehrmals täglich mit Menschen beladene Lkws auf den Hügel und kurze Zeit später hörte sie dann die Schüsse. Niusia fand durch das Getuschel der Frauen heraus, dass alle, die mit den Lkws auf den Hügel gebracht wurden, unmittelbar danach durch die Gewehrkugeln starben und man ihre Leichen verbrannte. Immer, wenn ein Lastwagen kam, musste Niusia hinausschauen. Sie wollte wissen, wer die Menschen waren, die dort sterben mussten, und sie wollte auch herausfinden, ob sie jemanden kannte. Es gruselte sie jedes Mal, wenn sie mit ansehen musste, wie Mütter noch versuchten, ihre Kinder zu schützen, wie andere ihre Arme in die Luft reckten und offenbar schrien. Doch niemand konnte sich vor den Gewehrkugeln retten. Oft hatten die Menschen auch Gepäck dabei – Taschen, Koffer oder Rucksäcke. Vielleicht dachten sie, dass sie an einem anderen Ort bleiben könnten, und hatten deshalb das Nötigste eingepackt. Alles wurde nach der Erschießung zurück auf die Lkws geladen und abtransportiert.

Es kam oft vor, wenn Niusia mit ihrer Mutter und den anderen Frauen morgens zur Arbeit ging und dabei an dem Hügel vorbeilief, dass noch ein beißender Qualm aufstieg. Überall im Lager war der süßliche Geruch nach verbrannten Leichen zu spüren.

Irgendwann verkündete die Lagerleitung mal wieder eine neue Anordnung. Die Menschen, die zum Erschießen auf den Hügel gebracht wurden, mussten sich nackt ausziehen und ihre Kleidung geordnet zur Seite legen.

Nachdem sie erschossen waren, mussten Häftlinge die Toten untersuchen, ob sie Goldzähne hatten. Dann mussten sie diese aus den Gebissen herausbrechen.

Die Kleidungsstücke der Toten kamen in eine spezielle Baracke. Häftlinge, die von SS-Männern streng beaufsichtigt wurden, mussten die Kleidungsstücke nach Geld und Schmuck durchsuchen. Vieles von dem, was gefunden wurde, landete in der Villa von Amon Göth.

Eines Tages kam der Befehl, dass alle Häftlinge ihren Schmuck und sonstige Wertsachen, die sie mit ins Lager gebracht hatten, unverzüglich abgeben müssten. Niusia sah, wie die Frauen wütend wurden. Viel war es nicht mehr, was sie noch bei sich trugen.

»Meinen Ring kriegen sie nicht!«, zischte eine Frau, die neben Niusia stand. »Der ist eine Erinnerung an mein Eheversprechen! Lieber werfe ich ihn in die Latrine, als ihn den Deutschen zu geben!«

»Wenn sie dich erwischen, bist du tot«, meinte ihre Nachbarin.

»Wir müssen aber etwas abgeben, sonst wird unser ganzer Block durchsucht! Und wenn die SS dabei auch nur eine Winzigkeit findet, sind wir alle dran!«, sagte eine Dritte.

»In Ordnung«, einigten sich die Frauen. »Wir sammeln ein, was jede, die noch etwas hat, hergeben will, und bringen das dann der Blockältesten. Alles andere lassen wir verschwinden. Wir müssen nur ganz sicher sein, dass nichts mehr in der Baracke ist!«

Ringe, Halsketten, zwei Uhren und Ohrringe wurden der Blockältesten überreicht, die die Gegenstände mit einem kritischen Blick begutachtete.

»Ihr wisst, was passiert, wenn noch etwas gefunden wird«, sagte sie mit ernster Miene.

Niusia merkte, wie ihre Mutter plötzlich husten musste.

»Hast du dich verschluckt?«, fragte sie, denn es kam nur selten vor, dass Regina so einen Hustenanfall bekam wie jetzt.

»Ja, etwas«, sagte sie und grinste. Es war nicht einfach, ohne Wasser einen Diamanten hinunterzuschlucken. Die umstehenden Frauen nickten ihr zu. Auch von ihnen mussten einige husten, während sich andere zur Latrine aufmachten.

Manchmal hatten Niusia und ihre Mutter auch Nachtschicht. Das war anstrengend, denn tagsüber konnten sie nur wenig schlafen. Sie mussten zu den Appellen antreten und ab und zu gab es Durchsuchungen in den Baracken wie die nach dem Schmuck. Was Niusia aber jedes Mal aufschrecken ließ, waren die unzähligen Schüsse, wenn die Deutschen wieder Menschen auf den Hügel brachten. Bilder der Toten, die in dem Graben lagen, schoben sich in ihre Gedanken und Träume, und sie konnte sie nicht mehr verdrängen. Lange lag sie dann wach und starrte vor sich hin.

Niusia musste aber auch noch andere Grausamkeiten im Lager erleben. Sie kamen so plötzlich, so unvorhergesehen, dass die Menschen sich fast nicht schützen konnten.

Erschießungen

Der Lagerkommandant Amon Göth war ein guter Schütze. Alle Häftlinge im Lager wussten das, hatten sie doch oft genug erlebt, dass plötzlich einer der Mitgefangenen tot neben ihnen zusammenbrach.

In der Regel stellte er sich morgens mit freiem Oberkörper auf die Terrasse seiner Villa, in der Hand ein Gewehr. Von dort oben hatte er einen guten Überblick über das gesamte Lager. Er konnte sehen, ob die

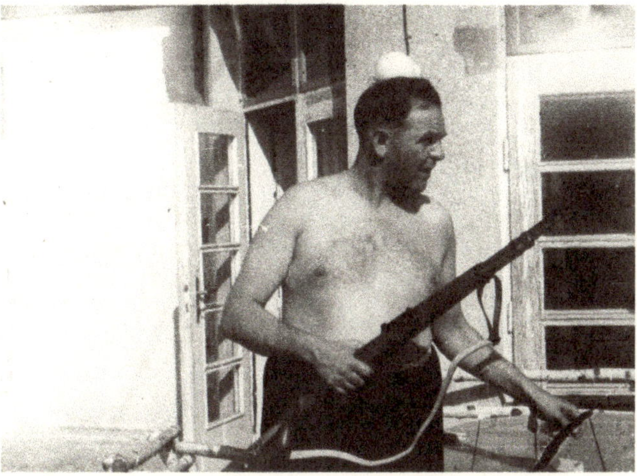

Amon Göth auf der Terrasse seiner Villa. Von hier aus schoss er morgens wahllos auf Häftlinge.

Häftlinge nach seiner Einschätzung schnell oder langsam arbeiteten. Hatte er jemanden ausgemacht, den er für zu langsam hielt, nahm er das Gewehr, zielte und schoss. Oft drückte er aber auch ohne Anlass ab.

Wenn er unsicher war, ob er den Häftling tödlich getroffen hatte, beauftragte er seinen Fahrer, nachzuschauen und ihn gegebenenfalls mit einem erneuten Schuss endgültig zu töten.

Amon Göth war ein Mensch, so behauptete er zumindest selbst, der keine traurigen Menschen ertragen konnte. Trauer sei nicht nur für ihn, sondern für alle Menschen ein quälender Zustand, besonders für die, die einen nahen Angehörigen verloren hätten.

Wenn er bei seinen morgendlichen Erschießungen jemanden getroffen hatte, ließ er sich die Karteikarte des Getöteten bringen, um festzustellen, ob es noch Angehörige im Lager gab. Weil er ja keine traurigen Menschen ertragen konnte, ließ er sie zusammenrufen. Dann wurden sie zum Hujer-Hügel geführt und dort erschossen.

Trauer wirke sich auch negativ auf die Arbeitsmoral der anderen Häftlinge aus, behauptete er. Das war ein weiterer Grund, die Familienangehörigen erschießen zu lassen.

Eines Morgens, als die Frauen nach dem Appell zu ihrer Arbeitsbaracke gingen, brach neben Niusia eine Frau zusammen. Das Mädchen hatte keinen Schuss gehört, nur gesehen, wie die Frau plötzlich am Boden lag. Aus einem Loch am Kopf trat Blut aus.

Regina packte ihre Tochter am Arm und zog sie eilig fort.

»Was ist mit der Frau passiert?«, wollte Niusia wissen.

»Frag nicht, komm schnell weiter!« Regina stand die Panik im Gesicht. Sie war noch blasser als sonst. Erst als sie an ihrem Arbeitsplatz waren, sagte sie zu ihrer Tochter: »Das war Amon Göth, der schießt jeden Tag von seinem Balkon aus auf uns. Wenn wir draußen sind, müssen wir immer drauf achten, dass er uns von dort oben nicht sehen kann. Und wenn wir zur Arbeit gehen, müssen wir immer ganz schnell sein!«

»Er hätte auch mich treffen können«, sagte Niusia. Angst machte sich in ihr breit. Niemand war vor Amon Göth sicher.

Während ihrer Zeit in Plaszów erlebte Niusia noch oft, dass Menschen plötzlich durch eine Kugel von Amon Göth tödlich zusammenbrachen. Manchmal waren sie auf dem Weg zur Arbeit gewesen, andere erschoss er während der Arbeit oder suchte sich einfach ein Opfer auf dem Gelände aus, weil er Lust am Erschießen hatte. Oft kam es auch vor, dass er Häftlinge antreten ließ, mit der gezogenen Pistole durch die Reihen ging und einfach jede zweite oder dritte Person erschoss. Er genoss dabei nicht nur das Töten selbst, sondern auch die Angst der Menschen.

Kinderdeportation

Es war der 14. Mai 1944. Ein warmer Frühlingstag kündigte sich an. Selbst in Plaszów spross zartes Grün aus der Erde. Es hätte auch für die Häftlinge ein den Umständen entsprechend schöner Tag werden können, an dem man sich abends nach der Arbeit noch eine Weile in der Wärme des Frühlingstages aufhielt, um sich ein wenig mit den andern zu unterhalten und darauf zu hoffen, dass der Terror bald ein Ende haben möge. Doch es kam anders.

Schon früh am Morgen wurden auf dem Appellplatz Tische aufgestellt. SS-Männer bauten sich dahinter auf, davor standen Ärzte.

Alle Häftlinge wussten, was das zu bedeuten hatte: Selektion. Wen würden die Ärzte heute auswählen? Jeder hatte Angst, niemand konnte sicher sein, noch einmal mit dem Leben davonzukommen. Im Hintergrund standen bereits die Lkws, um die Ausgesonderten wegzubringen.

Aus einer Gruppe von 1.500 Häftlingen sollte die Hälfte für die Deportation selektiert werden. Nackt mussten sie vor die Ärzte treten, die mit einem Fingerzeig über Leben oder Tod entschieden.

800 Menschen wurden an diesem Morgen für den

Abtransport ausgewählt. Zum Schluss gab es zwei etwa gleich große Gruppen, die sich gegenüberstanden. Keiner der Häftlinge in den beiden Gruppen wusste, wer für die Deportation und wer für den Verbleib im Lager vorgesehen war. Dieses Vorgehen hatte Methode. Keiner aus den beiden Gruppen sollte sicher sein. Während sie sich gegenseitig ängstlich beäugten, geschah etwas Unerwartetes. Die Kinder wurden aus dem Kinderhaus geholt. Sie mussten nicht von den Ärzten begutachtet werden, denn für die Lagerleitung stand fest, dass sie auf jeden Fall nach Auschwitz sollten.

Lkws fuhren vor, die Kinder mussten zuerst aufsteigen. Sie fingen an zu weinen, schrien nach ihren Müttern, versuchten wegzulaufen, wurden von Kapos wieder eingefangen und mit Peitschen geschlagen. Einige dachten aber wohl auch, dass sie nur einen Ausflug machen würden, und winkten den Erwachsenen zu.

Als die Eltern ihre Kinder sahen, fingen sie an zu schreien, lösten sich aus ihren Reihen und liefen zu den Fahrzeugen. Mütter, Väter, Kinder – alle waren verzweifelt. Manche Eltern warfen sich, nackt wie sie waren, vor die Lastwagen, in der Hoffnung, sie würden dann nicht losfahren. Doch die Fahrer hatten die Anweisung, zu starten, sobald die Ladefläche voll war. Viele Eltern liefen hinter den Lastwagen her, andere warfen sich vor die SS-Soldaten und flehten sie an, erschossen zu werden.

Einigen wenigen Kindern gelang die Flucht. Manche versteckten sich in Kaminen, andere in Hohlräumen des Fußbodens und wieder andere rannten zu den Latrinen, tauchten in die Fäkalien ab und harrten dort stundenlang aus.

Dolek hatte frühzeitig von der bevorstehenden Deportation der Kinder erfahren. Niusia war in dem Versteck, das er für sie ausgesucht hatte, sicher. Aber Ryszard und Olek wurden unruhig, als sie das Geschrei draußen hörten. Sie suchten sich einen Weg aus der Baracke, rannten zu den Latrinen und tauchten dort zu den anderen Kindern in die Fäkalien ab.

Nachdem die meisten Kinder abtransportiert waren, mussten auch die für nicht mehr arbeitsfähig gehaltenen Erwachsenen auf Lkws steigen.

Amon Göth, der die Deportation angeordnet hatte, verfügte, dass sie einen musikalischen Rahmen haben sollten. Über Lautsprecher wurde der Appellplatz mit Musik, vor allem Kinderliedern, beschallt.

»Mamatschi, schenk mir ein Pferdchen«* oder *»A yidische Mame«.

(Auszug des Liedes in deutscher Übersetzung)

Meine jüdische Mama, ich brauche sie jetzt mehr denn je.

Meine jüdische Mama, so gern würde ich ihre faltige Braue küssen.

Ich sehne mich danach, noch einmal ihre Hände zu halten, wie in vergangenen Tagen.

Und sie um Vergebung zu bitten, für Dinge, die ich getan habe und die sie zum Weinen brachten.

Musik für den Lagerleiter

Amon Göth hatte, wie schon gesagt, schnell herausgefunden, dass Poldek und Hermann Rosner ausgezeichnete Musiker waren. Er selbst liebe auch Musik, besonders nach harten Arbeitstagen, behauptete er gern. Hermann und Poldek sollten bald erfahren, was der Lagerleiter unter harten Arbeitstagen verstand.

Es gab Tage, an denen fanden im Lager unzählige Hinrichtungen statt, die Göth nicht nur anordnete, sondern bei denen er auch stets dabei war. Nach solchen Tagen ließ er abends die Rosner-Brüder zu sich in die Villa rufen, um nur für ihn zu spielen.

»Eure Musik ist nach Tagen wie diesen eine wahre Entspannung für mich. So kann ich mich von den Strapazen erholen und nachts ruhig schlafen.«

Doch es gab auch Nächte, in denen er nicht gut schlafen konnte. Dann ließ er die Brüder ebenfalls kommen, und sie mussten sich vor seinem Bett aufstellen und leise so lange spielen, bis er endlich einschlief. Besonders die Melodien zu deutschen Volksliedern bevorzuge er, um in das Reich seiner Träume zu gleiten.

Wenn die anderen Häftlinge sahen, dass Poldek und

Hermann auf dem Weg zur Villa waren, entspannten sie sich eine Weile. In dieser Zeit ging von Göth keine Gefahr aus.

Es gab noch eine ganze Reihe anderer Anlässe, zu denen die Brüder Rosner spielen mussten. Dann waren es nicht nur Hermann und Poldek, sondern auch Wilhelm, dessen Aufgabe es sonst war, morgens, mittags und abends mit einem Trompetensignal den Beginn und das Ende des Arbeitstages anzuzeigen und zum Mittagessen zu rufen.

Amon Göth liebte es, Gäste – vor allem hochrangige SS-Männer aus Krakau oder dem Umland – in seine Villa einzuladen, um mit ihnen ausschweifende Feste zu feiern. Diese Feste dauerten oft bis in die frühen Morgenstunden und das Trio musste ununterbrochen spielen. Die Musiker tauschten zu solchen Anlässen ihre gesteifte Häftlingskleidung gegen Smokings, die Göth ihnen aus dem Kleiderlager zukommen ließ.

Die Gäste aßen, tranken, amüsierten sich, und einmal, zu fortgeschrittener Stunde, bewarfen sie die Musiker mit den Essensresten, die noch auf dem Buffet lagen. Schenkelklopfend johlten sie, wenn einer der drei getroffen wurde und Kartoffelsalat, Fleischreste oder auch Pudding auf ihren Köpfen landeten und langsam der Schwerkraft nach unten folgten. Für Poldek, Hermann und Wilhelm war es eine extreme Erniedrigung, von den Deutschen so behandelt und dazu auch noch ausgelacht zu werden. Außerdem hatten sie Hunger, bekamen aber nichts von den Köstlichkeiten ab, mit denen Göths Gäste so verschwenderisch umgingen.

Eines Abends, als Göth wieder viele seiner SS-Freunde eingeladen und mit ihnen schon etliche Flaschen Schnaps getrunken hatte, die er auf dem Schwarzmarkt besorgen ließ, bat einer die Musiker, eine melancholische ungarische Melodie mit dem Titel »Düsterer Sonntag« zu spielen. In dem Text geht es darum, dass ein junger Mann beschließt, für seine Liebe zu sterben.

Die Rosners mussten die Melodie wieder und wieder spielen. Hermann merkte, wie der Offizier von einer Wiederholung zur nächsten immer trübsinniger wurde. Sie spielten das Stück sechsmal, siebenmal, achtmal. Hermann hatte das Gefühl, wenn sie das Lied noch ein weiteres Mal wiederholen müssten, würde der Offizier sterben. Und fast genauso kam es. Nach der achten Wiederholung trat der Offizier auf den Balkon hinaus, griff nach seiner Pistole und erschoss sich. Großes Entsetzen machte sich unter den Gästen breit, allein die Musiker blieben ruhig. Erst als sie unter sich waren, frotzelten sie, dass die Deutschen Gewehrkugeln brauchten, um die Menschen im Lager umzubringen. Sie hätten es mit ihrer Musik geschafft.

Eines Morgens berichtete Poldek seinen Mithäftlingen in der Maler-Baracke von einem Vorfall auf dem Fest, auf dem sie am Abend zuvor hatten spielen müssen. Ein betrunkener General legte einen Gegenstand auf Poldeks Kopf. Dann spielte er Wilhelm Tell und schoss mit seinem Gewehr den Gegenstand runter. Ringsum brach Gelächter aus. Der General verlangte von Poldek, ein deutsches Musikstück zu spielen, sonst werde er beim nächsten Schuss etwas tiefer zielen. Poldek und sein Bruder konnten dem Wunsch nachkommen. Immer den Blick auf den General gerichtet, spielten sie. Obwohl beide Brüder große Angst hatten, wollten sie ihm das nicht zeigen.

Irgendwann nach einem schweren Arbeitstag, wie er es nannte, lud Amon Göth erneut viele Gäste zu sich in die Villa ein. Hermann und Poldek Rosner sollten ihn und die Gäste mit ihrer Musik unterhalten. Poldek merkte an diesem Abend nicht zum ersten Mal, dass es auch hochrangige SS-Männer gab, die zusammenzuckten, wenn Göth auf sie zukam.

An dem Abend hatte der Lagerleiter aber einen besonderen Gast eingeladen: Oskar Schindler*. Er fiel den Musikern sofort auf, weil er keine Uniform trug. Der Mann war groß, gut gekleidet, flirtete schnell mit den anwesenden Frauen, hatte stets ein Glas Cognac in der Hand und sprach mit Amon Göth so, als seien sie enge Freunde.

Die Musiker spielten, die Gäste aßen, tranken und amüsierten sich. Oskar Schindler war begeistert von der Musik, seine Füße wippten im Takt, doch er wollte die Begeisterung nicht offen vor allen bekunden. Aber als Göth einmal für kurze Zeit nicht im Raum war, ging er auf die Musiker zu.

»In dieser barbarischen Zeit ist Ihre Musik etwas sehr Schönes!«, sagte er anerkennend. Er nahm Poldek in den Arm. »Sie sind in Ordnung, haben Sie keine Angst!«

Poldek war gerührt. Dieser Mann siezte ihn!

Er erzählte ihm in aller Eile, dass er und sein Bruder im Lager gefangen seien.

Schindler nickte.

»Sind Sie allein?«

»Nein«, entgegnete Poldek, »unsere Familien sind auch hier.« Schnell zählte er alle Namen auf.

Oskar Schindler nickte wieder.

»Ich werde mich darum kümmern«, versprach er, »machen Sie sich keine Sorgen.«

Die Namen der Familien gab er bei der nächsten Gelegenheit an Marcel Goldberg* weiter. Goldberg, ein Häftling in Plaszów, war im Büro von Amon Göth als Lagerschreiber tätig. Er hatte einen Überblick über die Häftlinge und machte gelegentlich auch Vorschläge, wer von ihnen in Schindlers Fabrik in Krakau arbeiten könnte. Goldberg überlegte, ob er das Mädchen und seine Mutter (also Regina und Niusia) auch dafür vorsehen sollte.

Was ist dieser Schindler für ein Mann?, dachte Poldek. Auf der einen Seite wirkt er wie ein guter Freund von Amon Göth, andererseits scheint er sich um Häftlinge zu kümmern. Hermann und Poldek wussten, dass er in Krakau eine Fabrik hatte – die »Emalia« –, in der mehrere Hundert Häftlinge aus Plaszów arbeiteten. Angeblich seien die Arbeitsbedingungen dort sehr human, niemand werde geschlagen oder auf andere Weise erniedrigt, auch das Essen sei gut. Viele Häftlinge aus Plaszów versuchten, in Schindlers Emalia einen Arbeitsplatz zu bekommen. Doch so begehrt die Fabrik war, es gab eine Begrenzung der Arbeitsplätze, auch wenn ihr Besitzer ständig versuchte, weitere Einsatzmöglichkeiten zu schaffen. Die musste er aber vorher von Amon Göth genehmigen lassen, denn der war der Herr über die Gefangenen. Aber Oskar Schindler wusste, mit welchen Mitteln er Amon Göth überzeugen konnte. Nicht nur mit erstklassigem französischem Cognac bekam er zusätzliche Arbeitskräfte, er köderte ihn auch mit großen Geldbeträgen, Brillanten und wertvollen Kunstgegenständen.

Deutsche Emaillewarenfabrik

Im Oktober 1939 reiste Oskar Schindler nach Krakau. Er stand vor der Wahl, Deutschland erneut seine Dienste in der Spionageabwehr anzubieten, für die er schon einmal gearbeitet hatte. In dem Fall würde er aber seine Zivilkleidung gegen eine Uniform tauschen müssen. Nicht zuletzt deshalb neigte er mehr dazu, noch einmal seinem ursprünglichen Beruf, dem des technischen Kaufmanns, nachzugehen.

In der Stadt mietete er sich eine Wohnung und nahm Kontakt zu Parteifreunden und SS-Männern auf, um auszuloten, welche Möglichkeiten, Geld zu verdienen, es für ihn gab, denn Schindler war ein Lebemann, einer, der teure Cognacs trank, stets Affären mit Frauen hatte, einer also, der gerne und gut lebte.

Schindlers Frau Emilie* besuchte ihn zweimal in der Woche. Sie wusste von dem ausschweifenden Leben ihres Mannes, der ihr schon oft versprochen hatte, sich auf keine weiteren Affären mehr einzulassen. Doch wenn sie in seine Krakauer Wohnung kam, lag noch der Duft seiner letzten Liebschaft in der Luft. Es sollten zwei weitere Jahre vergehen, ehe Emilie ganz zu ihm nach Krakau zog.

Noch im gleichen Monat wurde ihm eine heruntergewirtschaftete Emaillewarenfabrik angeboten. Sie hatte mal einer jüdischen Familie gehört, die enteignet wurde. Mithilfe von Itzhak Stern, einem polnisch-jüdischen Buchhalter, den er dort kennenlernte, bekam er das notwendige Startkapital.

Oskar Schindler witterte in diesem Projekt seine große Chance. Mithilfe der SS stellte er Zwangsarbeiter ein und begann zunächst, für den Schwarzmarkt dringend benötigte Emailleprodukte und später für die Wehrmacht Feldgeschirr zu produzieren. Letzteres und damit die ganze Fabrik wurden als kriegswichtig eingestuft, und so verdiente er sehr schnell viel Geld, weil seine Erzeugnisse dringend gebraucht wurden. Itzhak Stern wurde sein engster Berater.

Die Fabrik wuchs. Hatte er zu Beginn 250 Zwangsarbeiter beschäftigt, waren es zwei Jahre später bereits 800, darunter 350 jüdische Männer und Frauen. Juden, stellte er fest, waren günstiger als die polnischen Zwangsarbeiter, also versuchte er, ihren Anteil zu erhöhen. Für jeden jüdischen Arbeiter musste er pro Tag nur fünf Reichsmark an die SS zahlen. So machte er hohe Gewinne, die er aber nicht für seine persönliche Bereicherung anhäufte. Mit dem Geld hatte er anderes vor.

Sosehr Oskar Schindler als Mitglied der NSDAP von deren Ideologie einer autoritären Führung überzeugt war, so sehr lehnte er es ab, seine Arbeiterinnen und Arbeiter auszubeuten. Sie sollten für ihn gute Arbeit leisten und bekamen dafür, im Gegensatz zu den Zwangsarbeitern aus anderen Orten und Lagern, ausreichendes Essen. Er legte auch Wert darauf, dass niemand misshandelt wurde. Oft genug hatte er mit ansehen müssen, wie menschenverachtend die Deutschen mit den Juden, aber auch mit der polnischen Bevölkerung umgingen. Das widerstrebte ihm.

Mit dem Geld, das er verdiente, deckte er sich auf dem Schwarzmarkt mit allem ein, was er für seine ausgelassenen Feste brauchte, zu denen er oft ranghohe SS-Männer einlud. Neben kulinarischen Köstlichkeiten waren es erlesene Weine und vor allem hochprozentige Spirituosen. Aber auch Kaviar gehörte zu den Dingen, die seine Gäste schätzten.

Er musste die Männer bestechen, um weitere Arbeitskräfte zu bekommen. Das tat er mit Diamanten, mit Geld und Cognac, und wenn er sie zu Festen einlud, waren auch immer junge Frauen da, die die SS-Männer mit ihrem Charme umgarnten.

Einen weiteren Teil des Geldes verwendete er dazu, auf dem Schwarzmarkt Zusatzverpflegung für seine Arbeiter zu kaufen.

In dieser Zeit lernte er auch Amon Göth kennen, der seit wenigen Wochen Kommandant des Lagers in Plaszów war. Weil Schindler immer neue Arbeitskräfte benötigte, traf er sich häufig mit ihm in dessen Villa auf dem Lagergelände. Göth war nie einfach so bereit, Arbeitskräfte an Schindler abzutreten.

Oskar Schindler brauchte viel Überredungskunst, um von ihm neue Mitarbeiter für seine Fabrik zu bekommen. Weil er merkte, dass er mit Worten allein nicht weiterkam, brachte er stets wertvolle Geschenke mit. Diamanten war der Lagerleiter sehr zugeneigt, und nachdem die beiden Männer auch noch einige Gläser französischen Cognac getrunken hatten, bekam Schindler seine zusätzlichen Arbeitskräfte. Auch dickere Bündel Geldscheine lehnte der Lagerleiter nicht ab.

Oskar Schindler sah seinen neuen Arbeitern an, wie kraftlos und ausgezehrt sie waren. In diesem Zustand konnten sie keinen Zwölfstundentag überstehen, und wenn er dann noch dran dachte, dass sie zu Fuß ins Lager zurück und dort lange Appell stehen mussten, wusste er, dass er eine Alternative für sie brauchte.

Also überredete er Amon Göth, auf dem Gelände seiner Fabrik ein paar Hallen errichten zu dürfen, in denen die Arbeiter wohnen konnten. Schindler hatte ein klares Konzept. Ab sofort ließ er in seiner Fabrik neben dem Feldgeschirr auch Granathülsen herstellen, die, wie er den führenden SS-Männern in Krakau versicherte, kriegswichtig seien. Zur Durchsetzung seines Plans nahm er sich zunächst den SS-Polizeiführer von Krakau, Julian Scherner* vor. Neben seinen überzeugenden Worten war es vor allem wieder ein sehr hoher Geldbetrag, der den SS-Mann schließlich bewog, dem Vorhaben Schindlers zuzustimmen. Göth wehrte sich zunächst noch dagegen. Ihm wäre es lieber gewesen, Schindlers Fabrik nach Plaszów zu holen. Mit diesem Schritt glaubte er größeres Ansehen bei seinen Vorgesetzten in Berlin zu finden. Doch Schindler konnte sich durchsetzen, und Göth genehmigte ihm schließlich den Bau der Baracken auf dem Gelände der Emalia, die damit zu einem Nebenlager von Plaszów wurde. So gelang es Schindler, seine jüdischen Arbeiter in eine Schutzzone zu bringen.

Während seiner Besuche in Plaszów lernte er auch Mietek Pemper kennen. Pemper war Häftling in Plaszów, musste jedoch, als er von Göth ausgewählt wurde, in dessen Büro sämtliche Schreibarbeiten erledigen. Auf diese Weise hatte er einen guten Einblick in die Struktur des Lagers, konnte sich aber auch durch die Korrespondenz mit SS-Stellen außerhalb des Lagers einen Überblick über Planungen und Entwicklungen verschaffen, denn fast alle Briefe gingen über seinen Schreibtisch. Oft hatte er Angst, sein umfangreiches Wissen könne sein Todesurteil bedeuten, denn unter regulären Umständen war es Häftlingen nicht erlaubt, eine solch zentrale Funktion innezuhaben. Wie oft hatte er Göth dabei beobachtet, wie er von seinem

Balkon aus oder bei den Appellen willkürlich auf Häftlinge schoss. Warum sollte er da verschont bleiben?

Doch der Lagerleiter schätzte die zuverlässige Arbeit von Pemper und ließ ihn am Leben.

Bei den Treffen mit Pemper fragte Schindler ihn stets, was er tun könne, um nicht nur seine Arbeiter in der Fabrik, sondern auch weitere hier in Plaszów zu retten.

Mietek Pemper fasste Vertrauen zu Oskar Schindler, und umgekehrt sah auch Schindler in ihm einen verlässlichen Mann, mit dem er reden konnte. Schindler brauchte Arbeiter, Mietek Pemper konnte ihm welche empfehlen.

Zu der Zeit, als die Häftlinge noch täglich zu Schindlers Fabrik gehen mussten, sprach sich schnell herum, dass es dort wesentlich bessere Arbeitsbedingungen gab. Vielen schien es jedoch gänzlich unvorstellbar, in diesen Zeiten einen Arbeitsplatz zu haben, an dem man, neben ausreichendem Essen auch nicht geschlagen oder sonst wie erniedrigt wurde. Doch die, die den langen Fußmarsch bis in die Fabrik täglich auf sich nahmen, widersprachen den Zweiflern.

»Seht uns an«, sagten sie. »Wir bekommen jeden Tag genug Suppe, wir müssen dort nicht hungern. Deswegen sind wir auch nicht mehr so abgemagert.«

Immer, wenn Oskar Schindler bei Amon Göth war, keimte bei vielen Häftlingen die Hoffnung, sie könnten ebenfalls für eine Arbeit in der Emaillewarenfabrik ausgewählt werden. Doch sie waren auch Realisten. Die Möglichkeit, von Amon Göth erschossen zu werden, war sehr viel wahrscheinlicher als ein Arbeitsplatz in Schindlers Fabrik.

Manchmal, wenn sie abends neben ihrer Tochter auf der Pritsche lag, hoffte Regina auf ein bisschen Glück. Sie und Niusia in Schindlers Emalia – das könnte ihre Rettung sein. Von ihm und seiner Fabrik hatte sie gehört, über ihn redeten die Menschen im Lager.

Regina traute ihren Ohren nicht, als sie beide tatsächlich in Schindlers Emalia abkommandiert wurden. War das einfach nur Glück, dass sie ausgesucht wurden, oder hatte da jemand seine Hand im Spiel gehabt? Es war egal.

An einem warmen Septembermorgen wurden sie und Niusia, begleitet von einem SS-Wachmann, in Schindlers Fabrik nach Krakau gebracht. Bisher hatte Regina nur gewusst, dass dort Feldgeschirr für die Soldaten an der Front hergestellt wurde. Deswegen wunderte sie sich, als sie erfuhr, dass es auch um Patronenhülsen ging. Reginas Aufgabe bestand darin, die Hülsen zu polieren, was eine vergleichsweise leichte Arbeit war.

Und alles, was Regina bisher in Plaszów über die Fabrik erfahren hatte, stimmte tatsächlich. Sie erlebte es in jeder Minute. Hier wurde nicht gedroht und geschlagen. Alle schienen zufrieden. Das Essen, das sie jeden Tag bekamen, war gut und nahrhaft. Es schmeckte und gab ihnen Kraft.

Niusia musste gar nicht arbeiten. Vielleicht später einmal, wenn sie wieder mehr bei Kräften wäre, meinten die Aufseher.

Dass Niusia in Krakau überhaupt nicht mehr zum Arbeitseinsatz kam, lag daran, dass die Fabrik geschlossen wurde. Doch es würde eine neue Fabrik geben und sowohl die Maschinen als auch das gesamte Personal sollten am neuen Standort in Brünnlitz wieder zum Einsatz kommen.

Die Liste

Nach seiner Gründung im Sommer 1940 war das Lager Plaszów zunächst ein Zwangsarbeitslager*. Auf dem Areal südöstlich von Krakau befanden sich Kalksteinbrüche, die nach dem Willen der deutschen Besatzungsmacht ausgebeutet werden sollten. Auf dem Lagergelände selbst gab es neben den Wohnbaracken für die Zwangsarbeiterinnen und -arbeiter einen Bereich mit Fabriken und einen Wohnbereich für die Deutschen.

Waren es zu Beginn der Lagerzeit katholische polnische Zwangsarbeiter gewesen, die hier schuften mussten, wurden im Laufe der Zeit immer mehr Juden beschäftigt.

Der Auftraggeber für den Großteil der Kalksteinförderungen war das SS-Unternehmen Deutsche Ausrüstungswerke*.

Nachdem Amon Göth im Frühjahr 1943 die Leitung des Lagers übernommen hatte, wurden die Menschen aus dem Bereich A des Krakauer Ghettos nach Plaszów deportiert. Sie sollten das Lagergelände erweitern. Unter den schlechten Arbeitsbedingungen und der brutalen Herrschaft des Lagerleiters starben Tausende von ihnen.

Amon Göths Bestreben war es, Plaszów möglichst schnell in ein Konzentrationslager umzuwandeln. An dieser Idee arbeitete er, setzte sich mit den zuständigen Regierungsstellen in Berlin in Verbindung und bekam schließlich die Genehmigung.

Im Januar 1944 war der Schritt vollzogen, Plaszów war mit anderen Konzentrationslagern gleichgestellt. Es unterlag dadurch nicht mehr der Aufsicht des Generalgouverneurs Hans Frank in Krakau, sondern der des Wirtschafts- und Verwaltungshauptamtes in Berlin. Mögliche Kontrollbesuche wurden so erheblich reduziert. Der Willkür von Amon Göth waren deshalb faktisch keine Grenzen gesetzt. Er dagegen hoffte, durch sein rigoroses Vorgehen gegen die Juden schneller befördert zu werden. Nicht nur er selbst hatte »Lust« am Morden, in seinem Umfeld gab es einige SS-Männer, die auf Zuruf von Göth gern ihre Waffe zogen und Häftlinge töteten. Neben Albert Hujer waren das vor allem die SS-Hauptscharführer Edmund Zdrojewski* und Willi Eckert*.

In Oskar Schindler glaubte Amon Göth einen Freund gefunden zu haben, der ihm obendrein noch dazu verhalf, seinen Reichtum zu mehren.

Doch Oskar Schindler hatte andere Ziele. Er wollte möglichst viele Juden vor dem sicheren Tod retten. Dazu diente besonders der Kontakt zu Mietek Pemper. Als die Kriegsfront von Osten näher rückte, sollten Transporte aus den verschiedenen kleineren Lagern in die großen Vernichtungslager gehen. Pemper registrierte das und gab die Informationen verschlüsselt an Schindler weiter.

Nun musste gehandelt werden, denn auch das Lager Plaszów stand vor der Auflösung. Für die Menschen dort bedeutete das den sicheren Tod in Auschwitz-Birkenau.

Bei Gefangenentransporten von einem Lager in ein anderes mussten stets Listen erstellt werden, die in den Lagerverwaltungen als Frachtbriefe bezeichnet wurden.

Oskar Schindler hatte den Plan, seine Fabrik von Krakau nach Brünnlitz zu verlagern. Dort, in der Nähe seiner Geburtsstadt Zwittau, hatte er ein leer stehendes Gebäude erworben, in dem seine Arbeiterinnen und Arbeiter aus der Emalia, aber auch zusätzliche Häftlinge aus Plaszów arbeiten sollten. Mit Cognac und Geld überzeugte er Göth von seinem Plan, in der Fabrik in Brünnlitz kriegsentscheidende Munition herstellen zu lassen. Dafür brauche er aber weitere Zwangsarbeiter.

Schindler ließ auch gleich eine Liste mit allen Arbeiterinnen und Arbeitern erstellen, die er nach Brünnlitz mitnehmen wollte. Alle aus seiner bisherigen Fabrik sollten ja auf jeden Fall mit, dazu aber auch deren Familienangehörige, die noch im Lager waren.

Marcel Goldberg war es, der diese Liste erstellte. Er kannte die Häftlinge, die in Schindlers Emalia arbeiteten, und er wusste, wer von denen, die noch im Lager waren, gerettet werden sollte. Unterstützt wurde er dabei von Mietek Pemper, Itzhak Stern und Leopold Pfefferberg.

Wenn Amon Göth nicht im Lager war, kam Schindler oft bei den drei Männern vorbei und nannte weitere Namen von Häftlingen, die er unbedingt mitnehmen wollte. Die ganze Familie Rosner samt Schwager und deren Kinder Niusia und Ryszard sollten unbedingt auf die Liste. Ständig schlug er weitere Namen vor und beauftragte die drei Männer, auch aus ihren Karteien weitere Namen draufzusetzen.

Name, Vorname, Alter und ein Beruf, der in der metallverarbeitenden Branche wichtig war, mussten auf der Liste genannt werden. In dem neuen Werk würde er keine Emaillewaren mehr herstellen lassen, sondern ausschließlich kriegsentscheidende Munition. Das war, zumindest nach außen, sein Plan. Seine eigentliche Absicht wäre niemals genehmigt worden.

Zu den zuständigen Regierungsstellen in Berlin hatte Oskar Schindler gute Beziehungen, und mit dem Argument, in Brünnlitz kriegswichtige Munition herzustellen, wurde sie auch genehmigt. Nur in Brünnlitz wehrten sich die offiziellen Stellen dagegen. Der Landrat wollte verhindern, dass die Region »verjudet«

werde, außerdem würden diese Leute ja Krankheiten einschleppen. Es war Emilie Schindlers Verdienst, dass der Widerstand brach. Einer der Entscheidungsträger war ihr ehemaliger Sportlehrer. Nach langen Gesprächen, in denen sie die Vergangenheit wieder aufleben ließen, wurde der Verlegung der jüdischen Arbeiter in das Werk in Brünnlitz schließlich doch zugestimmt.

Unter den Häftlingen hatte sich herumgesprochen, dass das Lager Plaszów aufgelöst werden sollte, und jeder wusste, welch furchtbare Konsequenzen das haben würde: die Deportation nach Auschwitz-Birkenau.

Einige Häftlinge hatten noch Geld oder Wertsachen im Lager versteckt, und als sie herausfanden, wer die Listen zusammenstellte, versuchten sie, sich durch Bestechung einen Platz zu erkaufen.

Marcel Goldberg war für Zuwendungen jeglicher Art sehr empfänglich. Viele Häftlinge hatten das in der Vergangenheit schon erlebt. Brauchte jemand eine leichtere Arbeit, wandte er sich mit Geld oder Schmuck an Goldberg.

Goldberg konnte sich auf jeden Fall als einen Geretteten betrachten, denn er hatte auf der Liste einen festen Platz. Heimlich nahm er von Häftlingen Geschenke oder Geld an und versprach ihnen, auch ihre Namen auf die Schindler-Liste zu setzen. Dafür musste er allerdings andere Namen, die bereits feststanden, wieder streichen.

Die Manipulation der Listen fiel bald auf, doch niemand ahnte, wer dahintersteckte. Sicher gab es bei Pemper und Stern Vermutungen, aber keine konkreten Beweise. Sie mussten ein System finden, das Änderungen an den Listen absolut ausschloss.

Es gibt heute nur wenige Hinweise darauf, wie das erreicht wurde. Einig waren sich die Männer, dass die Namen auf den Listen nicht öffentlich gemacht werden durften. Panik bei all jenen, die nicht gerettet werden konnten, sollte vermieden werden.

Sie überlegten, wie sie sicherstellen konnten, dass die Menschen, die Schindler gemeinsam mit ihnen auf die Liste gesetzt hatte, nicht mehr ausgetauscht wurden.

In einem Vermerk, der in einem Goetheband gefunden wurde, heißt es: *Es dürfen keine Nachrichten an Pfefferberg* und Goldberg.* Das war ein vager Hinweis, dass sich dort die undichte Stelle befand. Pfefferberg war Häftling in Plaszów und hatte Oskar Schindler bereits kennengelernt, als er noch im Krakauer Ghetto war. Einerseits hatten die beiden das Vertrauen von Oskar Schindler, andererseits war ihr späterer Lebensretter zu wenig mit den internen Kontakten der beiden Männer vertraut.

Vielleicht war es so:

Es ist Itzhak Stern, der sich Gedanken darüber macht, wie die Namen, die einmal auf der Liste standen, nicht mehr aus-

getauscht werden könnten. Mietek Pemper hat in seinem späteren Buch nichts darüber geschrieben und auch in den vielen Interviews nichts dazu gesagt. Stern vermutet, dass zumindest Goldberg hinter den Änderungen der Liste stecken könnte, denn der hat für Häftlinge in Plaszów schon öfter sicherere Arbeitseinsätze organisiert und sich dafür in irgendeiner Form bezahlen lassen.

Stern hat die Idee, die Kommunikation, was die Listen mit den Namen betrifft, über die »Literatur« zu steuern. Durch seinen langjährigen Kontakt zu Familie Schindler weiß er, dass es in deren Haus Bücher gibt. Bücher, überlegt er, können ein Ort sein, wo die Namen sicher hinterlegt sind. Weil er selbst keine Gelegenheit hat, Schindlers in ihrer Wohnung zu besuchen, um die Namen dort in Bücher einzutragen, muss er jemanden in seine Überlegungen einweihen, der den Kontakt, insbesondere zu Emilie Schindler hat, da sie häufiger in der Wohnung anzutreffen ist. Als er die Namen der infrage kommenden Personen durchgeht, fällt ihm Josef Horn ein. Der kennt nicht nur Oskar, sondern auch Emilie Schindler. Öfter wird er dazu beauftragt, von Plaszów zur Emalia zu gehen, um dort Aufträge zu erledigen.*

Stern weiht Josef Horn in seine Überlegungen ein. Bei einem ersten Besuch bei Emilie Schindler besprechen die beiden Sterns Vorschlag. Emilie ist empört über die Manipulation der Listen und willigt sofort ein, den Plan zu unterstützen. Sie hat auch schon eine Idee.

Vor vielen Jahren hatte ihr ihre damalige Freundin Herta, mit der sie zur Berufsschule in Brünn ging, zehn Bände »Goethes gesammelte Werke« geschenkt. Weil Goethe in den Augen der Nazis ein angesehener deutscher Dichter ist, wurden seine Bücher weder verbrannt noch verboten. In diesen Büchern sollen die Namen der Menschen notiert werden, die für die Verlegung von Plaszów nach Brünnlitz vorgesehen sind, das ist Emilie Schindlers Vorschlag.

Schon bei seinem nächsten Besuch bringt Horn die ersten Namen mit. Mit einem Bleistift notiert er zu den Namen auch die Geburtsdaten sowie deren fingierte Berufe neben die Goethe-Texte. Außerdem setzt er einige Namen noch in hebräischer Schrift dazu. Bei den folgenden Besuchen wird die Liste in den Büchern ergänzt und vervollständigt.

In diesen Bänden ist ein Teil der Namen der Menschen festgehalten, die Schindler mit nach Brünnlitz nehmen wollte.

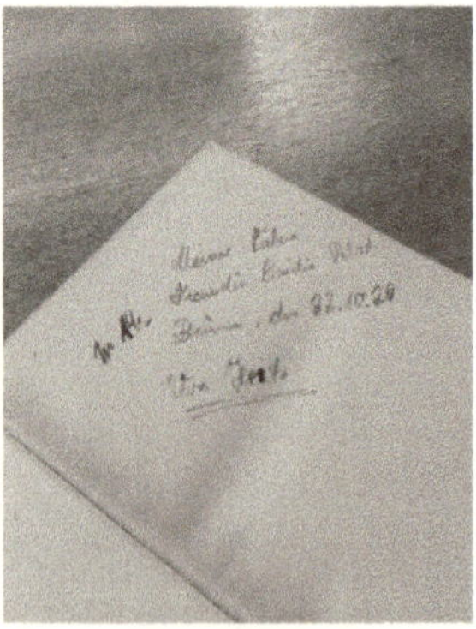

Goetheband mit Widmung der Freundin Herta

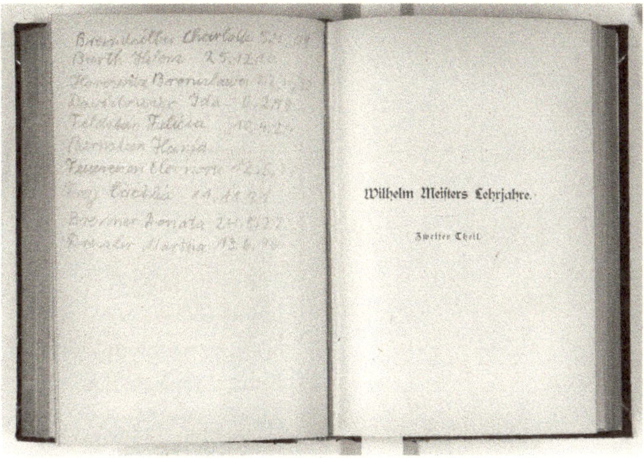

Goetheband mit Namen von Schindlers Liste
3. ganz oben: Bronislawa (Niusia) Horowitz

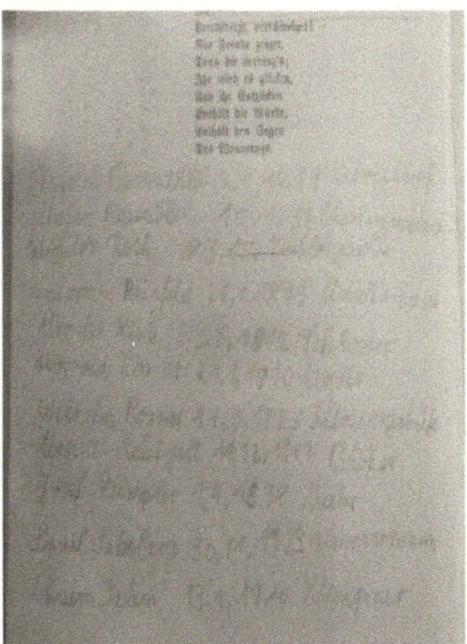

Goetheband mit den Namen Leopold und Wilhelm Rosner

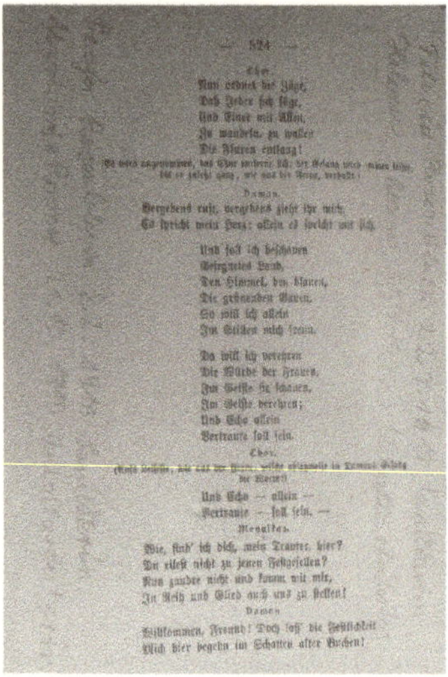

Goetheband mit Namen von Schindlers Liste – links senkrecht: Marianne (Manci) Rosner; rechts senkrecht: Helena Rosner

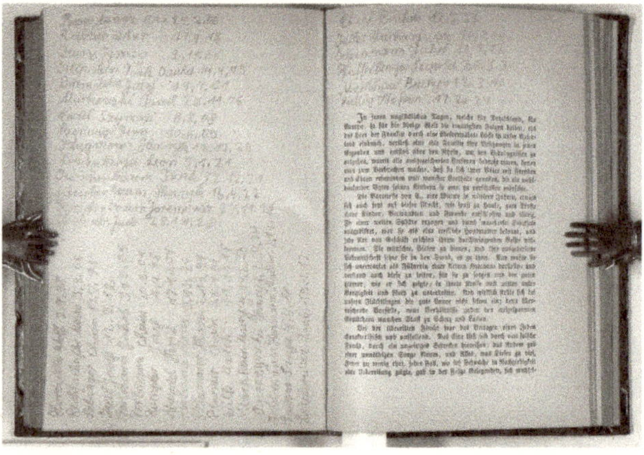

Goetheband mit dem Namen Leopold Pfefferberg, den Oskar Schindler auf die Liste setzen ließ. Auch seine Frau Ludmila wurde so gerettet.

Auschwitz

Alles hatte so gut begonnen. Sie waren mit ihren Namen aufgerufen worden, um in die Waggons zu steigen. Sie standen also auf der Liste, auf Schindlers Liste. Sie konnten sich als die Geretteten betrachten. Die Fahrt war alles andere als bequem gewesen, doch sie hatte die Frauen in Sicherheit bringen sollen. Und nun das!

Niusia verstand nicht, wo sie gelandet waren. Sie spürte die Panik und bekam Angst. Keine der Frauen wollte aus den Waggons aussteigen. Kapos und SS-Männer mussten sie mit Schlagstöcken rausprügeln.

Dicht an ihre Mutter gedrängt, lief Niusia einfach mit den andern in die Richtung, die die SS-Männer ihnen mit den vorgehaltenen Gewehren zeigten.

Regina schaute sich um. Als sie ihre Schwägerinnen Helen und Manci entdeckte, war sie erleichtert. Im Waggon hatte sie die beiden Frauen nicht entdeckt, wie auch? Zu viele hatten dort dicht an dicht gestanden.

Zunächst wehrten sich einige noch, in das Lager aufgenommen zu werden. Auch Niusias Tante Helen stellte sich entschieden vor einen SS-Mann und sagte, es sei ein Irrtum. Er möge sich bei der Lagerleitung einsetzen, dass sie nach Brünnlitz weiterfahren dürften. Helen hatte auch schon in Plaszów Mut bewiesen. Doch hier wurde sie mit vorgehaltenem Gewehr zurückgetrieben.

»Wir gehören zu Oskar Schindler!«, riefen andere Frauen. »Wir müssen nach Brünnlitz, um dort in seiner Fabrik zu arbeiten!«

Doch die SS-Männer scherten sich nicht um die Proteste. Die bellenden Hunde und die gebrüllten Befehle der SS-Leute zeigten den Frauen die Richtung, wo es langging.

Ihr erster Weg führte sie in die Sauna. Alle wurden aufgefordert, sich komplett auszuziehen. Einige Frauen wehrten sich, doch die Aufseherinnen machten mit ihren Stöcken klar, dass jeglicher Widerstand niedergeschlagen werde. Dazu kamen noch ihre Rufe: »Beeilt euch, schneller! Schneller, ihr Schweine!«

Die Kleidung mussten sie auf Tische legen, die rechts von ihnen aufgereiht an einer Wand standen.

Langsam, immer wieder stockend, bewegte sich die Gruppe zum nächsten Raum.

Für Niusia war es verstörend, mitten zwischen so vielen nackten Frauen zu stehen. Sie sah große Brüste, kleine Brüste, hängende Brüste und bei einigen Frauen entdeckte sie Blut zwischen den Beinen. Hatten sie sich verletzt? Sie hatte keine Erklärung dafür.

Über dem nächsten Eingang stand »Haarschneideraum«. Die meisten Frauen konnten das deutsche Wort nicht lesen, sahen aber schon bald, was dort geschah. Viele Häftlingsfrauen in gestreiften Anzügen standen bereit, in einer Hand eine Schere, mit der anderen fassten sie in die Haare und schnitten sie ab. Niusia weinte, als ihre Haare zu Boden fielen. Aber auch die stumpfe Schere, mit der die Frau ihre Frisur zerstörte, trieb ihr Tränen in die Augen. Das Zerren und Reißen tat weh. Alles musste sehr schnell gehen. Die Häftlingsfrauen nahmen keine Rücksicht auf irgendwelche Gefühle, denn immer standen Aufseherinnen dabei, die sie zu noch schnellerem Arbeiten antrieben.

Über dem Eingang zum nächsten Raum stand »Brause«. Die Frauen sahen nur die Duschköpfe an der Decke und gerieten erneut in Panik. Schreiend versuchten sie umzukehren, nach hinten zu drängen, keine von ihnen ging freiwillig in diesen Raum. Mit Stockschlägen wurden sie von den Aufseherinnen zurückgetrieben.

Die Frauen schauten nach oben zu den Duschköpfen. Sie hatten Angst, dass gleich Gas und kein Wasser dort rausströmen würde. Denn davon hatten sie gehört.

Erst als sie unter dem Wasserstrahl standen, beruhigten sie sich, genossen das erfrischende Nass, tranken davon und wuschen ihre Körper.

Im nächsten Raum bekamen sie die übliche gestreifte Häftlingskleidung, Unterwäsche und ein Kleid aus grobem Leinenstoff. Die Holzschuhe, die man ihnen gab, hatten Einheitsgröße. Es war schwierig, in ihnen zu laufen.

Der nächste Weg führte sie zu einem Block des Frauenlagers. Hier sah es ähnlich aus wie in den Baracken in Plaszów. Es gab dreistöckige Betten, nur mussten diesmal drei Frauen auf einer Pritsche schlafen. Die Decken waren dünn und verlaust.

Sicher waren sie nicht in Auschwitz. Sie wussten, dass täglich Tausende ins Gas geschickt und anschließend in den Krematorien verbrannt wurden. Jeder neue Tag konnte ihr letzter sein.

Und die Tage zogen sich endlos hin. Wann würden sie etwas von Oskar Schindler hören? Es konnte doch nur ein Missverständnis sein, dass sie in Auschwitz gelandet waren. Verzweiflung machte sich breit. Hatte er sie vergessen? Nein, das konnte nicht sein! Oder doch?

Der Tagesablauf glich dem in Plaszów. Morgens und abends mussten sie zum Appell antreten, danach bekamen sie etwas zu essen.

Regina achtete darauf, dass ihre Tochter nicht als Kind auffiel – besonders bei den Appellen. Wenn sie antreten mussten, legte sie ihr Steine unter die Füße, damit sie etwas höher stand. Auch die Holzschuhe ließen sie größer erscheinen. In einer Abfalltonne hatte Regina Schalen von Roter Bete gefunden. Mit dem

Saft, den sie noch mühsam herauspresste, rieb sie ihrer Tochter die Wangen ein, damit sie frisch aussah.

Niusia kam das Essen, das ihnen ausgeteilt wurde, bekannt vor. Ihr Blechnapf wurde zum Frühstück mit einer ähnlich schmeckenden Brühe gefüllt wie in Płaszów, abends gab es etwas Brot mit einem Klacks Marmelade oder einem Stückchen Käse, dazu wieder dieses undefinierbare Getränk. Mittags bekamen sie eine Suppe, in der manchmal ein paar Kartoffelschalen oder Kräuter schwammen. Satt wurde davon niemand!

Wenn sie sich tagsüber vor der Baracke aufhielten, sahen sie oft, wie Häftlinge von den Kapos geschlagen wurden. Einige starben unter den Stockhieben.

Niusia verstand das nicht. Sie sollten doch arbeiten, dafür waren die Männer doch eingesetzt. Warum schlug der Kapo sie tot?

An anderen Tagen beobachteten sie, wie Züge eintrafen und die Menschen aus den Waggons getrieben wurden. Nur wenige wurden, so wie sie, zur Sauna geführt. Die meisten – Frauen, Kinder, alte Menschen – wurden durch das Lager geführt bis zu dem kleinen Birkenwäldchen mit dem See davor.

»Was passiert mit ihnen?«, wollte Niusia wissen. Ihre Mutter antwortete nicht, doch Niusia sah das Entsetzen in ihren Augen. Kurze Zeit später liefen ihr Tränen über die Wangen.

Dann kam der Tag, an dem alles hätte zu Ende sein können. Die Frauen mussten zur Selektion antreten.

Regina flehte die Aufseherin Alice Orlowski* an, Niusia nicht mit hinauszuschicken. Sie wusste, dass Kinder in Auschwitz keine Überlebenschancen hatten. Bei Selektionen gehörten sie und die Alten stets zu den ersten Opfern.

Alice Orlowski betrachtete sie mit großen Augen.

»Das ist unmöglich!«, blaffte sie Regina an. »Sie muss mit nach draußen!«

»Bitte!«, flehte Regina.

»Nein! Und dabei bleibt es!« Alice Orlowski war unnachgiebig.

Regina machte einen letzten Versuch. Er musste klappen.

»Sie können doch sicher etwas brauchen, etwas, das Sie unauffällig von hier mit nach Hause nehmen können, das Ihnen ihr Leben erleichtert.«

Regina drehte sich kurz um, nahm den Diamanten aus dem Mund, den sie in Plaszów gerettet hatte und unter ihrer Zunge versteckte. Damals hatte sie sich geschworen, den Stein nur dann herzugeben, wenn sie damit das Leben ihrer Kinder, ihres Mannes oder ihr eigenes retten könnte. Nun war der Augenblick da. Sie wischte den Diamanten an ihrem Kleid ab und hielt ihn der Aufseherin hin.

Sie glaubte, ein Funkeln in den Augen der Frau zu

sehen. Alice Orlowski wollte nach dem Stein greifen, doch Regina zog ihre Hand schnell zurück.

»Nur wenn meine Tochter nicht zur Selektion muss!«, sagte Regina entschieden.

»Sie soll sich in eine Ecke verkriechen und still sein! Verstanden? Wenn das auffliegt, seid ihr dran, ist das klar? Dann wird euer Schindler auch nichts mehr für euch tun können!«

Regina nickte und gab Alice Orlowski den Diamanten. Sie hatte keine andere Wahl. Niusia gab sie die Anweisung, sich so lange still zu verhalten, bis sie wieder zurück seien. Das Mädchen nickte ängstlich und setzte sich in die hinterste Ecke. Sie wartete und schaute sich vorsichtig um. Keinen Laut sollte sie von sich geben. Wie lange wird das dauern?, überlegte sie. Sie bekam Angst, ihre Mutter könnte nicht mehr zurückkommen. Was sollte sie tun? Endlich, nach einer gefühlten Ewigkeit, kamen die Frauen zurück. Auch ihre Mutter war dabei. Niusia sprang auf, rannte zu ihr und umarmte sie.

Einige Tage später stand eine weitere Selektion an. Regina geriet in Panik. Nun hatte sie nichts mehr, womit sie die Blockälteste bestechen konnte.

Tante Manci kam ihr zu Hilfe.

»Ich werde sie verstecken!«, sagte sie entschlossen und nahm Niusia an die Hand. Ein alter Kupferofen wurde zu ihrer Rettung. Tante Manci öffnete die Klappe und half Niusia hinein. Dann musste sie sich selbst in die Gruppe der Frauen für die mögliche Selektion einreihen.

Endlos lange, so kam es dem Mädchen vor, musste sie in dem Ofen ausharren. Sie hatte Angst. Sie hatte Hunger. Sie fror. Ihr Rücken, ihre Arme und Beine schmerzten, doch sie wagte nicht, sich zu rühren.

Nach vielen Stunden kam die Tante zurück. Sie half ihr aus dem Ofen. Niusia war von oben bis unten schwarz vom Ruß, ihre Beine waren steif, sie konnte kaum laufen. Die Tante stützte sie. Doch Niusia war gerettet. Ihre Mutter nahm sie in den Arm, drückte sie an sich, weinte, streichelte mit einer Hand ihre kurzen Haare und meinte: »Deine Haare sind wie ein Stoppelacker, aber trotzdem wunderschön!«

Nachdem der Zug mit den Frauen nicht in Brünnlitz ankam, machte sich Oskar Schindler Gedanken, wo er geblieben sein mochte. Nach einigen Telefongesprächen fand er heraus, dass der Zug nach Auschwitz umgeleitet wurde. Oskar Schindler war empört, aber fest entschlossen, die Frauen zu retten. Er beauftragte den zum Zivilpersonal gehörenden Ingenieur Schöneborn, unverzüglich nach Auschwitz zu reisen und dort, notfalls bei allen führenden Kräften, die sofortige Freilassung der Frauen zu fordern. Dann griff Schindler in seine Hosentasche, zog ein Säckchen mit Diamanten hervor und überreichte es dem Ingenieur.

»Worte allein reichen manchmal nicht aus, um jemanden von etwas zu überzeugen«, fügte er hinzu.

Schöneborn machte sich noch am selben Tag auf den Weg.

Die Zeit verging, ohne dass Schindler eine Nachricht aus Auschwitz bekam. Von Stunde zu Stunde wurde er ungeduldiger.

Schöneborn kam mit seinen Verhandlungen tatsächlich nicht weiter. Er bestand darauf, dass die Jüdinnen, die irrtümlich im Lager seien, nach Brünnlitz gebracht werden müssten. »Sie sind eingearbeitet und ohne sie läuft der Betrieb nicht!«, argumentierte er, nachdem man ihm angeboten hatte, er könne 300 Frauen aus einem Transport bekommen, der am nächsten Tag eintreffen würde.

Oskar Schindler sah sich gezwungen, seinen letzten Joker zu ziehen. In Zwittau hatte er eine Jugendliebe namens Hilde. Sie war eine sehr hübsche Frau, die gute Beziehungen zu den SS-Oberen hatte. Er suchte sie auf und flehte sie an, nach Auschwitz zu fahren, um sich dort für die Frauen einzusetzen. Hilde konnte ihm die Bitte nicht ausschlagen.

Wie sie es schaffte, die SS-Bonzen zu überzeugen, blieb ihr Geheimnis. Auf jeden Fall traf nach ein paar Tagen der Zug mit den 300 Frauen in Brünnlitz ein.

Als sie die Nachricht erhielten, dass sie nun bald nach Brünnlitz gebracht würden, fielen sich die Frauen in die Arme, lachten und weinten. Oskar Schindler hatte sie nicht im Stich gelassen.

»Bald werden wir bei unseren Männern und Söhnen sein!«, freuten sie sich.

Am nächsten Tag konnten sie endlich Auschwitz verlassen. Es waren drei lange, gefährliche Wochen gewesen. Wie viele Menschen hatten sie in dieser Zeit zu den Gaskammern und Krematorien gehen sehen? Kinder, alte Menschen, Mütter mit Babys. Wie viele Erniedrigungen hatten sie ertragen, wie viele Hinrichtungen mit ansehen müssen? Was sie erlebt hatten, schien vollkommen irreal, doch das Grauen war Wirklichkeit, und sie hatten mittendrin gestanden.

Den Frauen aus Plaszów war bei ihrer Ankunft keine Häftlingsnummer eintätowiert worden, deswegen wurden sie mit ihrem Namen aufgerufen. Andere Häftlingsfrauen, die bei ihnen in der Frauenbaracke untergebracht waren, hatten auf ihren Unterarmen Nummern und wurden sowohl von der SS als auch von den Kapos damit gerufen. Das hatten sie in den drei Wochen erlebt, und es erinnerte sie immer an Plaszów, wo sie selbst auch nur Nummern gewesen waren.

Auf der Rampe gab es ein großes Gedränge, als sie den Zug bestiegen. Jede von ihnen wollte Auschwitz so schnell wie möglich verlassen.

Niusia hatte Glück. Sie fand einen Platz an der

Außenwand, setzte sich hin und fand ein Loch in den Brettern, durch das sie hinausschauen konnte.

Ob die Menschen dort auch erschossen werden, so wie in Plaszów?, fragte sie sich. Tatsächlich entdeckte sie welche hinter dem Stacheldrahtzaun. Kurz bevor der Zug abfuhr, konnte sie zwei von ihnen erkennen. Sie war sich ganz sicher: Da standen Ryszard und Olek. Sofort sagte sie es ihrer Mutter. Regina und Manci redeten auf den SS-Mann ein, sie noch einmal kurz rauszulassen, damit sie sich erleichtern könnten. Sie krochen unter den Waggon, urinierten dort und konnten so auch ihren beiden Söhnen zuwinken. Die beiden Jungen krempelten ihre Ärmel hoch, um den Müttern die frisch tätowierten Nummern zu zeigen.

Das sollte für lange Zeit das letzte Mal sein, dass die zwei und ihre Mütter sich sahen.

Während alle anderen Frauen in dem Waggon zuversichtlich waren, bald in Brünnlitz ihre männlichen Familienmitglieder zu treffen, waren Regina und Manci niedergeschlagen. Warum waren die beiden Jungen in Auschwitz? Waren sie allein dort? Waren Erwachsene bei ihnen, vielleicht jemand aus der Familie? Die Jungen hatten keinen ängstlichen Eindruck gemacht, im Gegenteil. Offensichtlich waren sie stolz auf die Tätowierungen gewesen.

Die Fahrt nach Brünnlitz dauerte zwei Tage, ohne dass die beiden Frauen Antworten auf ihre Fragen fanden. Die hofften sie an ihrem Zielort zu bekommen.

Als sie endlich ankamen, drängten die Frauen aus dem Zug. Alle wollten schnellstens in Schindlers Fabrik, weil sie sich dort sicher glaubten und ihre Männer wiederzufinden hofften. Doch zunächst mussten sie sich erneut, wie sie das schon aus den anderen Lagern kannten, in Fünferreihen aufstellen. Gut, dass nicht nur SS-Wachen sie am Bahnhof abholten, sondern Oskar Schindler persönlich gekommen war, um sie zu begrüßen.

»Sie müssen jetzt keine Angst mehr haben!«, rief er den Frauen zu. »Hier sind Sie sicher!«

Rundum standen SS-Männer, die diese kurze Begrüßungsrede hörten. Keiner von ihnen wagte etwas dagegen zu sagen oder zu unternehmen. Oskar Schindler war eine Autorität.

Er führte die Gruppe auf dem Weg in die Fabrik an. Links und rechts standen Männer, die nach ihren Frauen Ausschau hielten. Wenn sie bekannte Gesichter sahen, riefen sie, scherten aus den Reihen aus und wollten losrennen.

Oskar Schindler stoppte sie.

»Um ein großes Durcheinander zu vermeiden, werde ich die Namen aufrufen, und dann können Sie Ihre Leute treffen.«

Nacheinander fanden sich die Familien, fielen sich in

die Arme, weinten, lachten und küssten sich. Endlich waren sie wieder zusammen.

Nur Regina und Manci warteten vergeblich auf ihre Männer. Dass sie ihre Söhne hier nicht treffen würden, das wussten sie schon, doch wenigstens die Männer hatten sie erwartet, nicht zuletzt in der Hoffnung, dass sie ihnen erklären könnten, warum die beiden Jungen in Auschwitz steckten.

Oskar Schindler war es, der ihnen sagen musste, dass nicht nur die Jungen, sondern auch deren Väter noch immer in Auschwitz seien.

»Bitte sorgen Sie dafür, dass sie befreit werden!«, flehten sie ihn an.

»Ich habe schon einige Schritte unternommen«, versuchte er sie zu beruhigen, »aber es ist schwer. Wenn ich jetzt zu hartnäckig bin, kann es passieren, dass mein Einfluss zunichtegeht und die ganze Aktion hier umsonst war.«

Die Frauen schauten ihn ungläubig an.

»Sie können nichts für unsere Männer und Söhne tun?«

»Ich kann nichts versprechen«, sagte Oskar Schindler, »ich kann Sie nur damit trösten, dass dieser Krieg sicher bald vorbei sein wird. Ihre Männer und Kinder werden Auschwitz überleben!«

Niedergeschlagen reihten sie sich wieder unter die anderen Frauen ein, die auf dem Weg zum Suppenkessel waren. Eine Suppe brauchten jetzt alle, sie waren vollkommen ausgehungert.

Während sie aßen, forderte Schindler alle, die krank seien oder ärztlich versorgt werden müssten, auf, zu Herrn Dr. Hilfstein oder Frau Dr. Löw zu gehen.

»Die beiden sind befugt, zu entscheiden, wer arbeiten kann und wer eine Schonfrist braucht. Niemand muss sich hier fürchten, krank zu sein«, sagte er. »Ich brauche gesunde Menschen, die die Maschinen bedienen oder andere Arbeiten erledigen. Wer krank ist, soll sich so lange ausruhen, bis er wieder völlig gesund ist.«

Niusia konnte kaum glauben, was sie aus dem Mund von Oskar Schindler hörte. In Plaszów wurde darauf keine Rücksicht genommen. Wer dort krank oder schwach war, wurde bei der nächsten Selektion ausgemustert. Das Todesurteil stand damit fest. Entweder wurde es gleich vor Ort vollstreckt oder die Menschen wurden nach Auschwitz deportiert.

Groß-Rosen – Brünnlitz – Auschwitz – Mauthausen/Dachau

Mitte Oktober 1944 setzte sich ein weiterer Zug in Bewegung, dessen Ziel Brünnlitz sein sollte. In den Waggons standen, dicht gedrängt, 800 Männer, die froh waren, das Konzentrationslager Plaszów lebend verlassen zu können.

Mittendrin waren Dolek Horowitz mit seinem Sohn Ryszard und Hermann Rosner mit dem Sohn Olek. Aber auch alle anderen Rosner-Brüder waren dabei. Sie freuten sich darauf, dass sie bald wieder mit ihren Familien vereint sein würden.

Der Zug fuhr jedoch nicht bis zu dem erhofften Ziel durch, sondern machte Station im Konzentrationslager Groß-Rosen.

Alle mussten aussteigen. Sie schauten sich um und konnten es nicht fassen. In Plaszów hatten sie viele abgemagerte Häftlinge gesehen, und in den letzten Tagen lag über dem Lager ein furchtbarer Gestank, weil Amon Göth angeordnet hatte, alle 10.000 Leichen zu exhumieren und zu verbrennen. Die Männer, die sie hier sahen, glichen eher Skeletten, die mit ein paar

Lumpen bekleidet waren. Über dem ganzen Lager lag ein so unerträglicher Gestank, wie sie ihn noch nie erlebt hatten. Und die Aufseher glichen mehr wütenden Hunden als den furchtbaren Wachen aus Plaszów.

Sie wurden in eine Baracke getrieben und mussten sich ausziehen. Sie froren, sie hatten Hunger, und sie hatten Angst, weil sie fürchteten, in den Tod getrieben zu werden. Zuerst wurden ihnen mit stumpfen Rasiermessern alle Körperhaare entfernt. Der wenige Besitz, den sie aus Plaszów hatten retten können, wurde ihnen abgenommen. Poldek musste auch sein Akkordeon und Hermann seine Geige hergeben. Ihre Proteste, dass die Instrumente Oskar Schindler gehörten, wurden ignoriert.

War das Ganze ein Irrtum? Hatte Schindler ihnen nicht die Wahrheit gesagt? Unsicherheit machte sich unter den Männern breit.

Schindler hatte erfahren, dass der Zug nicht wie geplant nach Brünnlitz durchfuhr, sondern in Groß-Rosen angehalten wurde. Sofort setzte er sich mit der Lagerleitung in Verbindung und verlangte, der Zug möge unverzüglich nach Brünnlitz weiterfahren. Die Männer würden dringend als kriegswichtige Arbeiter gebraucht.

In dem nächsten Raum, in den sie geführt wurden, waren Duschköpfe an der Decke angebracht. Die

Männer schauten nach oben. Sie zitterten vor Angst, weil sie befürchteten, es könne Gas herauskommen. Doch dann war es Wasser, eiskaltes Wasser, das auf sie niederging.

Nass und nackt wurden sie hinaus auf die Straße getrieben und warteten, was als Nächstes geschah. Nach einigen Stunden wurden sie zu einem Zug getrieben, in den sie einsteigen mussten. Dicht an dicht standen die 800 Männer in den Viehwaggons, ohne eine Möglichkeit, sich zu bewegen. Doch das ertrugen sie gern, weil sie nun sicher waren, die nächste Station wäre Brünnlitz. Schindler hatte sie nicht im Stich gelassen.

Nach stundenlanger Fahrt kamen sie auch tatsächlich dort an. Als sie aus den Waggons stiegen, freuten sie sich schon, endlich ihre Frauen wiederzusehen. Doch dann folgte der große Schock: Die Frauen waren in Auschwitz. Oskar Schindler hatte bereits Schritte unternommen, sie von dort zu befreien, aber sie waren noch nicht da. Die Männer hatten Angst, denn sie wussten, dass es unmöglich war, als Häftling Auschwitz lebend zu verlassen.

An einem der ersten Tage sprach Poldek Oskar Schindler an. Er wusste, dass der Mann ganz andere Sorgen hatte, und fand sein Anliegen fast zu banal, um Schindler damit zu behelligen.

»In Groß-Rosen wurden uns die Instrumente weggenommen«, sagte Poldek und schaute zu Boden. Er wusste nicht, wie Schindler in dieser Situation reagieren würde. Würde er ihn anbrüllen? Würde er ihn ignorieren?

»Das werde ich regeln«, sagte er zu Poldek und klopfte ihm auf die Schulter. »Ihr bekommt eure Instrumente zurück.« Offenbar von einer inneren Unruhe getrieben, ging er weiter.

Oskar Schindler kam den Männern auch in den nächsten Tagen sehr nervös vor. Er strahlte nicht die Zuversicht aus, die sie von ihm kannten. Unruhig lief er durch die Fabrikhalle und hatte weder ein Wort noch einen Blick für seine Leute. Drei oder vier Tage ging das so, dann war er auf einmal fort. Zusammen mit seiner Frau Emilie war er in seinem Auto weggefahren.

Das war kein gutes Zeichen. Wer sollte sich jetzt darum kümmern, dass die Frauen aus Auschwitz befreit wurden? Doch etwas anderes machte ihnen mindestens gleich viel Sorgen: Das Lager Brünnlitz stand, wie auch alle anderen Lager, unter der Aufsicht der SS. Untersturmführer Josef Leipold* hatte die Leitung. Er war unter den Häftlingen sehr gefürchtet, denn immer dann, wenn Schindler, der ihn mit seiner Autorität im Zaum halten konnte, nicht da war, spielte Leipold seine Macht aus. Über die Regeln, die Oskar Schindler für den Umgang mit Häftlingen aufgestellt hatte, schüttelte er bloß den Kopf. Und nach Schindlers nächtlicher Abreise demonstrierte er nun seine ganze Willkür.

Für ihn war nicht nachvollziehbar, dass in Brünnlitz Kinder arbeiteten. In seinen Augen waren sie Ballast für die Fabrik und eine zusätzliche Last für die Eltern. Kinder hatten an Orten wie diesem nichts zu suchen, vielleicht könnten sie ja seinem Kollegen in Auschwitz, Dr. Josef Mengele*, in irgendeiner Form nützlich sein.

Er rief alle Kinder zusammen und befahl, dass sie nach Auschwitz geschickt wurden. Doch Dolek und Henry konnten nicht zulassen, dass ihre Söhne Ryszard und Olek allein nach Auschwitz kamen. Deshalb entschieden sie, ihre Söhne, aber auch die anderen Kinder zu begleiten. Sie kannten die Gefahren, die sie erwarteten, doch die Vorstellung, die Kinder allein zu lassen, war für sie unerträglich.

Als sie nach mehrstündiger Zugfahrt in Auschwitz-Birkenau ankamen, mussten sie alle ihre Kleidung ablegen, Kopf- und Körperhaare wurden aufs Neue entfernt, wieder hatten sie Angst vor der Dusche, weil sie Gas anstatt Wasser erwarteten. Erleichtert gingen sie in den nächsten Raum, bekamen dort eine Nummer auf ihren Unterarm tätowiert und anschließend ihre Häftlingskleidung. Dann mussten sie sich in der bereits überfüllten Männerbaracke einen Platz suchen.

Als sich die beiden Jungen an einem der ersten Tage vor der Baracke aufhielten, sahen sie den langen Zug, der dort an der Rampe stand. Neugierig schauten sie hinüber und entdeckten tatsächlich ihre Mütter, wie sie unter einem Waggon hockten. Sie freuten sich, sie zu sehen, und krempelten stolz die Ärmel ihrer viel zu großen Jacken hoch, um die eintätowierten Nummern zu zeigen. Wie gerne hätten sie mit ihren Müttern geredet, aber die Frauen mussten in den Zug, der kurz darauf abfuhr.

Nach einigen Tagen Quarantäne wurden Hermann und Dolek zu Arbeiten herangezogen. Mehr als die schwere Arbeit belastete sie, ihre Söhne unbeaufsichtigt in der Baracke zurücklassen zu müssen. Aber es gab keine andere Möglichkeit, andernfalls wären sie mit den beiden Jungen zusammen ins Gas gegangen.

Die Tage im November und Dezember 1944 waren eisig kalt. Viele Häftlinge erfroren in dieser Zeit, weil sie durch die schwere Arbeit und die mangelnde Verpflegung keine Widerstandskraft mehr hatten.

Es machte sich aber auch Hoffnung unter den Gefangenen breit, denn sie hörten den Kanonendonner, der immer näher rückte. Das konnte nur die Rote Armee* sein. Wie lange wird es noch dauern, bis die Russen hier sind?, fragten sich viele. Sorge bereitete ihnen nur, ob die SS die noch lebenden Häftlinge vorher alle ermorden würde.

Mitte Januar 1945 stand für die SS fest, dass das Lager geräumt werden musste. Der Lagerleiter ließ die Männer antreten und befahl, alle Gesunden sollten einen Schritt vortreten, Kinder und Kranke mussten stehen bleiben. Dolek wusste nicht, was auf ihn zukam, also trat er einen Schritt nach vorn. Auch Hermann trat vor, gleich darauf folgte Olek, der seinen Vater fest an der Hand hielt.

Sie mussten sich in Fünferreihen aufstellen, dann wurden sie aus dem Lager geführt.

»Du bist das einzige Kind, das dieses Lager zu Fuß verlässt«, sagte Henry lächelnd zu seinem Sohn.

Nur Dolek war entsetzt. Er konnte Ryszard doch nicht allein zurücklassen! Wenn er jetzt umdrehte, um ihn zu holen, würde man ihn auf der Stelle töten. Das war eindeutig, nachdem ihnen einer der SS-Männer vor dem Abmarsch einschärfte, dass jeder erschossen werde, der aus der Reihe ausschere.

Es war ein kalter Januartag, das Thermometer zeigte fünfzehn Grad minus. Die Männer, die durch den hohen Schnee liefen, froren, weil ihre Häftlingskleidung nicht wärmte. Unterwegs fielen immer wieder Männer um. Sie hatten keine Kraft mehr. Wenn sie auf dem Boden lagen, fielen Schüsse.

Keiner der Männer hatte eine Vorstellung davon, wie lange sie würden laufen müssen. Und was war das Ziel? Doch sie waren zu schwach und zu hungrig, sich darüber Gedanken zu machen. Ihre Kraft reichte nur gerade noch, einen Fuß vor den andern zu setzen, immer weiter, immer weiter. Linker Fuß, rechter Fuß, linker Fuß …

Irgendwann kamen sie zu einem Bahnhof. Niemand interessierte sich dafür, wie die Stadt hieß. Sie sahen nur die Züge, die dort standen, und hofften darauf, mitfahren zu dürfen.

Die Gruppe der Männer war deutlich kleiner geworden. Viele waren unterwegs zusammengebrochen und erschossen worden.

Am Bahnhof wurden sie in zwei Gruppen getrennt. Dolek versuchte, bei Hermann und Olek zu bleiben, wurde aber abgedrängt und musste letztlich in einen anderen Zug steigen. Doch was war das für ein Zug? Das waren nicht einmal Viehwaggons, das waren Kohlewagen, nach oben offen. Und die beiden Züge fuhren zudem in unterschiedliche Richtungen. Henry und Olek kamen irgendwann in Dachau* an, Dolek in Mauthausen*. Unterwegs schlotterte er wie alle, die mit ihm in den Waggons zusammengepfercht waren. Die dünne Häftlingskleidung schützte nicht. Einige Männer erfroren. Die anderen zogen ihnen ihre Kleidung aus und versuchten sich damit ein bisschen zu wärmen.

Neben der Kälte quälte Dolek jedoch vor allem die Sorge um seinen Sohn. Hätte er doch versuchen sollen, in Auschwitz zu bleiben? Ryszard war noch so klein, er brauchte seinen Schutz, um die Hölle von Auschwitz zu überleben. Wird er es schaffen? Wird er jemanden finden, der sich um ihn kümmert, der für ihn sorgt?

Arbeiten in Brünnlitz

Noch ungewaschen, aber glücklich, nahmen die Frauen ihre Suppe entgegen. Wie sie duftete! Das war mehr als nur Wasser mit ein paar Kartoffelschalen oder Kräutern. Diese hier schmeckte nach Gemüse, richtigen Kartoffeln und offenbar wurden sogar Knochen mit ausgekocht.

Die Frauen aßen ihren Teller leer, holten sich einen Nachschlag und fühlten sich danach zum ersten Mal seit Langem wieder satt.

Währenddessen erklärte Oskar Schindler ihnen, als Nächstes könnten sie duschen. Auch frische Kleidung liege für sie bereit. Probleme habe es mit den Betten gegeben. Obwohl er sie schon vor langer Zeit geordert habe, seien sie noch nicht geliefert worden. Aber sie wären ja alle sehr tapfer und würden sicher ein paar Tage mit einem Schlaflager auf dem Fußboden zurechtkommen.

Die einzelnen Gruppen sollten jeweils eine Blockälteste wählen, die für ihn und die Verwaltung als Kontaktperson fungiere. Alle, die im Moment krank seien oder einen Verband brauchten, sollten sich an Dr. Hilfstein oder Frau Dr. Löw wenden, die sich dann um sie kümmern würden, betonte er noch einmal. Jede der Frauen solle erst vollkommen gesund sein, bevor sie in Brünnlitz arbeite.

Was waren das für Aussichten. Sie konnten es kaum glauben.

Manci und Regina fühlten sich, nachdem sie geduscht und frische Kleidung bekommen hatten, deutlich besser. Nur die Sorge um die Kinder und ihre beiden Männer quälte sie. Auch Niusia machte sich Sorgen.

Satt, aber auch müde betraten sie den Schlafraum. Der Boden war mit Stroh bedeckt, es gab genügend Decken für alle, es war nur sehr eng für die 300 Frauen. Wenn sich eine von ihnen nachts umdrehen wollte, mussten sich alle anderen auch umdrehen. Niusia hoffte, dass niemand zur Toilette musste, denn es gab zwischen den Frauen keinen Platz, um einen Fuß aufzusetzen.

Nach einer tiefen traumlosen Nacht wachte sie morgens auf. So gut hatte sie lange nicht mehr geschlafen.

Nun stand der erste Arbeitstag an. Sie war aufgeregt, denn sie hatte keine Vorstellung, was sie für eine Arbeit bekommen würde.

Nach dem Frühstück fanden sich alle in der Fabrikhalle ein. Die Arbeitsplätze wurden den Frauen und Männern zugeteilt. Niusia achtete darauf, immer in der Nähe ihrer Mutter zu sein.

Ein Meister zeigte ihr eine Schleifmaschine, an der sie arbeiten sollte. Den Arbeitsablauf erklärte er so: Buchsen, die vorher von einer großen Presse gestanzt wurden, müssten geschliffen werden. Aus der Schleifmaschine trete ein Öl-Wasser-Gemisch, das die Buchse zunächst reinige, dann müsse Niusia mit ihren schmalen Kinderhänden die Buchsen von innen ausreiben. Eigentlich war das keine schwere Arbeit, doch schon bald bekam sie von dem Öl-Wasser-Gemisch Blasen an den Händen, die bei jedem neuen Arbeitsgang stärker schmerzten.

Oskar Schindler ging oft durch die Fabrikhalle, schaute sich nach den Arbeiterinnen und Arbeitern um und redete mit ihnen. Er wusste genau, wo Raucher waren. Dann zündete er sich wenige Schritte vorher eine Zigarette an, zog einmal kräftig und warf sie danach zu Boden. Die Raucher bückten sich schnell und freuten sich, ein paar Züge machen zu können. Es kam vor, dass er bei einem Gang durch die Halle fünfzehn oder mehr Zigaretten anzündete und gleich darauf wegwarf. Schindler hätte den Rauchern sicher gern eine ganze Zigarette angeboten. Doch er musste vorsichtig sein, denn Josef Leipold hätte ihn dafür belangen können, dass er Juden mit den Zigaretten einen Vorteil verschaffte. Das war streng verboten.

Bei einem Kontrollgang, den Oskar Schindler mit einigen SS-Männern in der Fabrik durchführte, forderte einer der Uniformierten, die Kinder wegzuschaffen, sie seien für die Arbeit untauglich.

Schindler zog eines der Kinder zu sich, zeigte den SS-Männern dessen Hand und erklärte: »Nur mit diesen schmalen Händen kann man die Hülsen von innen polieren!« Er sagte das so überzeugend, dass niemand widersprach.

Als er einmal bei Niusia vorbeikam, schaute er sich besorgt ihre Hand an. Er schüttelte den Kopf und sagte: »Dagegen müssen wir etwas tun.«

Kurze Zeit später kam seine Frau Emilie mit einer Tube Salbe und rieb ihr die Hände ein. Die Blasen bildeten sich zurück und in den nächsten Tagen konnte Niusia weiterarbeiten.

Ein andermal war die Entzündung so schlimm, dass sie ganze drei Wochen nicht arbeiten konnte. Emilie Schindler gab ihr Salbe und Frau Dr. Löw verband ihr die Hände.

Die Arbeit, die sie tagtäglich verrichten musste, war nicht schwer, doch in der Fabrikhalle war es kalt. Nicht nur sie, auch viele andere froren.

Eines Abends entdeckte sie eine größere Gruppe von Frauen, die in einem Raum saßen und Pullover strickten. Sie ging zu ihnen, fasste zuerst die Wolle, dann die Pullover an. Alles war sehr kratzig, und sie fragte sich, ob man sich in einem solchen Kleidungsstück wohlfühlen könne.

Die Pullover wurden vor allem für die Männer gebraucht, die in den kalten Wintertagen draußen arbeiten mussten. Oskar Schindler hatte sich überlegt, eine Gruppe von ihnen sowohl das Werksgelände als auch den angrenzenden Wald aufräumen zu lassen, damit bei dem SS-Mann Leipold nicht der Eindruck entstand, es seien zu wenig Arbeitsplätze für die vielen Menschen vorhanden. Leipold würde die überzähligen Häftlinge sicher sofort nach Auschwitz deportieren oder gleich vor Ort erschießen lassen.

Eines Tages kam Itzhak Stern mit einer vernichtenden Nachricht zu Schindler.

»Unsere Munition funktioniert nicht«, sagte er mit ernster Miene. »Wenn das bekannt wird, können wir hier dichtmachen und fahren mit dem nächsten Zug nach Auschwitz!« Stern war sichtlich nervös.

»Ich hoffe doch, dass unsere Munition untauglich ist«, lachte Schindler. »Ich möchte ja nicht, dass unsere Leute für die Verlängerung dieses Krieges arbeiten!«

»Was können wir denn tun?«, fragte Stern.

»Schauen Sie, wo Sie Patronenhülsen herbekommen können. Die kaufen wir und geben sie als unsere Produkte weiter!« Während Schindler seinen Einfall genoss, sah ihn Stern skeptisch. Doch er schaffte es tatsächlich, schon bald entsprechendes Material einer anderen Firma aufzukaufen.

Über einen Aufseher, den sie »Avanti« nannten, musste sich Niusia oft amüsieren. Er war immer sehr streng, schrie herum und trieb die Frauen ständig an, schneller zu arbeiten. Und jedes Mal schritt er mit dem Ausruf »Avanti! Avanti!« durch die Reihen.

»Der war wohl zu lange in Italien«, sagte eine der Frauen leise, doch Niusia hatte sie verstanden.

In der Tat war dieser »Avanti«, wie er von allen genannt wurde – in Wirklichkeit hieß er schlicht Müller –, eine Zeit lang in Italien gewesen, dort verletzt und als kriegsuntauglich eingestuft und für den Dienst in Brünnlitz eingeteilt worden. Auf eine Mitarbeiterin hatte er es besonders abgesehen: Stella. Sie mochte ein kleines bisschen älter sein als Niusia. Jedenfalls blieb er bei ihr immer eine Zeit lang stehen, klopfte ihr auf die Schulter und redete mit ihr. Nie war ein lautes Wort zu hören, wenn die beiden zusammenstanden.

Niusia fand diesen Avanti widerlich.

Oft schaute Niusia zu ihrer Mutter, die neben ihr stand und scheinbar gedankenverloren ihre Arbeit verrichtete. In Wirklichkeit war Regina aber bei ihrem Mann Dolek und ihrem Sohn Ryszard. Sie war verzweifelt, weil sie nichts mehr von ihnen gehört hatte. Auch Manci hatte keine Nachrichten von ihrem Hermann und dem Sohn Olek.

Abends saßen die beiden Frauen zusammen, redeten

und überlegten, ob sie etwas tun könnten, doch außer noch mal mit Oskar Schindler zu sprechen, fiel ihnen nichts ein. Oskar Schindler vertröstete sie jedes Mal, der Krieg sei bestimmt bald vorbei und ihren Männern und Söhnen werde sicher nichts passieren.

»Woher nimmt er seine Sicherheit?«, fragte Regina an einem Abend, als sie wieder ratlos zusammensaßen. Manci wusste keine Antwort.

Rettungsaktionen

Es war ein kalter Wintertag. Die Beschäftigten in den Werkhallen froren, selbst Avanti, der sie zu schnellerem Arbeiten antreiben wollte, zog sich bald in sein Büro zurück und trank einen heißen Tee.

Niusia beneidete ihn. Wie gerne hätte sie auch etwas Warmes getrunken.

Neben der Kälte brachte der Tag jedoch noch etwas, wovon das Mädchen aber erst später erfuhr. Sie hatte nur registriert, dass viele der Beschäftigten mit ernstem Gesicht durch die Halle liefen. Auch Emilie Schindler tauchte auf und bat einige Frauen, ihr behilflich zu sein. Niemand wusste in den ersten Stunden, worum es ging. Nur Leipold schien an diesem Tag gute Laune zu haben. Grinsend stand er in einer Ecke der Halle und unterhielt sich mit einigen Wachen.

In der Kleinstadt Goleszów, etwa sechzig Kilometer südlich von Katowitz gelegen, gab es einen großen Steinbruch. Dieser Steinbruch gehörte der von der SS geleiteten Firma Deutsche Erd- und Gesteinswerke GmbH*. Hier befand sich eines der vielen Außenlager des KZs Auschwitz. Seit 1942 arbeiteten dort mehrere Hundert Männer unter unvorstellbaren Bedingungen. Täglich starben Häftlinge durch Kälte und Unterernährung oder sie wurden totgeschlagen. »Vernichtung durch Arbeit« lautete ganz offensichtlich das Prinzip der dortigen Lagerleitung.

Als im Januar 1945 die Rote Armee näher rückte, sperrte man die noch lebenden 120 Häftlinge ohne Nahrung und Wasser in zwei Viehwaggons und versiegelte die Türen.

Nach sieben Tagen Fahrt hielt der Zug in der Nähe von Brünnlitz. Die Überlebenden in den Waggons schrien und klopften gegen die Wände.

SS-Obersturmführer Josef Leipold hatte das mitbekommen und wollte sich mit einigen SS-Männern auf den Weg machen, um die Angekommenen zu erschießen. Emilie Schindler war es, die ihn von seinem Vorhaben abhalten konnte. Auch Oskar Schindler intervenierte. Er brauche die Arbeiter dringend in seiner Fabrik, herrschte er Leipold an. Kriegsentscheidende Munition zu produzieren, sei der ausdrückliche Wille des Führers. Jede Zuwiderhandlung, so Schindler, müsse gerichtlich verfolgt werden.

Dem konnte der Obersturmführer nichts entgegenhalten. Er musste wohl oder übel nachgeben.

Oskar Schindler schickte einige Arbeiter mit entsprechendem Werkzeug zu dem Zug, um die Häftlinge zu befreien.

Etliche der 120 Häftlinge waren nicht nur erfroren,

sondern sogar in ihrem Urin und Kot auf dem Boden der Waggons festgefroren. Die noch Lebenden hatten zum Teil schwere Erfrierungen und wurden von Dr. Hilfreich und Frau Dr. Löw behandelt.

Josef Leipold hatte offenbar aber schon wieder etwas Mut gefasst und wollte die Toten, nachdem sie aus den Waggons befreit waren, in einem der Werksöfen verbrennen. Wieder setzte sich Oskar Schindler durch. In der Nähe des katholischen Friedhofs in Brünnlitz kaufte er ein kleines Grundstück. Dort wurden die Toten nach jüdischer Tradition beerdigt.

Oskar und Emilie Schindler, aber auch einige ausgewählte Häftlinge aus der Fabrik kümmerten sich um die Geretteten. Sie mussten zu Kräften kommen, um zu überleben. Niemand von ihnen sollte in der Fabrik arbeiten müssen, darauf bestand Schindler.

Obersturmführer Josef Leipold fühlte sich aber nach wie vor als Herr über Leben und Tod. Nun wollte er auch Oskar Schindler gegenüber zeigen, wer in dem Lager das Sagen hatte.

Eines Tages zog er mit mehreren SS-Männern, ausgerüstet mit Hacken und Schaufeln, in einen nahe gelegenen Wald, um einen tiefen Graben auszuheben. Schindler konnte Leipold nicht direkt fragen, was er dort vorhabe. Deswegen lud er mal wieder einige hochgestellte SS-Männer zu einem Trinkgelage ein, bei dem er erfuhr, dass Leipold die gesamte Belegschaft der Fabrik ermorden lassen wollte. Doch Oskar Schindler hatte auch für einen solchen Fall vorgesorgt. Vor längerer Zeit hatte er Kontakt zu einer Partisanengruppe aufgenommen, die ihn unterstützen würde. Außerdem hatte er Waffen besorgt, von deren Existenz nur wenige wussten. Doch bei Bedarf wären sie schnell zur Hand gewesen.

Dass es am Ende nicht zur bewaffneten Auseinandersetzung kam, lag unter anderem daran, dass Schindler Leipold nicht mehr aus den Augen ließ. Wie enge Vertraute gingen sie durch die Lagerhallen und begutachteten die Arbeiten der Häftlinge. Schindler klopfte ihnen bei diesen Rundgängen immer wieder auf die Schulter und lobte sie für ihren Einsatz. Leipold schwieg.

Es gab aber noch ein weiteres Problem, und das wussten Oskar und Emilie Schindler mit der Zeit kaum mehr zu lösen: den Hunger.

In den ersten Wochen war im Lager stets ausreichend Verpflegung vorhanden gewesen. Schindler fuhr, wenn etwas gebraucht wurde, mit seinem Lkw zu ein paar Bauern aufs Land und bekam dort die notwendige Unterstützung. Das war nicht selbstverständlich, denn er brauchte mehr, als ihm nach den Lebensmittelkarten zustand. Wenn er oft tagelang mit seinem Lkw herumfuhr, riskierte er sein Leben. Schon auf kleinste Verstöße gegen die Lebensmittelrationierung stand die Todesstrafe. Doch Oskar Schindler wollte, dass seine Arbeiterinnen und Arbeiter gut verpflegt wurden. Schließlich pachtete er sogar in der Nähe ein großes Grundstück und ließ dort Grundnahrungsmittel anbauen.

Einer, der ihn dabei oft unterstützte, war der Gemischtwarenhändler Johann Kompan* aus Zwittau. Kompan erkannte die Not im Lager und besorgte zusätzliche Verpflegung, die er persönlich ins Lager brachte. Häftlinge, die das beobachteten, lobten den Mut Kompans, denn auch er riskierte mit den Aktionen sein Leben. Er aber zeigte ihnen mit seinem Handeln, dass es noch menschliche Werte gab und nicht bloß den Hass der SS-Männer. Das machte ihnen Hoffnung.

Einer der Häftlinge des Lagers Brünnlitz gab später vor dem Rechtsanwalt Dr. Stern in Wien zu Protokoll:

Ich, Ing. Alex Goldwasser aus Krakau, war als KZ-Insasse in Brünnlitz, KZ-Lager für jüdische politische Häftlinge. Ich habe mit eigenen Augen gesehen, wie Herr Johann Kompan aus Zwittau unter größter Lebensgefahr das KZ-Lager Brünnlitz in reichlichstem Ausmaße unter größten Lebensmittelschwierigkeiten uneigennützig belieferte und wir sind ihm daher sehr zu Dank verpflichtet.

Durch den Einbruch des Winters und die näher rückende Kriegsfront änderte sich das. Auf den Bauernhöfen wurde Schindler abgewiesen, denn die Betriebe unterstützten inzwischen die Partisanengruppen in der Region, wie die Bauern ihm erklärten. Weitere Fahrten in entferntere Dörfer, bei denen er hätte übernachten müssen, wollte er nicht mehr unternehmen. Denn während seiner Abwesenheit hatte stets Leipold die Lageraufsicht, und auch seine Wachen waren dann strenger, als wenn Schindler vor Ort war.

Wegen des Mangels an Nachschub mussten die Mahlzeiten so weit reduziert werden, dass es zum Schluss nur noch einmal pro Tag eine Suppe gab.

Für Niusia reichte das nicht, sie hatte ständig Hunger. Regina, die mit ihren Gedanken immer wieder bei ihrem Mann und Ryszard war, gab ihrer Tochter oft etwas von ihrer Suppe ab. Sie bekam nichts mehr runter, wenn Dolek und Ryszard in ihrem Kopf waren, obwohl die anderen Frauen auf sie einredeten, sie müsse bei Kräften bleiben, allein schon für Niusia. Regina nickte dann nur mit einem leichten Lächeln im Gesicht, auch wenn ihr nach Lächeln gar nicht zumute war.

Das Einzige, was sie, aber auch die anderen Männer und Frauen im Lager noch aufrecht hielt, war das Grollen der Geschütze, das immer näher kam. Das machte ihnen Hoffnung auf ein baldiges Ende des Krieges.

Ein Geburtstagskuchen für Oskar Schindler

Mit seiner ganzen Kraft machte sich endlich der Frühling breit. Nicht nur die Außentemperaturen waren gestiegen, auch in den Hallen war es jetzt angenehm warm. Die Sonne lockte die SS-Aufseher nach draußen, sie setzten sich auf die schon sattgrünen Grasflächen oder suchten sich Kisten, die sie im Hof aufstellten, um es sich bequem zu machen.

Nur Josef Leipold meinte noch, mit strenger Miene durch die Hallen laufen zu müssen, um die Häftlinge anzutreiben und zu schikanieren. Doch Oskar Schindler war ja stets an seiner Seite, legte ihm den Arm um die Schulter, als seien sie beste Freunde, und ließ so dem SS-Mann keine Möglichkeit, die ihm verhassten Häftlinge anzuschreien.

Wenn die Frauen abends zusammensaßen, hörte Niusia genau zu, worüber sie sprachen. Einmal, als sie das Wort »Geburtstag« vernahm, wurde sie hellhörig. Meinten sie etwa ihren Geburtstag? Doch der lag schon ein paar Tage zurück. Nein, hier ging es um den Geburtstag von Oskar Schindler. Die Frauen überlegten, was sie ihm für ein Geschenk machen könnten. Denn sie wollten sich unbedingt bei ihm bedanken für alles, was er getan hatte, um sie zu retten. Aber was konnten sie schenken? Etwas zu kaufen war unmöglich. Nach langem Überlegen fanden sie eine Lösung. Zu ihrer Suppe bekamen sie stets etwas Schwarzbrot. Wenn jede von ihnen ein kleines Stückchen abgab, konnten sie aus dem Brot einen Kuchen formen.

Die Zeit drängte, denn der Geburtstag war bereits in zwei Tagen, am 28. April. Dann musste der Kuchen fertig sein.

Zwei Frauen übernahmen es, die Zutaten einzusammeln und den Kuchen zu machen. Die anderen überlegten, wer das Geschenk Oskar Schindler überreichen und in welchem Rahmen die Überreichung stattfinden sollte. Irgendwann fiel ihr Blick auf Niusia. Sie war die Jüngste, sie sollte dem Geburtstagskind den Kuchen übergeben.

»Was soll sie denn sagen?«, meldete Regina ihre Bedenken an. »Sie kann doch nicht einfach stumm vor den Mann treten und ihm den Kuchen in die Hand drücken!«

»Nein, das geht nicht«, fanden auch andere Frauen. »Sie muss etwas sagen!«

»Aber sie kann doch kein Deutsch!«

»Es muss ja keine Rede sein, es reicht, wenn sie ihm gratuliert. Das kriegen wir bis zum Geburtstag hin!«

Nun musste Niusia üben. Eine der Frauen, die gut Deutsch sprach, sagte ihr den Satz vor: »Herr Schindler, wir wünschen Ihnen das Beste zum Geburtstag!«

Und Niusia übte ihn immer wieder. Noch mal und noch mal sprach sie ihn laut nach, anfangs mit Fehlern, doch mit der Zeit immer besser. Selbst wenn sie allein war, murmelte sie leise den Satz vor sich hin.

Der Tag kam schneller, als Niusia es erwartet hatte.

Alle hatten sich in der Fabrikhalle versammelt. Nicht nur die Häftlinge standen dort, sondern auch Schindler, begleitet von seiner Frau und einigen SS-Männern, die um ihn herumstanden. Schindler hatte ihnen offensichtlich bereits Sekt eingeschenkt.

Nun kam Niusias großer Auftritt. Mit dem Kuchen in beiden Händen ging sie auf Oskar Schindler zu. Der schaute sie an und bückte sich zu ihr hinab. Da sagte Niusia ihren Satz. Und es klappte besser, als sie gedacht hatte. Sie machte keinen einzigen Fehler.

Oskar Schindler war von dem Glückwunsch gerührt. Er umarmte Niusia und küsste sie links und rechts auf die Wange.

Die SS-Männer, die dabeistanden, waren fassungslos. Wie konnte ein Deutscher, ein angesehenes Mitglied der Partei, eine Jüdin küssen? Das war Rassenschande! Über diesen Vorgang konnten sie nicht großzügig hinwegsehen, das musste bestraft werden.

So wurde der Kuss zum Anlass, Oskar Schindler ins Gefängnis zu sperren. Doch dank seiner guten Beziehungen bis in die höchsten Partei- und SS-Ränge wurde er schon nach wenigen Tagen wieder entlassen.

Endlich frei!

Oskar Schindler hatte angeordnet, alle Maschinen in der Fabrik abzuschalten. Eine ungewohnte Stille, die die Menschen gar nicht mehr gewohnt waren, breitete sich in der Halle aus. Überall, wo sie einen Platz fanden, setzten sie sich. Ein paar flüsterten noch miteinander, doch als alle schwiegen, konnten sie zum ersten Mal seit Langem draußen die Vögel zwitschern hören.

Einige schmunzelten vor sich hin, wenn sie sich daran erinnerten, wie Schindler sich diesen Leipold vom Hals geschaffen hatte. Ihr Schindler, wie sie ihn gerne nannten, war doch ein ausgebuffter Trickser, fanden sie. Vor wenigen Tagen hatte er den SS-Mann mit seinem Gefolge zu einem feuchtfröhlichen Fest eingeladen. Leipold freute sich über den guten Cognac und auch die anderen alkoholischen Getränke und prostete seinen Männern immer wieder zu.

Schindler hatte das vorhergesehen und einen Brief vorbereitet, der Leipolds Absender trug und in dem er und seine Männer darum baten, als treue Soldaten, die weiter fest an den Endsieg glaubten, sofort an die Front versetzt zu werden. Als Leipolds Alkoholspiegel hoch genug war, legte ihm Schindler den Brief vor und sagte, er brauche dringend seine Unterschrift, um das Lager zu liquidieren. Leipold freute sich offenbar und setzte seine Unterschrift unter das Schriftstück, ohne es vorher gelesen zu haben.

»Hast du deine Einstellung also doch noch geändert«, lallte er und klopfte Schindler auf die Schulter.

Oskar Schindler beauftragte einen seiner Männer, den Brief noch in der Nacht der zuständigen SS-Stelle in Brünnlitz zu übergeben.

Einen Tag später brachte Schindler Josef Leipold und die anderen Männer auf einem Lkw weg und kam allein wieder zurück.

Damit das Lager nach außen hin nicht unbewacht wirkte, kamen später einige ältere Männer in Uniform und mit Gewehren ausgestattet zu Schindler. Ziemlich unbeholfen wirkten sie mit den Waffen, und alle fragten sich, ob sie mit ihnen überhaupt umgehen könnten. Die Männer bekamen den Auftrag, keine deutschen Fahrzeuge auf das Gelände zu lassen, denn es könnten Partisanen sein, hämmerte Schindler ihnen ein.

Als draußen Flugzeuge zu hören waren, wurden die Männer ganz unruhig, gingen auf die Gefangenen zu, sprachen sie an und erklärten ihnen, sie seien erst jetzt zum Dienst verpflichtet worden.

»Wir haben euch nichts getan«, sagte einer von

ihnen zu Regina, die darauf nur nickte. Sie war wie so oft in den letzten Wochen ganz in Gedanken versunken. Ob Dolek und Ryszard auch solch zurückhaltende SS-Bewacher hatten, von denen sie beaufsichtigt wurden? Regina wünschte es sich so sehr und hoffte, die beiden bald wiedersehen zu können.

In der darauffolgenden Nacht packten Oskar und Emilie Schindler ihre Sachen auf einen Lkw. Mietek Pemper, aber auch einige andere rieten den Schindlers, das Lager zu verlassen, denn sie befürchteten ihre Hinrichtung bei der Befreiung des Lagers durch die Rote Armee. Oskar Schindler war schließlich Parteimitglied.

Itzhak Stern hatte einen Brief aufgesetzt, den er Schindler mitgab. Er war in fünf Sprachen verfasst. Darin wurden die Alliierten Streitkräfte* aufgefordert, diesen beiden Menschen allen Schutz angedeihen zu lassen, den sie brauchten, denn ihnen sei es gelungen, mehr als 1.200 Juden vor dem sicheren Tod zu retten. Auf großen Papierbögen setzten alle Gefangenen ihre Unterschrift dazu.

Es war ein schwerer Abschied, niemand wusste, ob und wann man sich wiedersehen würde.

Am Vorabend seiner Abreise rief er noch einmal die ganze Belegschaft zusammen und hielt eine lange Rede, in der er seine Bemühungen der vergangenen Jahre zusammenfasste.

»Ich habe immer versucht, euer Leben zu retten. Es

war nicht immer leicht oder durchschaubar für euch, welche Schritte ich dafür unternehmen musste. Nicht nur im Krakauer Ghetto, sondern besonders auch in Plaszów habe ich gesehen, mit welcher Brutalität meine Landsleute gegen die polnische und jüdische Bevölkerung vorgingen.« Er forderte die Belegschaft auf, die Soldaten, die seit Leipolds Abzug das Lager bewachten, nicht selbst zu richten, sondern menschlich und gerecht zu handeln. Für eine Rechtsprechung werde es in einem neuen Europa unabhängige Instanzen geben, die über die Verbrechen der zurückliegenden Jahre urteilen würden.

»Mein Bestreben war es stets«, sagte er, »ein Zeichen für Menschlichkeit zu setzen. Für diese Selbstverständlichkeit verlange ich keinen Dank. Für euer Überleben dankt nicht mir, dankt euren Leuten, die Tag und Nacht arbeiteten, um euch vor der Vernichtung zu retten. Dankt euren unerschrockenen Männern Stern und Pemper und einigen anderen, die bei ihrer Aufgabe für euch jeden Moment dem Tode ins Auge gesehen haben.«

Nachdem er geendet hatte, herrschte einige Minuten absolute Stille. Dann traten sie auf ihn zu, umringten ihn und wünschten ihm und seiner Frau für ihr weiteres Leben Glück. Zum Abschied überreichte ihm Itzhak Stern im Namen aller einen goldenen Ring, den sie eigens für ihn gefertigt hatten. Einer der Mithäftlinge hatte dafür seine Goldzähne zur Verfügung gestellt, die eingeschmolzen wurden. In hebräischen Schriftzeichen hatten sie eingraviert: *Wer ein Leben rettet, rettet die ganze Welt.*

Am Morgen, nachdem Oskar und Emilie Schindler abgereist waren, wusste keiner der Häftlinge, was er tun sollte. Niemand war da, der ihnen Arbeitsaufträge gab, der sie beaufsichtigte oder antrieb. Plötzlich fühlten sie eine ungewohnte Leere. Was sollten sie tun?

Einige genossen die warme Frühlingsluft auf dem Außengelände, andere blieben in den Schlafräumen, dösten vor sich hin und warteten einfach, ohne zu wissen, worauf.

Niusia und ihre Mutter hatten keine Lust, nach draußen zu gehen, sie saßen teilnahmslos auf ihren Pritschen. Manchmal stand Regina auf, lief ein paar Schritte und setzte sich wieder, um kurze Zeit später erneut aufzustehen. Regina war voller Unruhe, das merkte Niusia, aber sie wollte ihre Mutter nicht ansprechen. Sicher dachte sie wieder an Ryszard und Dolek, wie so oft. Manchmal glaubte sie fest daran, dass sie sich spätestens nach dem Krieg wiedersehen würden, an anderen Tagen war sie überzeugt, dass sowohl ihr Mann als auch ihr Sohn Auschwitz nicht überlebt hatten.

Niusia dagegen hatte einfach nur Hunger, wusste

aber nicht, ob und wann sie und alle andern noch einmal etwas zu essen bekämen.

Einige Frauen schimpften.

»Oskar Schindler hat uns vor dem sicheren Tod in den Gaskammern und durch die Erschießungskommandos gerettet, doch jetzt, da er weg ist, werden wir den Hungertod sterben!« Einige Frauen begannen zu weinen und zu schluchzen, andere schauten grimmig vor sich hin, und wieder andere saßen auf ihren Pritschen und zupften nervös an ihrer Kleidung.

Irgendwann drangen von draußen Motorgeräusche zu ihnen. Das müssen Lkws sein, überlegte Niusia. Sind die Deutschen wieder zurückgekommen? Auch ihre Mutter schaute ungläubig. Was hatte das zu bedeuten? Nichts hielt sie mehr in dem Raum.

Als sie nach draußen kamen, sahen sie es: Russische Soldaten waren eingetroffen, allen voran ein in einer bunten Uniform gekleideter Reiter auf einem Schimmel.

Die Häftlinge standen da und schauten auf die bewaffneten Männer, doch niemand schien zu begreifen, was das bedeutete. Warum regte sich niemand, warum standen alle nur da und schauten die fremden Soldaten mit offenen Mündern an?

Niusia konnte gar nicht begreifen, was sich auf dem Gelände abspielte. Ihr Blick war nur auf den stolzen Reiter in der bunten Uniform gerichtet. Sehr majestätisch sah er aus. Wer war dieser Mann? Wer waren all diese anderen Männer in den Uniformen, die sie vorher noch nie gesehen hatte?

Niusia schaute sich um. Niemand klatschte, niemand jubelte, niemand sprang vor Begeisterung in die Luft. Alle standen bloß da.

»Wer ist das?«, fragte sie schließlich ihre Mutter.

»Das sind die Soldaten der Roten Armee!«, flüsterte Regina ihr zu.

»Und was machen die hier?« Niusia konnte mit der Antwort der Mutter nicht viel anfangen.

»Sie sind gekommen, um uns zu befreien, Niusia, verstehst du?«

Niusia verstand nichts. Was sollte das bedeuten, »sie zu befreien«? Mit einem fragenden Blick sah sie ihre Mutter an.

»Wir werden nach Hause gehen können, Niusia. Nach Hause, nach Krakau!«

Niusia hatte nur noch bruchstückhafte Erinnerungen an ihre Heimatstadt. Die Bilder, die ihr zuerst durch den Kopf gingen, waren die aus dem Ghetto. Nein, dahin wollte sie nicht zurück. Ganz bestimmt nicht. An ihre Wohnung, in der sie mit ihren Eltern gelebt hatte, an die schönen Tage ihrer Kindheit konnte sie sich nicht mehr entsinnen. Zu viel Schreckliches war in der Zeit danach geschehen und hatte sich tief in ihre Seele gegraben.

»Niusia, hörst du? Wir müssen nach Krakau! Vielleicht sind Papa und Ryszard schon dort!« Tränen liefen Regina über die Wangen, als sie an ihren Sohn und ihren Mann dachte. Sie hoffte so sehr, die beiden in Krakau wiederzutreffen.

»Willst du denn jetzt sofort losgehen?«, fragte Niusia. Sie verstand das nicht. Die ganzen Monate, seitdem sie hier waren, hatten sie nicht durch das Tor gehen dürfen, das jetzt weit offen stand.

Und noch etwas ging ihr durch den Kopf. Durften alle anderen auch nach Hause? Und wenn ja, warum standen sie dann immer noch wie angewurzelt da? Hatten sie auch Angst, SS-Männer könnten ihnen auflauern und sie erschießen? Wie oft hatten sie sich in den zurückliegenden Wochen und Monaten vorgestellt, das Lager verlassen zu können, frei zu sein, nicht mehr den Befehlen ihrer Wachen gehorchen zu müssen?

»Frei«, das war ein Wort, das Niusia oft von den Frauen gehört hatte, wenn sie sich abends unterhielten, doch sie wusste nicht, was es bedeutete.

Nach einiger Zeit kam Bewegung in die Menge. Eine Feldküche fuhr vor und verteilte Suppe. Alle hatten Hunger, alle wollten unbedingt und sofort etwas essen, doch niemand drängte sich vor. Diszipliniert, wie sie es aus ihrem langjährigen Lagerleben kannten, stellten sie sich auf.

Es war eine kräftige Suppe, nicht vergleichbar mit

der, die sie zuletzt auch hier in Brünnlitz hatten essen müssen. Sehr bedächtig löffelten sie ihre Teller leer, und wer noch einen Nachschlag wollte, durfte sich erneut anstellen.

Die Häftlinge erfuhren, dass eine Gruppe russischer Soldaten abgestellt werde, um das Lager zu bewachen, denn der Krieg sei noch nicht vorbei. Er werde aber bestimmt nicht mehr lange dauern.

Viele waren enttäuscht, hatten sie doch wie Regina gehofft, das Lager noch am selben Tag verlassen zu können. Daraus wurde nun nichts.

»Es ist noch zu gefährlich, euch auf den Heimweg zu machen«, erklärten ihnen die russischen Soldaten.

Am nächsten Tag waren draußen Schüsse zu hören. Und Glockengeläut. Und Jubelschreie. Was hatte nun das wieder zu bedeuten? Regina und Niusia rannten, wie auch die anderen Frauen, die noch im Raum waren, die Treppe hinunter nach draußen.

»Krieg aus! Krieg aus!«, schrien die russischen Soldaten und: »Hitler kaputt!«

Poldek Rosner holte sein Akkordeon und spielte. Überschwänglich vor Freude fingen die Menschen an zu tanzen, sie lachten, fielen sich in die Arme und weinten. Sie vergossen Tränen über Hunger, Schläge und Erniedrigungen, die sie hatten ertragen müssen. Dass diese Zeit endgültig vorbei sein sollte, begriffen sie noch nicht. Zu viel Last lag noch auf ihren Schultern, und nur Vereinzelte hatten den Mut, durch das offene Tor zu gehen.

Regina bestand darauf, dass Niusia noch einmal untersucht wurde, bevor sie den langen Weg nach Krakau antraten. Ihre Tochter sah sehr abgemagert aus. Sie wollte nicht, dass das Mädchen unterwegs krank wurde oder zusammenbrach.

Am Tag ihrer Abfahrt mussten sie sich noch einmal in einer Schlange anstellen. Der Bürgermeister von Brünnlitz hatte im Hof einen Tisch aufgestellt und Formulare ausgelegt. Jeder, der das Lager verließ, bekam von ihm eine Bescheinigung mit diesem Inhalt:

*»**Nationalrat Brünnlitz. Bescheinigung.***

Die unterzeichnende Behörde bestätigt, dass der Besitzer/die Besitzerin (Name, Geburtsdatum und -ort) ehemaliger politischer Häftling des Konzentrationslagers Groß-Rosen, Tochterlager Brünnlitz, zur Fahrt von Brünnlitz nach (Wohnort), berechtigt ist. Wir ersuchen sämtliche Behörden um Unterstützung.

Brünnlitz, 15. Mai 1945«

Bei Regina und Niusia, aber auch bei vielen anderen Männern und Frauen war als Zielort Krakau angegeben. Sie alle hielten die Bescheinigung in ihrer Hand und lasen sie immer wieder, als könnten sie nicht glauben, dass das Dokument echt war. Und was sie besonders erstaunte und freute: Nicht ihre Häftlingsnummer stand auf dem Formular, sondern ihr Name, der Vorname mit dem Familiennamen. Endlich waren sie keine Nummern mehr!

Auf dem Weg zum Bahnhof erinnerte sich Niusia, wie sie dort angekommen waren. Hungrig, schmutzig, verlaust. Der Weg bis zum Lager war ihr sehr weit erschienen, weil sie so kraftlos war. Nur die Aussicht, dass es ihnen dort besser gehen würde, hatte sie damals durchhalten lassen.

Nun waren sie wieder an diesem Bahnhof, der ihnen jetzt gar nicht so weit vom Lager entfernt zu liegen schien. Geduldig warteten sie auf den Zug. Es wurde mitgeteilt, dass die Deutschen einige Gleisabschnitte und auch Brücken gesprengt hätten. Deswegen müssten sie unterwegs einige Strecken zu Fuß gehen. Doch das kümmerte niemanden.

Die Fahrt dauerte einige Tage. Unterwegs mussten sie in Bahnhöfen schlafen und wurden dort mit Lebensmitteln und Getränken versorgt. Am Bahnhof in Krakau verließen sie den Zug und gingen in Richtung Stadt. Sie war ganz offensichtlich vom Krieg verschont geblieben. Regina kam alles ganz unbekannt und doch auch wieder bekannt vor. Wann hatte sie das letzte Mal gut gekleidete Menschen gesehen? Wann war sie zuletzt durch die Straßen der Stadt gelaufen, hatte in Schaufenster geschaut? Es schien ewig her. Nun stand sie da, zusammen mit ihrer Tochter, schmutzig und in zerlumpter Kleidung. Von ihrer Erscheinung her passten sie nicht in das Bild. Und doch, als sie die Straßen und Häuser sah, sie wiedererkannte, kam langsam so etwas wie Heimatgefühl in ihr auf.

Die Metallschachtel (Bildmitte) wurde in Brünnlitz hergestellt – einer der Häftlinge schenkte sie Niusia zum Andenken. Auf der linken Bildseite ist Schindlers Fabrik Emalia in Krakau mit einer größeren Gruppe von Arbeiterinnen und Arbeitern zu sehen, rechts steht Regina Horowitz mit Niusia und Ryszard.

Ryszard und Dolek

Dolek wehrte sich dagegen, Auschwitz ohne seinen Sohn zu verlassen. Wie gerne wäre er aus der Fünferreihe ausgeschert, hätte seinen Sohn an der Hand gepackt und ihn mitgenommen. Zwei Dinge hielten ihn davon ab: die vorgehaltenen Maschinengewehre der SS-Bewacher und die Unsicherheit, was aus ihnen, Vater und Sohn, werden würde.

Ryszard begriff nicht, was geschah. Warum schaute Papa ihn so ängstlich an? Es war doch nichts Neues, dass er jeden Morgen zur Arbeit ging und erst abends wieder zurückkam.

Nachdem die Häftlinge abmarschiert waren, ging Ryszard zusammen mit den anderen, die auch zurückbleiben mussten, wieder in die Baracke. Romek Günz, ein älterer Häftling aus dem Block, nahm sich seiner an.

»Du musst dich immer verstecken, dich unsichtbar machen, wenn Deutsche hier auftauchen«, erklärte er dem Jungen. »Dein Papa wird sicher nicht mehr kommen, die werden alle in ein anderes Lager gebracht, hoffe ich mal.«

Ryszard wusste, was »unsichtbar machen« bedeutete, er hatte sich oft genug verstecken müssen. Nur verstand er nicht, warum sein Papa nicht mehr zurückkommen sollte. Er kam doch jeden Abend zurück.

Ryszards Papa kam wirklich nicht mehr. Dafür kümmerte sich Romek jetzt um den Jungen. Er sagte ihm, wann er sich verstecken musste, er brachte ihm Essen, wenn es ausgeteilt wurde, und nachts legte er sich zu ihm auf die Pritsche, damit Ryszard nicht so allein war.

Nachts, wenn alle schliefen, hörten sie, wie der Kanonendonner immer näher kam. Obwohl es gruselig klang, waren die Donnerschüsse doch wie Musik in ihren Ohren, denn das konnte nur bedeuten, dass die Rote Armee bald da sein würde.

Wenige Tage später war es dann auch so. Als Romek und Ryszard morgens aus der Baracke traten, war kein SS-Mann mehr zu sehen. Es war kalt draußen und in der Nacht hatte es wieder geschneit. Dann sahen sie die Militärfahrzeuge, die durch das Tor ins Lager fuhren. Neben den Wagen gingen Soldaten, die Gewehre im Anschlag und bereit zu schießen, sollte sich ihnen jemand entgegenstellen.

Doch außer abgemagerten und kranken Häftlingen war niemand mehr da. Die Deutschen hatten sich aus dem Staub gemacht.

Die russischen Soldaten waren schockiert über das, was sie sahen: zu Skeletten abgemagerte Häftlinge, Alte, Kranke, Frauen, Kinder, Sterbende, Tote. Mit großem Einsatz kümmerten sie sich um die Menschen, besorgten Ärzte, ließen Suppenküchen kommen, brachten Kleidung und Decken, damit die Gefangenen nicht froren.

Schon bald wurde Ryszard in seine Heimatstadt gebracht, nachdem Romek den Soldaten erklärt hatte, dass er aus Krakau stamme. Es wäre zu mühselig gewesen, im Lager eventuelle Angehörige ausfindig zu machen, denn Ryszard war nicht das einzige Kind, das aus Auschwitz befreit wurde. Aber er war das jüngste.

In Krakau wurde er, wie auch die anderen Kinder, in ein Kinderhaus gebracht. Die Einrichtung war bekannt, und man hoffte, dass sich Angehörige dort melden und nach ihren Kindern fragen würden.

Wenige Tage nachdem Regina und Niusia in der Stadt angekommen waren, begaben sie sich auf die Suche nach Ryszard und Dolek. Sie fragten bei verschiedenen Suchdiensten nach, wandten sich an das Polnische und Internationale Rote Kreuz. Man versprach ihnen, sie zu benachrichtigen, sobald man etwas über die beiden Gesuchten erführe.

Der Krieg war zu Ende, und die siegreiche Rote Armee demonstrierte in Propagandafilmen, welches Leid die Deutschen über das Land gebracht hatten: Bilder, die Verhungernde und Tote aus Auschwitz und anderen Lagern zeigten, aber auch Bilder von Geretteten, die in Flüchtlingsunterkünften oder in Kinderhäusern waren.

Es war Zufall, dass Regina in einer kurzen Sequenz eines dieser Propagandafilme glaubte, ihren Sohn wiedererkannt zu haben. Mutterinstinkt nannte sie das.

Regina hörte von dem Kinderhaus und machte sich sofort auf den Weg.

Ryszard erkannte sie nach der langen Trennung erst nicht. Er wirkte ängstlich, verstört und verkroch sich in eine Ecke, als seine Mutter auf ihn zuging und die Arme nach ihm ausstreckte. Regina musste weinen.

»Ich bin es, deine Mama«, sagte sie, »kennst du mich denn nicht mehr? Du bist Ryszard, mein Sohn, den ich schon so lange vermisse und endlich gefunden habe. Ich bin gekommen, um dich abzuholen! Wir werden nach Hause gehen zu deiner Schwester Niusia.«

Allmählich gab Ryszard seine Zurückhaltung auf und kam aus der Ecke gekrochen. Regina streckte noch einmal die Arme aus und langsam ging er auf sie zu.

Wenige Tage nachdem Dolek und viele andere Häftlinge auf den Todesmarsch geschickt wurden, kamen sie im Konzentrationslager Gusen, einem Außenlager von Mauthausen, an. Dieses Lager wurde auch das »Polen-Lager« genannt, weil hier überwiegend Polen in den beiden Steinbrüchen arbeiten mussten. Die Lagerleitung hatte als Aufseher sogenannte Berufsverbrecher eingestellt, die man aus anderen Lagern und Gefängnissen hergeholt hatte. Von ihnen wusste man, dass sie skrupellos genug waren, die Häftlinge mit Prügeln zur Arbeit anzutreiben, und auch kein schlechtes Gewissen hatten, wenn Häftlinge unter ihren Schlägen starben.

Alle Gefangenen wurden auf Karteikarten mit ihrem Namen erfasst, sie bekamen eine neue Häftlingsnummer, die ebenfalls eingetragen wurde. Und es gab einen weiteren Vermerk, der besonders für die Aufseher wichtig war: *Rückkehr unerwünscht!*

Nach ihrer Ankunft mussten sie zunächst alle in Quarantäne, denn man wusste, dass sie aus Auschwitz kamen und eventuell ansteckende Krankheiten haben könnten.

Die Baracken, in denen sie untergebracht wurden, waren noch primitiver als die in Auschwitz. Die Wände waren löchrig, die Dächer undicht. Oft pfiff ein kalter Wind durch die Räume, und wenn der Schnee auf den Dächern taute, tropfte das Wasser in die Baracken, und der Fußboden weichte auf.

Dolek wünschte sich manchmal die Verpflegung von Auschwitz zurück. Dort fand man wenigstens ab und zu mal ein paar Kartoffelschalen in der Suppe, hier waren es nur ein paar Kräuter.

Nachdem die Zeit der Quarantäne vorbei war, begann die Arbeit. Täglich wurden sie von den Kapos in die Steinbrüche getrieben und unter lautem Gebrüll und Schlägen mussten sie zwölf Stunden schuften. Trotz der schweren Arbeit froren die Häftlinge in ihrer dünnen Kleidung bei den Minustemperaturen.

An manchen Tagen setzten Tauwetter und Regen ein. Wenn sie dann abends in ihre Baracken zurückkehrten, hatten sie keine Gelegenheit, ihre Kleidung zu trocknen, denn in den Räumen war es kalt und feucht. Fast jede Nacht starben Männer, weil sie krank waren, keine Kräfte mehr hatten oder sich einfach aufgaben.

Dolek wurde von Tag zu Tag dünner. Er merkte es vor allem daran, dass ihm die Hose rutschte. Er musste einen Knoten in den Bund machen, damit sie hielt. Wie lange würde er diese Arbeit durchhalten?

Ich muss leben, sagte er sich jeden Tag, ich habe eine Familie, die mich braucht.

Die Gedanken an Regina und seine beiden Kinder halfen ihm durch die Tage und Nächte. Sorgen machte er sich besonders um Ryszard, den er allein in Auschwitz hatte zurücklassen müssen. Aus tiefstem Herzen hoffte er, dass sich einer der Häftlinge, die auch zurückbleiben mussten, um ihn kümmerte.

Die Tage in Gusen wurden wärmer, doch die Arbeit nicht leichter. Häftlinge, die entweder nachts gestorben waren oder die die Kapos tagsüber totgeschlagen hatten, wurden durch neue ersetzt. Diese Neuen waren wichtige Informationsquellen. Sie brachten oft neue Nachrichten mit. Sie wussten, dass die Rote Armee schon große Teile Polens befreit hatte und auch die Alliierten Streitkräfte auf dem Vormarsch seien.

»Dieser Krieg dauert nicht mehr lange«, flüsterten sie den andern nachts in den Baracken zu.

In den ersten Maitagen stellten die Häftlinge fest, dass nicht mehr alle SS-Männer im Lager waren. Militärfahrzeuge verließen das Gelände und kamen nicht mehr zurück. Dafür war das Grollen der Geschütze täglich deutlicher zu hören.

Es war der 8. Mai 1945, als schließlich die Amerikaner das Lager Mauthausen befreiten. Die meisten der Gefangenen waren so schwach, dass sie in die umliegenden Krankenhäuser gebracht werden mussten. Auch Dolek gehörte zu ihnen. Er brauchte einige Tage, bis er begriff, dass der Krieg zu Ende war.

»Muss ich noch mal in den Steinbruch zurück?«, fragte er ein ums andere Mal, wenn er eine Krankenschwester sah.

»Das ist endgültig vorbei«, versicherten sie ihm.

»Heißt das, der Krieg ist aus und ich kann nach Hause?«

»Ja, der Krieg ist zu Ende, und Sie können nach Hause, sobald Sie wieder bei Kräften sind.«

Auch wenn er jeden Tag glaubte, endlich stark genug zu sein für die Heimreise, merkte er schon nach den ersten Schritten, dass es noch zu früh war.

Drei Monate musste er bleiben, bis er schließlich mit einem Zug in Richtung Krakau aufbrechen konnte.

Unterbrochene Kindheit

Niusia war sechseinhalb, als sie zur Schule gehen sollte. Krieg, Flucht, Ghetto, Arbeits- und Konzentrationslager machten es ihr unmöglich, wo auch immer einen Unterricht zu besuchen. Vom Beginn des Krieges an bis zu ihrer Befreiung im Mai 1945 lebte sie in ständiger Angst, entweder zu verhungern oder ermordet zu werden. Nie fand sie in all diesen Jahren Ruhe oder Geborgenheit in der Familie, weil die so nicht mehr existierte, wie sie es aus ihren ersten Lebensjahren in dunkler Erinnerung hatte.

Niusia war dreizehn, als der Krieg zu Ende ging. Seit sie endlich wieder in Krakau angekommen waren, eine Wohnung hatten und sie täglich ausreichend zu essen bekam, erholte sich ihr Körper allmählich. Bei ihrer Entlassung aus dem Lager in Brünnlitz hatte sie gerade mal vierundzwanzig Kilo gewogen.

Die körperliche Erholung war das eine, doch was war mit den grausamen Erfahrungen, die sie in den Jahren des Krieges hatte machen müssen? Zur Bewältigung der schrecklichen Erlebnisse und Erfahrungen halfen ihr die täglichen Mahlzeiten nicht. Was sollte sie tun?

Sie fand einfach keine Worte für das, was sie tagtäglich bedrückte, wovor sie sich fürchtete und was sie bis in ihre Träume verfolgte.

Mit ihrer Mutter reden? Die hatte in den ersten Wochen und Monaten viel damit zu tun, ihren Sohn Ryszard zu finden, und als er schließlich da war, machte sie sich Gedanken um ihren Mann. Hatte er das Lager doch nicht überlebt? Oder lag er, weit weg von Krakau, irgendwo in einem Krankenhaus und musste gepflegt werden? Regina wusste es nicht. Fast jeden Tag war sie unterwegs, um bei den Suchdiensten die Listen durchzusehen, auf denen befreite Häftlinge standen.

Nach drei Monaten war Dolek endlich wieder da. Dünn und blass sah er noch aus, doch er war gesund. Die Familie war wieder vollzählig.

Von nun an mussten Niusias Eltern sehen, wie es weiterging. Sie mussten Geld verdienen, um die Miete für ihre Wohnung zu zahlen und Lebensmittel zu kaufen. Zeit, um mit den Kindern über die zurückliegenden Jahre zu reden, blieb da nicht. Ihr Blick war auf die Zukunft gerichtet. Für das, was sie hinter sich hatten, fanden auch sie keine Worte. Vielleicht hofften sie, dass die Zeit alle Wunden heilte.

Niusia fiel es schwer, der Welt, in der sie lebte, zu trauen. Wenn sie durch die Straßen lief oder auf dem Weg zur Schule war, zuckte sie oft ängstlich zusammen, wenn sie einen Knall oder ein anderes lautes Geräusch hörte. Bilder aus dem Lager Plaszów tauchten vor ihren Augen auf.

Musste sie diese Bilder verdrängen, um ohne Angst durch die Stadt laufen zu können? Wie sollte das gehen? Verschwanden sie einfach im Lauf der Zeit oder würden sie immer bleiben? Fragen, auf die sie keine Antwort fand. Fragen, die sie aber auch nicht zu stellen wagte.

Manchmal beschlich sie der Gedanke, warum ausgerechnet sie überlebt hatte. Es hatte so viele Gelegenheiten gegeben, in Plaszów oder in Auschwitz ermordet zu werden. Warum hatte Amon Göth nicht auf sie gezielt und abgedrückt? Warum war sie bei den Kinderdeportationen nicht dabei gewesen? Wenn sie daran dachte, hörte sie immer noch die Schreie der Väter und Mütter, die ihre Kinder auf den Lkws sahen. Oder wie war das in Auschwitz gewesen? Hatte sie einfach nur Glück gehabt? Oder war es die Fürsorge ihrer Mutter und ihrer Tante gewesen, dass sie nicht zum Krematorium musste? Mit wem sollte sie darüber reden?

Allein in der Schule fühlte sie sich abgelenkt. Sie freute sich, endlich lesen, schreiben und rechnen lernen zu dürfen. Die Schule war für sie der Ort, an dem alles andere in den Hintergrund trat. Buchstaben kennenlernen, Wörter, daraus Sätze bilden, das mochte sie. Und auch das Rechnen fiel ihr leicht.

An manchen Nachmittagen streifte sie durch die

Stadt, meist zusammen mit ihrem Bruder und dessen Freund Roman Liebling* und seiner Cousine Roma. Die Menschen, die Straßen, die ganze Hektik, die sie umgab, schienen ihr unwirklich. Oft hatte sie das Gefühl, sich in einer irrealen Umgebung zu bewegen. Sie sah, wie die Menschen redeten und lachten, wie sie durch die Straßen liefen, sich etwas zuriefen oder sich zuwinkten, doch jeden Augenblick konnte dieses Bild verschwinden, und sie stand plötzlich mitten in Płaszów, Amon Göth mit seinem Gewehr in Sichtweite. Gleich würde er anlegen und schießen.

Es kostete sie jedes Mal unendliche Kraft, diese Vorstellung beiseitezudrängen.

Würde die Last jemals von ihr abfallen, so wie im Herbst die Blätter von den Bäumen?

Roman Liebling hatte sich während der Kriegszeit, nach seiner Flucht aus dem Krakauer Ghetto, bei einer katholischen polnischen Familie verstecken können. Seine Mutter wurde, im sechsten Monat schwanger, nach Auschwitz-Birkenau deportiert und dort ermordet. Der Vater überlebte das Konzentrationslager Mauthausen. Weil es mit seiner späteren Stiefmutter oft Konflikte gab, wohnte Roman zeitweise bei der Familie Horowitz.

Hinten links Niusia Horowitz, rechts Roman Liebling, heute bekannt als Roman Polanski, Filmregisseur; vorne links Ryszard Horowitz, heute bekannter Fotograf in New York, daneben Roma Ligocka, Kostümbildnerin, Malerin und Autorin

Epilog

Niusia besuchte die Schule. Sie wurde eine gute Schülerin und konnte innerhalb eines Jahres manchmal zwei, in anderen Jahren auch drei Klassenstufen absolvieren. Schließlich machte sie das Abitur.

Ihr großer Berufswunsch war es, Tänzerin zu werden. Sie kam aus einer musikalischen Familie, den Rosners. Fast jeder spielte dort ein Instrument, und die Musik und der Rhythmus waren es, die sie beflügelten. Musik war das, was ihre schweren Gedanken vertreiben konnte. In Plaszów hatte sie sich jedes Mal darüber gefreut, wenn ihr Onkel die Trompete blies. Es war nicht einfach nur eine Fanfare gewesen, es war eine kleine Melodie. Dann wusste sie zumindest, dass er noch lebte. Gerne erinnerte sie sich auch daran, wie Poldek, ihr Onkel, in Brünnlitz Akkordeon spielte, als sie die Nachricht vom Ende des Krieges erreichte. Erleichterung, die sie tief berührte, hatte sie in den Klängen gespürt.

Doch Niusias Vater war gegen ihren Berufswunsch. Sie solle lieber etwas Solides lernen.

Niusia wurde zu einem zehnmonatigen Kosmetikkurs angemeldet, den sie erfolgreich abschloss. Mit dieser Ausbildung hoffte sie eine Arbeitsstelle zu finden, doch darauf musste sie ein Jahr warten. In der Zeit arbeitete sie als Schreibkraft in einem Büro.

Schließlich bekam sie doch eine Stelle in einer Genossenschaft*, die auf kosmetische Behandlungen spezialisiert war. In ihrer einwöchigen Probezeit musste sie ihre Kenntnisse und Fähigkeiten nachweisen. Der Umgang mit den Kundinnen stand für Niusia immer im Mittelpunkt. Sie schaute sich die Frauen an, begutachtete ihre Haut und machte ihnen einen Behandlungsvorschlag. Die Ausbildung zur Kosmetikerin hatte ihr viel Freude gemacht, und so war es für sie ein Leichtes, den Anforderungen gerecht zu werden. Sie bekam einen festen Arbeitsvertrag. Sechsundfünfzig Jahre hat sie in ihrem Job bei der Genossenschaft gearbeitet. Nebenher hatte sie auch noch Privatkundinnen. Sie war nicht nur eine sehr gute, sondern auch bei der Kundschaft beliebte Kosmetikerin. Die Frauen kamen gerne zu ihr, um sich beraten und behandeln zu lassen.

In den vielen Jahren, die sie als Kosmetikerin arbeitete, sprach sie nie über ihre Erfahrungen in den Konzentrationslagern. Sie versuchte sie aus ihrem Leben auszublenden. Nur nachts schlief sie unruhig.

Schon bald lernte sie ihren Mann, den Arzt Tadeusz Karakulski, kennen. Nach viereinhalb Jahren heirateten sie im September 1960. Niusia hatte stets Angst davor, eigene Kinder zu bekommen, weil sie fürchtete, sie könne durch die mangelnde Ernährung in den Lagern nur kranke oder behinderte Kinder zur Welt bringen. Das Ehepaar bekam trotzdem eine Tochter, die zum Glück kerngesund war und heute in den USA lebt.

Niusias Eltern wanderten nach Wien aus. Sie wäre ihnen gerne mit ihrem Mann gefolgt. Doch als Arzt wurde er in Polen gebraucht und bekam keine Genehmigung zur Ausreise.

Nach dem Krieg wanderte Leopold (Poldek) Rosner mit seiner Frau nach Sydney/Australien aus. Dort arbeitete er weiter als Musiker. Er starb im Oktober 2008.

Hermann (Henry) Rosner wurde ein bekannter Musiker in New York. Dort starb er im Dezember 1995.

George Ignacy lebte als Musiker in Phoenix, Arizona, wo er im August 2002 starb. Sein Bruder William starb im August 1998 in New Jersey.

Die anderen Rosner-Geschwister überlebten den Krieg nicht. Melania Rosner starb mit 24 Jahren in Krakau. Marysia 1944, als ein Schiff mit Gefangenen auf der Ostsee gesprengt wurde. Samek Rosner starb am 4. Mai 1945 in Mauthausen, wenige Tage bevor das Lager befreit wurde. Bronislawa Rosner starb 1920 mit drei Jahren.

Viele Jahre war das Thema Plaszów, Auschwitz und Brünnlitz im Leben von Niusia tabu. Sie redete mit niemandem darüber. Immer wenn sie bei ihrer Friseurin war, musste sie ihr die Anweisung geben, sie nicht im Nacken anzufassen. Den Grund dafür wollte sie der Frau nicht nennen. Berührungen an dieser Stelle riefen bei ihr Erinnerungen an den Moment in Auschwitz hervor, als sie in der Sauna mit einer stumpfen Schere geschoren wurde. Damit sie dem Schmerz nicht ausweichen konnte, hatte die Häftlingsfrau sie fest im Nacken gepackt.

Auch gestreifte Kleidung erinnerte sie stets an ihre Zeit in den verschiedenen Lagern.

In den ersten Jahren nach dem Krieg trafen sich Niusia, ihre Eltern, aber auch ihre Rosner-Onkel öfter mit Oskar Schindler. Sie waren diesem Mann unendlich dankbar, dass sie durch seinen Einsatz die verschiedenen Lager überlebt hatten.

Niusia besuchte und besucht auch heute noch regelmäßig die Gedenkveranstaltungen der Befreiung von Auschwitz. An diesen Tagen kommen in ihr stets dunkle Erinnerungen hoch. Alles, was sie dort erlebte, ist dann wieder präsent.

Dass sie und ihr Schicksal weltweit bekannt wurden, lag an dem berühmten US-Regisseur und Produzenten Steven Spielberg*. Als er seinen Film »Schindlers Liste« plante, suchte er nach Menschen, die auf dieser Liste gestanden hatten. Niusia Horowitz wurde für den Filmemacher zu einer bedeutenden Beraterin. Niemand aus dem Filmteam hatte eine genaue Vorstellung davon, wie die Realität im Krakauer Ghetto, in den Konzentrationslagern Plaszów oder Auschwitz-Birkenau damals aussah. Niusia Horowitz konnte ihnen sehr detailliert beschreiben, wie die Schauplätze, an denen der Film gedreht werden sollte, sein mussten. Ihrem Erinnerungsvermögen ist es zu verdanken, dass nicht nur die Orte, sondern auch viele Szenen realistisch dargestellt wurden.

Über eine Szene freute sich Niusia besonders. In dem Film wird Schindlers Geburtstag gezeigt. Eine Schauspielerin, ein Mädchen im Alter wie damals

Von links nach rechts: Krystian, Niusias Enkel, Steven Spielberg, Magdalena, Niusias Tochter, und rechts Niusia Horowitz. Das Foto ist 1995 während der Dreharbeiten zum Film »Schindlers Liste« entstanden.

Niusia, überreicht Oskar Schindler den Geburtstagskuchen. Das Gefühl, das sie damals hatte, konnte sie genau beschreiben, und es kommt in dem Film deutlich zum Ausdruck.

Nachdem der Film in den Kinos angelaufen war, wurde Niusia mehr und mehr zu einer öffentlichen Person. Als Zeitzeugin war sie gefragt und wurde immer wieder eingeladen, vor Gruppen aus verschiedenen Ländern über ihre Erfahrungen zu reden. Mit makellosem Äußeren trat und tritt sie vor ihre Zuhörer und erzählt. Es fiel und fällt ihr nicht leicht, ihre Erinnerungen preiszugeben, denn damit kommen auch all die grausamen Bilder wieder hoch, die sie als Kind erleben musste.

Ich erzähle euch das, sagt sie jedes Mal, damit ihr wisst, was passieren kann, wenn solch furchtbare Menschen Macht bekommen. Und damit meint sie keineswegs nur Adolf Hitler. Göth, Hujer und Leipold waren drei von unzählig vielen Männern, die in dem Vernichtungssystem der Nazis nicht nur mitmachten, sondern in ihm ihre eigenen kranken Leidenschaften auslebten und keine Skrupel kannten, Menschen zu schinden, zu erniedrigen und zu töten.

»Rein äußerlich sieht man mir nicht an, was ich als Kind durchmachen musste«, sagt sie stets am Schluss ihrer Ausführungen, »doch meine Seele hat Narben.«

Das Bild von Oskar Schindler, ihrem Lebensretter, wie sie ihn nennt, hängt seit vielen Jahren an einer Wand in Niusias Schlafzimmer.

STAMMBAUM FAMILIE HOROWITZ

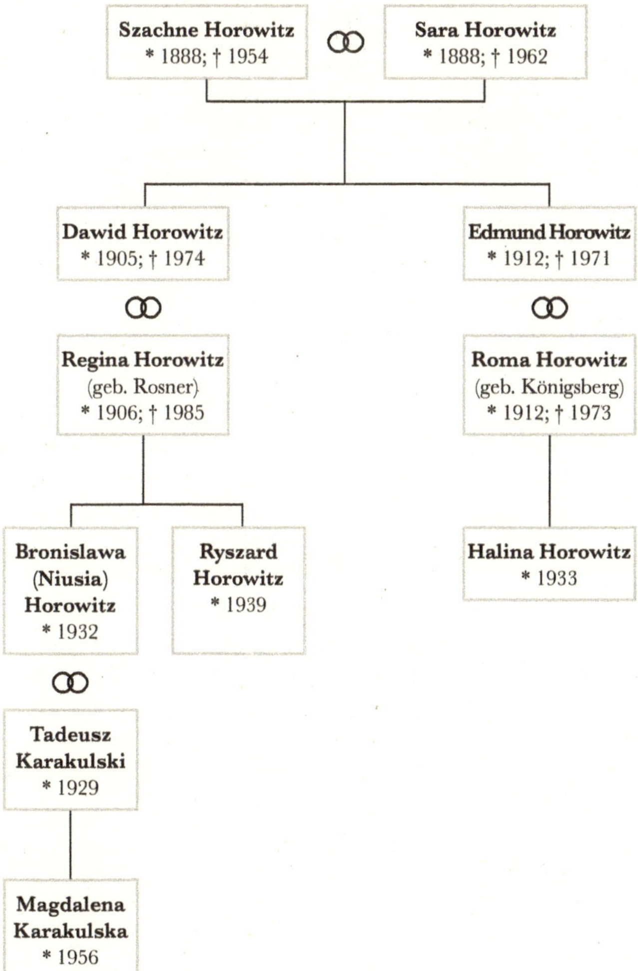

STAMMBAUM FAMILIE ROSNER

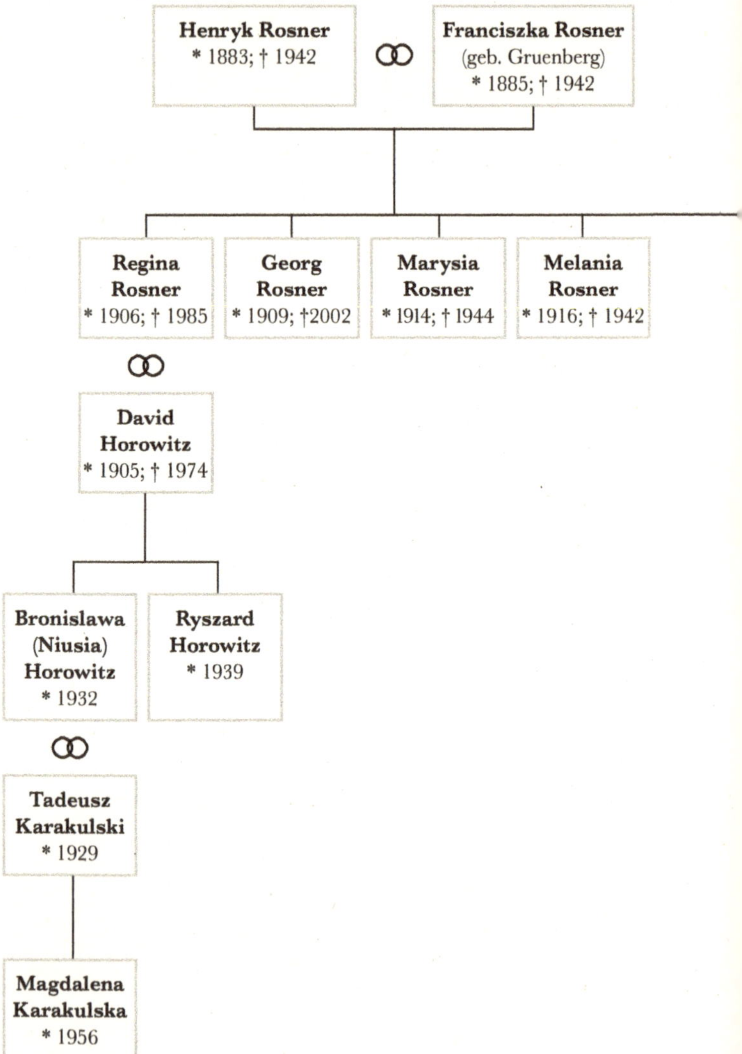

Bronislawa Rosner
* 1917; † 1920

Leopold Rosner
* 1918; † 2008

⚭

Helen Rosner
(geb. Haubenstock)
* 1924; † 2010

Samek Rosner
* 1923; † 1945

William Rosner
* 1925; † 1998

Hermann Rosner
* 1905; † 1995

⚭

Manci Rosner
(geb. Robitschek)
* 1910; † 2003

Alexander (Olek) Rosner
* 1933

Polen und umliegende Länder
DÄNEMARK
SCHWEDE
NORDSEE
OSTS
NIEDER-
LANDE
Berlin
DEUTSCHES REICH
BELGIEN
LUXEMBURG
Prag
FRANKREICH
Legende
Stadt
Konzentrationslager
1 Dachau
2 Mauthausen
3 Groß-Rosen
4 Brünnlitz
5 Auschwitz
6 Plaszów
7 Szebnie
8 Treblinka
9 Sobibor
10 Lublin
Ghetto
11 Krakau
12 Bochnia
13 Tarnów
1
München
2
Wien
ÖSTERREICH
ITALIEN
MITTELMEER

t des Zweiten Weltkriegs (um 1940)

Glossar

Begriffe

Aktion Reinhardt: Die Aktion Reinhardt ist ein Tarnname, unter dem die systematische Ermordung aller Juden und Roma der von Deutschland besetzten Länder Polen und Ukraine stattfand. Mehr als zwei Millionen Juden und 50.000 Roma wurden in der Zeit von Juli 1942 bis Oktober 1943 in verschiedenen Vernichtungslagern ermordet. Zur Durchführung der Aktion Reinhardt beauftragte Heinrich Himmler den Lubliner SS- und Polizeiführer Odilo Globocnik. In Himmlers Augen war dieser Mann »wie kein Zweiter für die Kolonisation des Ostens geschaffen«. Der Name »Aktion Reinhardt« wird allgemein zurückgeführt auf den SS-Mann Reinhard Heydrich, allerdings hatte Himmler den Vornamen Heydrichs fälschlich mit »dt« am Ende geschrieben.

Alliierte Streitkräfte: Der Begriff »Alliierte« kommt aus dem Lateinischen und bedeutet »Verbündete«. Im Zweiten Weltkrieg verbündeten sich die USA, Großbritannien, Frankreich und die Sowjetunion und kämpften gemeinsam gegen Deutschland.

Antisemitismus: Im allgemeinen Sprachgebrauch wird darunter eine ideologisch geprägte Weltanschauung verstanden, die davon ausgeht, dass Juden grundsätzlich die Ursache aller Probleme sind. Er ist mit Hass auf das jüdische Volk gepaart und fand seinen Höhepunkt in der Shoa, dem nationalsozialistischen Völkermord an den europäischen Juden.

Appell: Im militärischen Bereich versteht man darunter formierte Versammlungen von Truppenteilen. In Konzentrationslagern während der Zeit des Nationalsozialismus dienten die Appelle zur Überprüfung der Vollständigkeit der Häftlinge sowohl morgens beim Morgenappell als auch abends nach dem Arbeitseinsatz beim Abendappell. Oft wurden die Gefangenen durch extrem in die Länge gezogene Appelle schikaniert. Der längste Appell in Auschwitz dauerte zwanzig Stunden.

Arbeitslager: Menschen werden hier zur Zwangsarbeit festgehalten. Die Gründe für die Internierung können sehr unterschiedlich sein: Menschen werden wegen krimineller oder wegen unerwünschter politischer oder religiöser Aktivitäten in den Lagern gefangen gehalten. Die Arbeitskraft dieser Menschen wird rigoros ausgebeutet. Während der NS-Zeit herrschte folgendes Motto in den Arbeitslagern: Vernichtung durch Arbeit.

Blockälteste(r): Der/die Blockälteste war ein Funktionshäftling im Konzentrationslager, der/die Aufsicht über die in einer Baracke lebenden Häftlinge führte. Er/sie war für alles verantwortlich, was den Block betraf (z. B. für die festgelegte Barackenordnung), musste stets die Zahl der Häftlinge prüfen, dafür sorgen, dass die »Betten« vorschriftsmäßig gemacht waren und die Häftlinge rechtzeitig zum Appell antraten. Für die korrekte Durchführung seiner/ihrer Arbeit war er/sie dem SS-Personal gegenüber verantwortlich und wurde bestraft, wenn etwas nicht korrekt lief.

Davidstern: Dieses Symbol – zwei übereinandergelegte Dreiecke – stammt aus dem jüdischen Kulturkreis und versinnbildlicht als Stern die Beziehung zwischen Mensch und Gott. Das nach unten zeigende Dreieck bedeutet, dass der Mensch sein Leben von Gott erhalten hat, das nach oben zeigende, dass er zu Gott zurückkehren wird. Die zwölf Ecken stehen für die zwölf Stämme Israels, die sechs Dreiecke stehen für die Tage der Schöpfung, die Fläche in der Mitte symbolisiert den siebten, den Ruhetag.

Während der Zeit des Nationalsozialismus mussten alle jüdischen Bürger und Bürgerinnen einen solchen Davidstern an ihrer Kleidung tragen. Sie sollten damit in der Öffentlichkeit leichter als Juden zu identifizieren sein. Diese Vorschrift galt ab dem 19. September 1941.

Deportation: Auf staatliche Anordnung werden Menschen in andere, meist vorher festgelegte Gebiete transportiert. Es sind Maßnahmen der zwangsweisen Unterdrückung von politischen Gegnern und der Isolierung von ethnischen Minderheiten. Mit dem Begriff »Deportation« werden vor allem die Verbrechen der Nationalsozialisten in Verbindung gebracht, die jüdische Einwohner aus Deutschland und den von den Deutschen kontrollierten Gebieten, aber auch Sinti und Roma, in Ghettos oder Konzentrationslager bzw. Vernichtungslager verschleppten.

Deutsche Ausrüstungswerke (DAW): Das Rüstungsunternehmen wurde 1939 gegründet und von der SS in Berlin verwaltet. In vielen deutschen Konzentrationslagern, z. B. Buchenwald, Auschwitz, Sachsenhausen, später auch in weiteren Lagern, wurden Häftlinge zur Zwangsarbeit verpflichtet, die für dieses Unternehmen arbeiten mussten. Dort wurden ganz unterschiedliche Rüstungsgüter produziert.

Deutsche Erd- und Gesteinswerke GmbH: Das Unternehmen wurde 1938 gegründet. Es war im Besitz der SS und stand unter direkter Aufsicht von Heinrich Himmler. Zwangsarbeiter aus Konzentrationslagern stellten Baumaterial her, mit dem unter anderem Regierungsgebäude gebaut wurden. In Gusen wurde ein unterirdisches Produktionswerk für die Messerschmitt-Düsenflugzeuge errichtet.

Generalgouvernement: Mit diesem Begriff wurden die von den Deutschen militärisch besetzten Gebiete in Polen während der NS-Zeit von 1939–1945 bezeichnet. Sie wurden nicht an Deutschland angegliedert, sondern es entstanden Macht- und Verwaltungsstrukturen, die in Krakau von Hans Frank und seinem Vertreter Josef Bühler entwickelt wurden. Das Generalgouvernement wurde auf Anweisung von Adolf Hitler eingerichtet.

Genossenschaft: Unter dem Begriff versteht man einen Zusammenschluss mehrerer Personen mit dem Ziel, gemeinsam besser wirtschaften zu können. Die Genossenschaft, in der Niusia Horowitz arbeitete, hatte sich auf die kosmetische Behandlung von Frauen spezialisiert.

Ghetto: Der Begriff beschreibt neutral betrachtet ein besonderes Wohngebiet. Er kommt aus dem Italienischen und bedeutet so viel wie »Gießerei«. Während der Zeit des Nationalsozialismus wurden Juden aus ihren Häusern und Wohnungen vertrieben und in Ghettos zusammengepfercht. Oft war das die letzte Station vor ihrer Deportation in ein Konzentrationslager.

Gruppenführer: Während der NS-Zeit war diese Bezeichnung der dritthöchste Rang in der Schutzstaffel, sie entsprach dem militärischen Rang eines Generalleutnants. Äußere Kennzeichen dieses Dienstgrades waren entweder Schulterstücke, Kragenspiegel oder Ärmelabzeichen.

Holocaust: Mit diesem Begriff wird der nationalsozialistische Völkermord beschrieben, bei dem etwa sechs Millionen Menschen ermordet wurden. Systematisch und mit industriellen Methoden, d. h. der Ermordung von Menschen in eigens dafür errichteten Gaskammern, sollte die europäische jüdische Bevölkerung ausgerottet werden. Aber auch alles sonstige »lebensunwerte Leben« wurde so umgebracht. Dazu gehörten Behinderte, Homosexuelle oder auch Sinti und Roma, die von den Nazis abschätzig als Zigeuner bezeichnet wurden.

Kapo: Der Ursprung des Begriffs ist unklar, beschönigend wird oft »Kameradschaftspolizei« angenommen. Näher liegt der Begriffsursprung im Italienischen, wo mit »il capo« der Anführer oder das Oberhaupt bezeichnet wird. Kapos waren Funktionshäftlinge in Konzentrationslagern, die als Mitarbeiter der Lagerleitung andere Häftlinge beaufsichtigen mussten. Die SS wählte für diese Posten nur solche Häftlinge aus, die sich durch besondere Brutalität anderen gegenüber auszeichneten. Dafür hatten die Kapos bestimmte Privilegien wie bessere Verpflegung und wurden selbst auch nicht körperlich gezüchtigt. Durch ihren Gehorsam der SS gegenüber glaubten sie ihr eigenes Überleben im Lager retten zu können. Und für die SS war wichtig, dass Befehle skrupellos durchgesetzt wurden. Kapos waren im Lageralltag an ihrer Armbinde sowie einem Stock oder einer Peitsche zu erkennen, die sie bei sich trugen. Sie führten die Aufsicht über die Arbeitskommandos. Einem Kapo waren meist hundert Häftlinge unterstellt. Kapos, die während ihrer »Arbeit« Häftlinge totschlugen, wurden dafür von der Lagerverwaltung nicht bestraft.

Klezmermusik: Von ihrem Ursprung her ist es die Musik osteuropäischer Juden der vergangenen Jahrhunderte. Sie wird vor allem bei Familienfeiern gespielt. Die Wiege der Musik wird in Moldawien gesehen, später verbreitete sie sich auch in anderen osteuropäischen Ländern. Juden lebten meist ausgegrenzt in eigenen Stadtvierteln oder Dörfern und so wurde die Musik ein Ausdrucksmittel ihrer Unterdrückung und Benachteiligung. Auswanderer brachten die Musik auch in die USA, vor allem nach New York, wo weltweit die meisten Juden lebten. Im Laufe der Zeit kamen Elemente der Jazz-Musik hinzu.

Luftgau: Luftgau(-kommandos) wurden ab 1936 gebildet, um sowohl – im Falle eines Luftangriffs in der Region – vorhandene Einrichtungen wie Fabriken, Häfen, große öffentliche Gebäude zu sichern als auch den zivilen Luftschutz zu gewährleisten.

Obergruppenführer: Höchster Generalsrang der SS im Militärgefüge des nationalsozialistischen Deutschen Reichs.

Oberscharführer: Niedrigster SS-Rang der Dienstgradgruppe Unteroffiziere, vergleichbar mit einem Feldwebel der Wehrmacht.

Obersturmbannführer: Die Bezeichnung wurde 1933 eingeführt und bezeichnet den zweithöchsten Offiziersrang der Schutzstaffel während der NS-Zeit; der Dienstrang ist vergleichbar mit dem heutigen Oberstleutnant.

Pajess: Schläfenlocken, die besonders von orthodoxen jüdischen Männern getragen werden.

Phenolinjektion: Phenol, auch als Karbolsäure bezeichnet, ist als Industriechemikalie ein Zwischenprodukt zur Herstellung diverser Kunststoffe und wirkt stark giftig. Von dem Lagerarzt Endres in Auschwitz für eine gezielte Injektion ins Herz als Tötungsmethode für arbeitsunfähige Häftlinge entwickelt, starben die Menschen durch die Spritze ins Herz binnen kurzer Zeit.

Reichsmarschall: Die Bezeichnung stand einst für den militärischen Stellvertreter des Kaisers. Während der Zeit des Nationalsozialismus wurde die Bezeichnung sowohl für eine militärische als auch für eine politische Oberbefehlshaberposition neu eingeführt.

Reichssicherheitshauptamt: Das Reichssicherheitshauptamt (RSHA) wurde im September 1937 von Heinrich Himmler durch den Zusammenschluss von Sicherheitspolizei und Sicherheitsdienst gegründet. Die Führung des RSHA bestand überwiegend aus hoch qualifizierten Akademikern sowie Beamten mit polizeilicher Fachausbildung, die allesamt ihre Kenntnisse und Fähigkeiten in den Dienst des Nazi-Regimes stellten. Dazu gehörten die Verhaftung politisch unzuverlässiger Personen und die Bekämpfung aller »deutschfeindlichen Elemente«; später wurden in Polen und der Sowjetunion gezielt Massaker gegen die Kirche, ihre Vertreter und gegen kommunistische Organisationen und Gruppen durchgeführt. Vom RSHA wurden auch Pogrome (gewaltsame Ausschreitungen gegen nationale, religiöse oder ethnische Minderheiten; Beispiel: Pogrome gegen Juden) initiiert, und Adolf Eichmann organisierte in dieser Behörde die »Endlösung der Judenfrage«. Die innenpolitische Bedeutung lag auf der Bespitzelung der Bevölkerung.

Rote Armee: Sie wurde 1922 nach der Oktoberrevolution in der Sowjetunion gegründet und umfasste das Heer und die Luftstreitkräfte. Entwickelt wurde sie aus den »Roten Garden«, von denen sich auch der Name herleitet. Die Roten Garden waren eine Freiwilligenarmee, während die Rote Armee zu einer Pflichtstreitmacht umgewandelt wurde. Während des Zweiten Weltkriegs führte sie (aus der Perspektive der Sowjetunion) den »Großen Vaterländischen Krieg« zur Verteidigung des Landes. 1946 wurde die Bezeichnung »Rote Armee« aufgehoben und in »Sowjetarmee« umgewandelt.

Schabbat: Im Judentum ist der Schabbat der siebte Wochentag, an dem als Ruhetag nicht gearbeitet werden soll. Er beginnt am Freitag mit dem Sonnenuntergang und endet am Samstag mit dem Sonnenuntergang. Er ist ein fester Bestandteil der Zehn Gebote.

SS: Die beiden Buchstaben stehen als Abkürzung für »Schutzstaffel«. Diese nationalsozialistische Organisation war schon während der Weimarer Republik, besonders aber während der Zeit des Nationalsozialismus die Verbindung, die der Partei NSDAP und auch Adolf Hitler selbst als Herrschafts- und Unterdrückungsinstrument diente. 1925 wurde sie von Adolf Hitler in München als »Leib- und Prügelgarde« gegründet. Die Schutzstaffel (SS) war maßgeblich an der Planung und Durchführung von Kriegsverbrechen sowie Verbrechen gegen die Menschlichkeit beteiligt – mit Fokus auf dem Holocaust. 1945 wurde die Organisation verboten.

SS-Mann: Der Begriff ist eine Bezeichnung für alle vollwertigen Mitglieder und jene, die noch in die Schutzstaffel (SS) aufgenommen werden sollten.

Wannseekonferenz: Am 20. Januar 1942 trafen sich hochrangige Vertreter der Reichsregierung und verschiedener SS-Behörden unter dem Vorsitz von SS-Obergruppenführer Reinhard Heydrich, um den Massenmord aller europäischen Juden zu organisieren. Sie legten bei dieser Konferenz die Grundzüge für die Deportationen der jüdischen Bevölkerung in den Osten fest, um sie dort zu vernichten. Die Opfergruppen wurden hier auch noch einmal genau definiert und ein Zeitplan festgelegt. Mit dieser Konferenz wurde dem Hauptanliegen Heydrichs, »der Endlösung der Judenfrage«, Rechnung getragen.

Der Begriff »Wannseekonferenz« entstand durch

den Tagungsort: das Gästehaus der Sicherheitspolizei und des Sicherheitsdienstes mit der Berliner Anschrift »Am Großen Wannsee 56/58«. Dieses Haus ist heute eine Gedenkstätte.

Wawel-Burg: Der Wawel ist ein hoher Kalkfelsen mitten in Krakau. Die Wawel-Burg, die über Jahrhunderte gebaut wurde, war bereits 1040 Residenz der polnischen Könige. Nach dem Überfall auf Polen bezog Generalgouverneur Hans Frank hier seinen Sitz. Heute ist die Wawel-Burg ein Anziehungspunkt für Touristen. Auf dem Friedhof werden aber auch die Staatsoberhäupter beigesetzt. Die Wawel-Burg gehört zum Weltkulturerbe.

Wolfsschanze: Sie war eines der Führungshauptquartiere, gelegen in Ostpreußen; die Bezeichnung Wolfsschanze war ein Tarnname für ein militärisches Lagezentrum der Führung der deutschen Wehrmacht. An diesem Ort scheiterte das Attentat auf Hitler, das Oberst Graf Claus Schenk von Stauffenberg zusammen mit anderen Offizieren plante und durchführte.

Zloty: Zloty ist die amtliche Währung der Republik Polen. Sie ist, ähnlich wie beim Euro, unterteilt. 100 Groszy sind ein Zloty. Der aktuelle Wechselkurs beträgt: 1 € = 4,60 Zl.

Zwangsarbeitslager: Konzentrationslager, in denen Menschen zwischen 1933 und 1945 für den NS-Staat arbeiten mussten. Nach vorliegenden Schätzungen geht man davon aus, dass allein 8,5 Millionen ausländische Zivilarbeiter in solchen Lagern untergebracht waren. Die Zwangsarbeiter waren entweder in den in der Nähe liegenden Konzentrationslagern untergebracht, oder es gab eigens für sie Baracken, in denen sie schlafen mussten. Insgesamt gehen Historiker davon aus, dass sowohl in Deutschland als auch in den besetzten Gebieten mehr als 20 Millionen Zwangsarbeiter beschäftigt waren.

Orte

Ghetto Bochnia: In Bochnia, einer Stadt in Südpolen, lebten bis zu Beginn des Zweiten Weltkriegs circa 3.500 Juden. Der Anteil an der Gesamtbevölkerung lag bei etwa 20 Prozent. Während der deutschen Besatzung wurde in der Stadt ein Ghetto eingerichtet, wohin man auch die Juden aus den umliegenden Orten umsiedelte. Die genaue Anzahl der Menschen, die in diesem Ghetto leben mussten, ist nicht bekannt. Es wird geschätzt, dass ungefähr 15.000 von hier in verschiedene Vernichtungslager deportiert wurden. Nur 90 Juden aus Bochnia überlebten den Krieg.

Ghetto Krakau: Das Ghetto Krakau befand sich im Stadtteil Podgórze. Das ursprüngliche jüdische Viertel der Stadt lag auf der anderen Seite der Weichsel in Kazimierz. Nach dem Willen der deutschen Besatzung sollte Krakau judenfrei gemacht werden. Weil die Aufforderungen, die Stadt zu verlassen, nicht fruchteten, wurde am 20. März 1941 ein neuer jüdischer Wohnbezirk eingerichtet. Die Machthaber verzichteten ausdrücklich auf das Wort »Ghetto«. In Podgórze, wo zuvor 3.000 Menschen lebten, wurden nun 15.000 Juden aus dem ganzen Stadtgebiet und dem Umland untergebracht. Bis zu 20 Personen mussten sich eine Zweizimmerwohnung teilen. Vom Ghetto Krakau aus wurden die Bewohner, die in den Augen der deutschen Besatzer nicht arbeitsfähig waren, in mehreren Schüben in die Vernichtungslager Belzec und Auschwitz-Birkenau deportiert. Dazu gehörten vor allem Alte und Kinder. Im Ghetto sollten nur noch Juden leben, die eine gültige Arbeitserlaubnis hatten. Viele Menschen wurden auch gleich vor Ort erschossen, so bei einer Räumungsaktion im Mai 1942, bei der 300 Männer, Frauen und Kinder starben; bei einer Räumungsaktion im Oktober 1942 waren es 600. Die Auflösung des Ghettos begann am 13. März 1943. Ein Teil der Bewohner, die als arbeitsfähig eingestuft wurden, kam nach Plaszów, der größte Teil aber, etwa 2.300 alte und kranke Menschen sowie Kinder wurden nach Auschwitz-Birkenau deportiert. Nach der Auflösung des Ghettos musste ein Arbeitskommando die Aufräumungsarbeiten vornehmen. Nachdem diese abgeschlossen waren, wurden die Menschen nach Plaszów gebracht und dort sofort ermordet.

Ghetto Tarnów: Im Juni 1942 wurde das Ghetto für 16.000 Juden als abgeschlossener Bezirk eingerichtet. Hintergrund war, dass die Menschen von diesem Ort problemloser deportiert werden konnten. Die Außentore mussten vom jüdischen Ordnungsdienst bewacht werden. Während einer Aktion am 10. September 1942 mussten sich alle Ghettobewohner auf dem Marktplatz einfinden. Wer keine Bescheinigung über seine Arbeitsfähigkeit vorzeigen konnte, wurde in Pferdeställen eingesperrt und zwei Tage später in das Vernichtungslager Belzec deportiert. Darunter befanden sich viele Kinder. Im Mai 1943 wurde das Ghetto unter dem Befehl von Amon Göth liquidiert. Etwa 8.000 Menschen wurden dabei nach Auschwitz-Birkenau deportiert, 2.000 bis 3.000 kamen als Arbeitskräfte in das Lager Plaszów. Nach dem Krieg wurden sechs Täter vor polnischen, vier vor deutschen Gerichten verurteilt. Ein Fotograf, der die Situation im Ghetto fotografisch dokumentierte, zeigte für seine Verantwortung nie Reue. Nach dem Krieg wurde er ein gefragter Porträtist.

Konzentrationslager Auschwitz: Der erste Teil dieses Lagers entstand 1940 am Rande der polnischen Stadt Oświęcim; dieser Bereich wurde als das Stammlager oder Auschwitz I bezeichnet. Es entstand auf dem Gelände einer ehemaligen polnischen Kaserne, die noch gut erhalten war, und wurde von Häftlingen, die ab Juni 1940 dort eingeliefert wurden, ständig erweitert. Neben dem Häftlingskomplex war in Auschwitz I das Verwaltungszentrum des gesamten Lagers angesiedelt. Über dem Eingangstor stand der Schriftzug »Arbeit macht frei«. Hier wurden auch die ersten

Versuche, Häftlinge mit Gas zu töten, durchgeführt. Ärzte verschiedener Disziplinen hatten in Auschwitz I ihre Laboratorien, um ganz unterschiedliche medizinische Versuche an den Häftlingen vorzunehmen, bei denen die Versuchspersonen meist starben. Die Toten wurden im Krematorium verbrannt.

Ab 1941 wurde das Vernichtungslager Auschwitz-Birkenau in Betrieb genommen. In den Gaskammern und Krematorien wurden all jene Menschen ermordet und verbrannt, die nicht für die Arbeit geeignet waren, das heißt alte Menschen, Mütter mit Kindern und Kinder selbst. Alle anderen, die man in Zügen an diesen Ort brachte, wurden zur Arbeit verpflichtet. Die Überlebensdauer betrug etwa drei Monate.

Auch in einem weiteren Lager, genannt Auschwitz-Monowitz, wurden die Häftlinge zur Zwangsarbeit verpflichtet. Eingerichtet wurde dieses Lager auf Initiative und Kosten der Chemie-Firma IG Farben. Auch in diesem Lager hatten die Menschen nur eine kurze Überlebenszeit, weil die Arbeit schwer und die Verpflegung mangelhaft war.

Auschwitz hatte insgesamt etwa fünfzig Nebenlager, zu denen die Häftlinge, sofern sie nicht vor Ort in Baracken untergebracht waren, zu Fuß hin- und nach zwölfstündiger Arbeit von dort wieder zurücklaufen mussten. In Auschwitz wurden circa 1,2 Millionen Menschen ermordet, die meisten von ihnen Juden aus verschiedenen europäischen Ländern. Auschwitz ist heute eine Gedenkstätte, die jährlich von mehr als 2 Millionen Menschen besucht wird.

Konzentrationslager Belzec: Dieses Lager wurde als erstes von drei Vernichtungslagern im Rahmen der »Aktion Reinhardt« fertiggestellt. Der Bau begann 1941 und hatte von Beginn an eine fest installierte Gaskammer, in der die deportierten Juden aus dem Generalgouvernement, aber auch behinderte Menschen aus Deutschland umgebracht wurden. Das Lager existierte bis Anfang 1943. Von der Lagerleitung wurde in einem Telegramm gemeldet, dass dort 434.508 Tötungen stattgefunden hätten. Nach jüngeren Forschungen geht man aber davon aus, dass es mindestens 470.000 Menschen waren. Bevor das Lager geschlossen wurde, wurden die Leichen exhumiert und verbrannt. Um alle Spuren zu verwischen, wurde auf dem Gelände ein Bauernhof errichtet.

Konzentrationslager Brünnlitz: Organisatorisch war dieses Lager dem Konzentrationslager Groß-Rosen unterstellt. Oskar Schindler hatte in Krakau eine Fabrik, in der er Kochgeschirr und später auch Munition für die deutsche Wehrmacht herstellte. In der Fabrik arbeiteten Menschen aus dem Lager Plaszów. Sie fanden dort bessere Arbeitsbedingungen vor als im

Lager, weil Schindler und seine Frau Emilie Wert darauf legten, die Menschen human zu behandeln. Als die Rote Armee näher rückte, beschloss Schindler, seine Fabrik nach Brünnlitz zu verlegen. Sein Plan wurde von Regierungsseite genehmigt, weil er vorgab, kein Geschirr mehr, sondern ausschließlich kriegswichtige Munition herzustellen. Schindler bestand darauf, seine Arbeiter aus der Fabrik in Krakau mitzunehmen, da sie alle in den Produktionsprozess eingearbeitet seien. Gemeinsam mit Itzhak Stern, Mietek Pemper und Marcel Goldberg – alle drei Häftlinge mit einer besonderen Stellung im Lager Plaszów – erstellte er eine Liste von Menschen, die übernommen werden sollten. Zu seinen bisherigen Beschäftigten kamen noch viele weitere hinzu. Schließlich waren es 800 Männer und 300 Frauen, die mit nach Brünnlitz kamen. Obwohl das Lager unter der Aufsicht des SS-Manns Josef Leipold stand, konnte Schindler dessen Machtposition begrenzen. Sein Hauptargument Leipold gegenüber war, dass die Häftlinge kriegswichtige Munition erstellten, was ganz im Sinne des Führers sei. Deshalb sei eine schlechte Behandlung seiner Arbeiter nicht erlaubt. Dass die Granathülsen, die dort produziert wurden, in der Praxis nicht funktionierten, ist auf eine bewusste Manipulation der Maschinen durch Schindler zurückzuführen. Am 8. Mai 1945 flüchteten Oskar Schindler und seine Frau Emilie vor der näher rückenden Front.

Einen Tag später befreite die Rote Armee das Lager. Neben den 1.200 Menschen, die auf seiner Liste standen, rettete Schindler weitere hundert halb erfrorener und verhungerter Häftlinge, die in Zugwaggons auf einem Abstellgleis am Bahnhof Brünnlitz eingesperrt waren.

Konzentrationslager Dachau: Bereits wenige Wochen nach Hitlers Machtübernahme wurde dieses Lager am 22. März 1933 auf dem Gelände einer ehemaligen Pulverfabrik eingerichtet. Es war die gesamten zwölf Jahre der NS-Herrschaft in Betrieb und wurde am 29. April 1945 befreit. Nach einer letztlich von Heinrich Himmler genehmigten Lagerordnung hatte die Lagerleitung Gerichtsbefugnis. Wenn zwei Wachmänner einem Todesurteil, das der Lagerkommandant verhängt hatte, zustimmten, konnte das Urteil vollstreckt werden. Staatsanwaltliche Untersuchungen über die Rechtmäßigkeit dieser Urteile wurden schnell eingestellt. Das Lager Dachau war damit ein rechtsfreier Raum. Diese Lagerordnung wurde von vielen anderen Konzentrationslagern übernommen. Die ersten Häftlinge in Dachau waren politische Gegner wie Kommunisten, Sozialdemokraten, Gewerkschafter, aber auch liberale und konservative Politiker. Später wurden dort auch Christen, Homosexuelle, Sinti und Roma, Kriminelle und vor allem Juden interniert. Ab

Oktober 1941 waren es russische Kriegsgefangene, die hier für kurze Zeit eingesperrt und schnell erschossen wurden. Im Winter 1942 begannen Ärzte mit ganz unterschiedlichen medizinischen Versuchen an den Häftlingen. Neben Erprobungen von Medikamenten machten die Ärzte auch Unterdruck-, Höhenflug- und Unterkühlungsversuche. Dachau hatte 170 Nebenlager, in denen die Häftlinge meist in handwerklichen Bereichen eingesetzt waren. Ab 1942 arbeiteten sie vorwiegend in der Rüstungsproduktion. Weil es verstärkt Luftangriffe auf die Region gab, beschloss die Lagerverwaltung, die Flugzeugfabrik unter die Erde zu verlegen. Dafür wurden 30.000 Häftlinge, überwiegend Juden, aus den osteuropäischen Lagern nach Dachau verfrachtet. In dem Außenlager bei Landsberg wurde mit dem Bau von riesigen unterirdischen Fabrikhallen begonnen. Ehe Dachau am 29. April 1945 von den alliierten Streitkräften befreit wurde, schickte die Lagerverwaltung noch drei Tage vorher etwa 7.000 Männer auf den sogenannten Todesmarsch in Richtung Süden. In Dachau waren rund 200.000 Menschen interniert, mehr als 41.000 kamen dort ums Leben. Das ehemalige Konzentrationslager ist heute eine Gedenkstätte.

Konzentrationslager Groß-Rosen: Dieses Konzentrationslager in Niederschlesien, heute Polen, liegt etwa

60 Kilometer südwestlich von Breslau und wurde im August 1940 als Nebenlager von Sachsenhausen errichtet, ab April 1941 stand es unter eigenständiger Verwaltung. Häftlinge wurden in Steinbrüchen zum Abbau von Granit eingesetzt, Betreiber war die »Deutsche Erd- und Steinwerke GmbH«. Von 1940 bis zur Auflösung 1945 waren dort circa 130.000 Menschen inhaftiert, rund 40.000 von ihnen wurden ermordet.

Konzentrationslager Lublin: Das Lager befand sich in der Nähe der polnischen Stadt Lublin, die für Juden eine besondere Bedeutung hatte. Hier befand sich die größte Talmud-Schule der Welt. Der Anteil der jüdischen Bevölkerung in der Stadt war sehr hoch. Während der »Aktion Reinhardt« wurde die Stadt systematisch »judenfrei« gemacht, um den frei gewordenen Wohnraum an Deutsche zu geben. Das Lager – in der offiziellen Bezeichnung Konzentrations- und Vernichtungslager Lublin-Majdanek – lag sehr verkehrsgünstig an einer Bahnlinie. Im Oktober 1941 wurde es in Betrieb genommen und bestand bis Juli 1944. In diesem Monat wurde es von der Roten Armee als erstes großes Konzentrationslager auf polnischem Boden befreit. Die Opferzahlen wurden nach der Befreiung sehr unterschiedlich angegeben. Sie schwankten zwischen 235.000 und 360.000 ermordeten Menschen. Nach neuesten Untersuchungen müssen diese Zahlen auf 78.000 Menschen reduziert werden.

Konzentrationslager Mauthausen: Dieses Lager war das größte auf heute österreichischem Gebiet. Bereits 1938, zehn Tage nach dem Anschluss Österreichs an Deutschland, wurde es eingerichtet und bestand bis zur Befreiung durch die Amerikaner im Mai 1945. Das Lager hatte zahlreiche Außenlager, unter anderem Gusen, Ebensee und Melk. Im Lager herrschte das Prinzip »Vernichtung durch Arbeit«. Während der Existenz des Lagers waren dort 200.000 Häftlinge interniert, 100.000 kamen in dieser Zeit ums Leben. Auf dem Lagergelände gibt es heute eine Gedenkstätte, die in der Vergangenheit mehrmals durch rechtsextreme Aktivitäten geschändet wurde.

Konzentrationslager Plaszów: Am 10. Januar 1944 wurde das Arbeitslager Plaszów (einem Ort südöstlich von Krakau) in ein Konzentrationslager umgewandelt. Errichtet wurde es auf dem Gelände zweier alter jüdischer Friedhöfe. Ab Februar 1943 war Amon Göth dort Lagerleiter. Schon bald hatte er den Ruf als »der Schlächter von Plaszów«, weil er fast täglich vom Balkon seiner Villa am Rande des Geländes gezielt Häftlinge erschoss. Die Lebenserwartung der Lagerinsassen betrug kaum vier Wochen. Die Häftlinge kamen fast ausschließlich aus dem Krakauer Ghetto. Amon Göth war bestrebt, das Lager schnellstmöglich in ein Konzentrationslager umzuwandeln, um sich so der Aufsicht der Verwaltung des Generalgouvernements in Krakau zu entziehen. Verantwortlich für die Konzentrationslager war das SS-Wirtschafts- und Verwaltungshauptamt im fernen Berlin. Göth war nicht nur ein skrupelloser Judenschinder und -mörder, sondern zudem auch noch extrem bestechlich. Von Oskar Schindler nahm er Geld, Schmuck und Edelsteine als Gegenleistung für die Häftlinge, die dieser in seine Fabrik in Krakau bringen wollte. Noch während seiner Dienstzeit in Plaszów wurde Göth von einigen SS-Männern angezeigt. Es gab auch ein Verfahren, das jedoch während der Kriegszeit nicht zu Ende gebracht werden konnte. In Plaszów waren etwa 25.000 Häftlinge interniert, von denen 8.000 vor Ort ermordet wurden. Es fanden aber auch Massenhinrichtungen von Menschen statt, die die SS zuvor in Krakau und anderen Orten verhaftet hatte. Oskar Schindler konnte 1.200 Häftlinge aus Plaszów retten. Einen Tag vor der Befreiung Krakaus wurden 1.500 Häftlinge aus Plaszów – vorwiegend alte Menschen und Kinder – ins Vernichtungslager Auschwitz-Birkenau deportiert.

Konzentrationslager Sobibor: Das Lager Sobibor, das von Anfang an als Vernichtungslager geplant war, lag im südöstlichen Teil von Polen in der Nähe der gleichnamigen Landgemeinde. Es wurde 1942 errichtet und im Rahmen der »Aktion Reinhardt« wurden hier nach Schätzungen etwa 250.000 Juden in Gaskammern ermordet. Genaue Angaben zu der Zahl der Opfer sind nicht möglich, da alle schriftlichen Unterlagen vernichtet wurden. Nachdem das Lager für die »Aktion Reinhardt« nicht mehr benötigt wurde, schlug Himmler vor, es in ein Konzentrationslager umzuwandeln. Nach einem Häftlingsaufstand im Oktober 1943, bei dem zunächst 365 Gefangenen die Flucht gelang, konnten sich tatsächlich nur 47 bis zum Kriegsende retten. Das Lager wurde aufgelöst, die Häftlinge, die nicht geflohen waren, wurden ermordet. Nur ein kleiner Teil der Täter wurde in Deutschland vor ein Gericht gestellt. Einige hatten Selbstmord begangen, andere hatten sich nach Südamerika abgesetzt.

Konzentrationslager Szebnie: Bereits zu Beginn des Zweiten Weltkrieges wurde in dem gleichnamigen Ort ein Konzentrationslager eingerichtet, das später in ein Kriegsgefangenenlager für sowjetische Soldaten umgewandelt wurde. Etwa 4.000 Kriegsgefangene wurden in den umliegenden Wäldern erschossen. Ab März 1943 war es schließlich ein Arbeitslager, in dem mehr als 4.000 männliche Juden arbeiten mussten. Nach der Auflösung des Lagers im September 1944 wurden alle Häftlinge nach Auschwitz deportiert, nur ein kleiner Teil von ihnen wurde dort zum Arbeiten selektiert.

Konzentrationslager Treblinka: Das Vernichtungslager lag nordöstlich von Warschau; dort wurden während der Aktion Reinhardt von Juni 1942 bis August 1943 etwa eine Million Menschen ermordet. Das Lager war in drei Bereiche aufgeteilt. Deutsches und ukrainisches Wachpersonal war im ersten Bereich untergebracht. Hinzu kamen jüdische Häftlinge, die in verschiedenen Handwerksbereichen, zum Beispiel in der Tischlerei, Schusterei oder den Metallwerkstätten, Zwangsarbeit verrichten mussten. Der zweite Bereich war der Ort, wo die Häftlingstransporte ankamen und die Menschen auf ihre Ermordung warteten. Im dritten Bereich befanden sich die Gaskammern und die Scheiterhaufen, auf denen die Leichen verbrannt wurden. Treblinka war eine reine Todesfabrik. Franz Stangl, einer der Lagerleiter dieses Vernichtungslagers, der nach dem Krieg zunächst nach Brasilien floh, aber 1970 ausgeliefert und vor Gericht gestellt wurde, antwortete auf die Frage, wie viele Menschen dort umgebracht wurden: »Nach meiner Einschätzung wurde ein Transport von 30 Güterwägen oder dreitausend Leuten innerhalb von drei Stunden liquidiert. Wenn die Arbeitszeit 14 Stunden betrug, waren zwischen 12.000

und 15.000 Menschen vernichtet. An vielen Tagen dauerte die Arbeit von frühmorgens bis spätabends. Ich habe nichts getan, das nicht meine Pflicht war. Mein Gewissen ist rein.«

Namen

Bieberstein, Marek: * 1880 in Tarnopol (Polen). Nach dem Abitur absolvierte er ein Studium und arbeitete als Lehrer an einer jüdischen Schule in Krakau, bis sie nach dem Einmarsch der Deutschen geschlossen wurde. Paul Siebert erteilte ihm den Befehl, für Krakau einen Judenrat zu gründen. Er schaffte es in der gesetzten Frist und war von da an Vermittler zwischen der jüdischen Bevölkerung und der deutschen Besatzung. Er musste, wie alle Juden zu der Zeit, mit seiner Frau und den beiden Söhnen im Krakauer Ghetto leben. Nach der Auflösung des Ghettos kam er nach Plaszów. Dort wurde er am 14. Mai 1944 mit einer Phenolinjektion* ermordet.

Bühler, Josef: * 1904 in Waldsee/Württemberg. Er absolvierte ein Jurastudium und arbeitete von 1930 bis 1932 in der Anwaltskanzlei von Hans Frank in München. Aus taktischen Gründen trat er 1933 in die NSDAP ein; wurde im gleichen Jahr Amtsgerichtsrat und zwei Jahre später Oberstaatsanwalt am Oberlandesgericht München. Ab 1938 war er Leiter des Ministerialbüros von Hans Frank, ab 1939 Amtschef des Generalgouverneurs Frank in Krakau. Im März des

Folgejahres wurde er zum Staatssekretär befördert. Als späterer Stellvertreter Franks nahm er an der Wannseekonferenz teil, bei der er sich dafür einsetzte, mit der Endlösung der Judenfrage im Generalgouvernement Krakau zu beginnen. Nach dem Krieg wurde er in Warschau vor Gericht gestellt und zum Tode verurteilt. Die Hinrichtung fand am 21. August 1948 statt.

Eckert, Willi: * 1919 in Landsberg am Lech. Willi Eckert war seit 1935 Mitglied der Waffen-SS. Als SS-Hauptsturmführer arbeitete er im KZ Mauthausen-Gusen. Als Leiter von Gefangenenkommandos und wegen seiner Misshandlungen der Gefangenen war er sehr gefürchtet. Er nahm auch gern selbst an Hinrichtungen teil. Nach der Befreiung des Lagers wurde er festgenommen und vom amerikanischen Militärtribunal zum Tode verurteilt.

Danz, Luise: * 1917 in Walldorf. Nach dem Abschluss der Volksschule arbeitete sie zunächst als Hausmädchen in einer Bäckerei und machte später eine Lehre bei der Post. Als sie den KZ-Arzt Franz von Bodmann kennenlernte, wurde sie vom Arbeitsamt als KZ-Aufseherin verpflichtet. Ravensbrück, Majdanek, Plaszów, Auschwitz-Birkenau und die KZ-Außenstelle Malchow waren ihre Einsatzorte. Nach Berichten ehemaliger Häftlingsfrauen soll sie anfangs sehr umgänglich gewesen sein, doch im Laufe der Zeit habe sie sich zu einer Sadistin entwickelt. Nach dem Krieg konnte sie kurzzeitig untertauchen, wurde dann aber gefasst und in Krakau vor Gericht gestellt. Die Anklage warf ihr Mitgliedschaft in einer kriminellen Vereinigung sowie Misshandlungen von weiblichen Gefangenen vor. 1947 wurde sie zu lebenslanger Haft verurteilt, doch bereits 1956 aus der Haft in Polen entlassen. Nach ihrer Rückkehr nach Deutschland wurde sie erneut vor Gericht gestellt, da sie in Malchow eine Gefangene zu Tode getreten haben soll. Das Verfahren gegen sie wurde eingestellt, weil ein Gutachter sie aus Altersgründen nicht mehr für verhandlungsfähig erklärte. Sie starb 2009.

Eichmann, Adolf: * 1906 in Solingen; lernte Verkäufer in Wien. Mitglied der NSDAP seit 1932; 1933 Übersiedlung nach Deutschland; 1934 Mitarbeit im Judenreferat des SD-Hauptamtes (SD = Sicherheitsdienst). Nach dem Anschluss Österreichs an Deutschland wurde er Leiter der Zentralstelle für jüdische Auswanderung in Wien, deren primäres Ziel es war, die Menschen auszuplündern und zu vertreiben. Ab 1939 hatte er die gleiche Funktion in Prag; im selben Jahr wurde er auch Geschäftsführer der neu gegründeten Reichszentrale für jüdische Auswanderung in Berlin und 1940 Leiter des sogenannten Judenreferats (Referat IV B 4) im Reichssicherheitshauptamt. 1941 übernahm er die zentrale Leitstelle zur Organisation der Endlösung. Im August 1941 traf er sich mit Rudolf Höß in Auschwitz, um die Ermordung der Juden durch Gas zu besprechen. Im Dezember 1941 besichtigte er im Vernichtungslager Chelmno die Ermordung von Gefangenen in Gaswagen. Er organisierte die Wannseekonferenz, bei der man die Ermordung der europäischen Juden beschloss. In der Zeit von März bis Ende 1944 war er Führer des Sondereinsatzkommandos in Budapest und organisierte von dort die Deportation der mehr als 440.000 ungarischen Juden nach Auschwitz. Im Mai 1945 konnte er zunächst verhaftet werden, ihm gelang aber die Flucht, und er arbeitete bis 1950 als Holzarbeiter in der Lüneburger Heide. Als er entdeckt wurde, floh er über den Brennerpass nach Italien, wo er mithilfe der katholischen Kirche unter falschem Namen nach Argentinien verschwinden konnte. Der Frankfurter Generalstaatsanwalt Fritz Bauer erhielt einen Hinweis auf Eichmanns Aufenthalt, der israelische Geheimdienst entführte ihn, und so wurde er in Israel vor Gericht gestellt. Im Dezember 1961 folgte das Todesurteil, die Hinrichtung fand im Januar 1962 statt.

Frank, Hans: * 1900 in Karlsruhe, Rechtsanwalt; ab 1930 Mitglied im Reichstag und bis Juli 1942 Leiter des Reichsrechtsamtes der NSDAP. 1933–1934 bayerischer

Justizminister; ab Oktober 1939 Generalgouverneur im besetzten Polen; betrieb dort planmäßig die Zerstörung des polnischen Kultur- und Geisteslebens. Für seine begangenen Verbrechen gegen die Zivilbevölkerung, insbesondere in den Ghettos von Warschau, Lemberg und Litzmannstadt, war er einer der Hauptangeklagten bei den Nürnberger Prozessen; für die ihm vorgeworfenen Verbrechen gegen die Menschlichkeit wurde er zum Tode verurteilt.

Globocnik, Odilo: * 1904 in Triest. Der Bauunternehmer trat 1931 in die NSDAP ein, 1934 wurde er Mitglied der SS. Nacheinander besetzte er folgende Positionen: Propagandaleiter in Kärnten, NSDAP-Gauleiter in Wien, NSDAP-Landesleiter, Staatssekretär. Wegen finanzieller Unregelmäßigkeiten wurde er von seinen Ämtern entbunden, gleichzeitig aber zum Persönlichen Stab des Reichsführers SS, Heinrich Himmler, versetzt. Ab November 1939 war er SS- und Polizeiführer in Lublin. Von Himmler wurde er beauftragt, an der Endlösung der Judenfrage mitzuwirken. Er zeichnete verantwortlich für die Ermordungen in Belzec, Sobibor und Treblinka. Später wurde er noch Geschäftsführer der Ostindustrie GmbH, die die Aufgabe hatte, den Besitz der Juden zu rauben und die Menschen zu ermorden. Gegen Ende des Krieges wurde er Polizeiführer der Operationszone Adriatisches Küstenland einschließlich des Konzentrationslagers San Saba in Triest. Nach seiner Verhaftung am 31. Mai 1945 auf der Möslacher Alm in Kärnten beging er Selbstmord.

Göth, Amon: * 1908 in Wien. Bereits als junger Mann hatte er große Sympathien für rechtsnationales Gedankengut. Er hatte Kontakte zu entsprechenden Gruppen und war sehr bald bekennender Antisemit. Schulisch war er ein Versager, sowohl an der privaten Volksschule als auch später an einem katholischen Internat, wo nach den Vorstellungen der Eltern der Grundstein für seine spätere Berufslaufbahn gelegt werden sollte. Im elterlichen Betrieb begann er schließlich eine Lehre zum Verlagsbuchhändler. Sein Weltbild wurde geprägt durch intensiven Kontakt zu Nationalsozialisten und einem paramilitärischen Heimatschutzverband. 1930 trat er der österreichischen NSDAP bei, und bereits ein Jahr später beantragte er die Aufnahme in die SS, um dort beruflich Karriere zu machen. Seine erste Ehe war nur von kurzer Dauer, und weil ihn darüber hinaus die Arbeit als Buchhändler nicht mehr ausfüllte, ging er 1937 nach München, um dort für die SS zu arbeiten. Zu Beginn des Zweiten Weltkriegs meldete er sich zur Waffen-SS, bei der ihm die Funktion als Verwaltungsführer übertragen wurde. In der Folgezeit wurde er in verschiedene Konzentrationslager abkommandiert und dort mit dem Auf- und Ausbau dieser

Lager betraut. Für das im Entstehen befindliche Lager Plaszów übernahm er die Leitung. Dort entwickelte er sich zu einem sadistischen Mörder, der Häftlinge wahllos von seinem Balkon aus oder bei Appellen erschoss. Zu Hinrichtungen ließ er oft über die Lagerlautsprecher Musik spielen. An der Räumung des Krakauer Ghettos beteiligte er sich mit großer Brutalität. In seiner Villa im KZ Plaszów veranstaltete er häufig ausschweifende Trinkgelage, zu denen er hochrangige SS-Männer aus Krakau und der Umgebung einlud. Auf dem Schwarzmarkt ließ er dafür in ausreichenden Mengen Lebensmittel und Alkohol besorgen. Zu Oskar Schindler, der häufig sein Gast war, pflegte er eine freundschaftliche Beziehung. Schindler hingegen durchschaute ihn, bot ihm Geld, Schmuck und Cognac an, um Häftlinge aus Plaszów zu retten. Göths Schwarzmarktgeschäfte, sein ausschweifender Lebensstil sowie sein autoritäres Verhalten gegenüber seinen Untergebenen führten letztlich zu einer Anzeige. Obwohl ganze Zugwaggons voller Raubgüter gefunden und sichergestellt wurden, wurde er nur vorübergehend festgenommen. Wenige Wochen vor Kriegsende musste er sich zum Dienst an der Front verpflichten, bevor er im Mai 1945 endgültig verhaftet wurde. Im August 1946 begann sein Prozess, bei dem ihm folgende Punkte vorgehalten wurden:

Verantwortung für den Tod von etwa 8.000 Menschen im Lager Plaszów

Mitverschulden am Tod von etwa 2.000 Menschen im Zuge der Liquidierung des Krakauer Ghettos

Anordnung der Deportation von etwa 8.000 Menschen im Zuge der Auflösung des Ghettos Tarnów*

Anordnung zur Ermordung und Deportation einer unbestimmten Anzahl von Menschen im Rahmen der Auflösung des Lagers Szebnie*

Widerrechtliche Aneignung beträchtlicher jüdischer Vermögenswerte

Die Beweise wogen schwer, die Staatsanwaltschaft beantragte die Todesstrafe, die vom Gericht entsprechend verkündet wurde. Die Hinrichtung fand am 13. September 1946 im Krakauer Gefängnis Montelupich statt.

Göring, Hermann: * 1893 in Rosenheim. Er war während des Ersten Weltkriegs Hauptmann der Luftwaffe. Ab 1920 arbeitete er als Post- und Taxipilot für die *Aktiengesellschaft Schwedischer Luftverkehr.* In dieser Zeit lernte er seine spätere Ehefrau Carin von Kantzow kennen. An ihrem gemeinsamen Wohnsitz in München war er an der dortigen Universität in den Fächern Geschichte, Volkswirtschaft und Staatswissenschaften immatrikuliert. 1922 wurde er Mitglied der NSDAP. Ihm imponierte Adolf Hitler, den er in verschiedenen Reden gehört hatte. Anfang 1923 wurde er zum Kommandeur der Sturmabteilung (SA) ernannt.

Beim Hitlerputsch im November 1923 wurde er verletzt und musste in einer Innsbrucker Klinik mit Morphium-Injektionen behandelt werden. Das war der Beginn seiner Drogensucht, von der er sich durch verschiedene Behandlungen zu befreien versuchte. Ein schwedisches Krankenhaus, in dem der letzte Entzug stattfand, notierte in seiner Krankenakte unter anderem: »brutaler Hysteriker« und »manischer Antisemit«.

Ab 1933 war er Mitglied des Reichstages und damit für Adolf Hitler eine wichtige Kontaktperson zum Parlament. 1933 wurde er zunächst Ministerpräsident von Preußen und noch im selben Jahr Reichsminister für Luftfahrt. Auf seine Initiative wurden noch 1933 die ersten Konzentrationslager in Deutschland eingerichtet. Der unaufhaltsame Aufstieg ging weiter. 1934 wurde er Reichsjägermeister, Reichsforstminister und »Oberster Beauftragter für Naturschutz«. Im Jahr 1936 bekam er den Auftrag, einen Vierjahresplan zu entwickeln, in dem die nationalsozialistische Wirtschaftsprogrammatik darauf ausgerichtet werden sollte, sowohl ökonomisch als auch militärisch kriegsfähig zu werden. Die 1937 gegründeten Hermann-Göring-Werke leisteten einen bedeutenden Beitrag dazu, da sie fast ausschließlich auf Waffenproduktion ausgerichtet waren.

Nach der Pogromnacht vom 9. November 1938 wurde auf einer von ihm einberufenen Sitzung beschlossen, die reichsdeutschen Juden zu enteignen und zum Auswandern zu bewegen. 1941 beauftragte er Reinhard Heydrich, alle Vorbereitungen für eine Gesamtlösung der Judenfrage in Europa zu treffen. Wegen offensichtlicher Spannungen zwischen ihm auf der einen Seite und Heinrich Himmler und Josef Goebbels auf der anderen wurde er im April 1945 von Adolf Hitler all seiner Ämter enthoben. Im Mai 1945 wurde er von den Amerikanern verhaftet und im Nürnberger Prozess als einer der Hauptkriegsverbrecher zum Tode verurteilt. Am 15. Oktober 1946, dem Tag vor seiner geplanten Hinrichtung, beging er Selbstmord.

Goldberg, Marcel: * 1915 in Krakau; jüdischer Häftling im Konzentrationslager Plaszów. Aufgrund seiner Fähigkeiten stellte Amon Göth ihn als Lagerschreiber ein. Er hatte, ähnlich wie Mietek Pemper, einen Einblick in die Planungen der SS. Goldberg war an der Erstellung der Liste all jener Menschen beteiligt, die Schindler mit nach Brünnlitz nehmen wollte. Doch er war bestechlich und ergänzte die Liste mit Namen von Häftlingen, die ihm Geld oder andere Wertsachen zukommen ließen; andere Häftlinge strich er dafür von der Liste. Nach dem Krieg setzte er sich schnell nach Argentinien ab, gründete in Buenos Aires ein Bauunternehmen und hatte bald 120 Beschäftigte. Ehemalige Mithäftlinge entdeckten ihn dort, sammelten weitere Informationen über ihn und gaben sie an die argentinischen Behörden weiter. 1975 starb Goldberg. Ein jüdischer Bekannter wunderte sich darüber, dass so viele Militärs bei seiner Beerdigung anwesend waren. Er hatte offensichtlich gute Beziehungen zu Mitgliedern der Junta, die sich wenige Monate später an die Macht putschte.

Heydrich, Reinhard: * 1904 in Halle an der Saale. In der Familie wurde er streng erzogen. Er besuchte ein Reformgymnasium, auf dem Fremdsprachen und Technik einen Schwerpunkt bildeten. Neben dem Fach »Chemie« lernte Heydrich auch mehrere Musikinstrumente, besonders der Geige galt seine Vorliebe. Seine politische Einstellung wurde schon früh in der Familie geprägt, die einem extremen nationalsozialistischen Gedankengut anhing. Mit 18 Jahren wurde er Seekadett und schloss die Ausbildung vier Jahre später mit dem Offizierspatent ab. 1931 trat Heydrich der NSDAP bei und wurde im gleichen Jahr SS-Untersturmführer. Durch Heinrich Himmler, seinen Förderer, stieg er schnell in der Hierarchie auf: Er wurde SS-Hauptsturmführer, SS-Standartenführer und schließlich Chef des Sicherheitsdienstes beim Reichsführer SS. Nach der Machtübernahme Hitlers wurde er von Himmler bei der Münchner Polizeidirektion eingesetzt, um die politischen Vorgänge zu beobachten und politische

Delikte zu verfolgen. Mit der Verabschiedung des Ermächtigungsgesetzes konnte Heydrich die politischen Gegner genau definieren und zerschlagen: Juden, christliche Kirchen, Freimaurer und Zigeuner. Auch für die Verhaftung von Juden in der Pogromnacht trägt er Verantwortung, weil er eine Anweisung herausgab, so viele, insbesondere wohlhabende Juden festzusetzen, wie in den Hafträumen Platz sei. Während des Krieges nahm er zunächst als Reserveoffizier der Luftwaffe teil, wurde später aber, durch seine besonderen Kenntnisse, was die Judenfrage betraf, mit anderen Aufgaben betraut. Hermann Göring beauftragte ihn schließlich, ein Konzept für die Endlösung der Judenfrage zu entwickeln. Zur Umsetzung lud Heydrich führende Vertreter der SS zur Wannseekonferenz ein. Sein Konzept, das er dort vorlegte, sah vor, die noch arbeitsfähigen Juden bis zu ihrem Ableben auszubeuten und diejenigen, die den Arbeitseinsatz überlebten, auf keinen Fall zu ihren Familien zurückkehren zu lassen, denn dies sei die Keimzelle, aus der dann eine neue Generation von Juden erwachse. Auch diese Keimzelle müsse vernichtet werden. Am 27. September 1941 wurde er zum stellvertretenden Reichsprotektor von Böhmen und Mähren erklärt. In seiner Antrittsrede kündigte er drakonische Maßnahmen für die Bevölkerung an. Binnen kurzer Zeit wurden 6.000 Menschen verhaftet und zum Teil in Konzentrationslager gebracht und über 400 Todesurteile vollstreckt. Er bekam schnell den Beinamen »der Henker von Prag«. In der Stadt entwickelte sich ein Widerstand gegen Heydrich; er wurde schließlich am 4. Juni 1942 Opfer eines Attentats. Als Folge kam es zu massenhaften Verhaftungen und Hinrichtungen.

Himmler, Heinrich: * 1900 in München; Mitglied der NSDAP; hatte eine große Machtfülle: Er war Reichsführer SS, Chef der deutschen Polizei, Reichskommissar für die Festigung deutschen Volkstums, später Reichsinnenminister und Befehlshaber des Ersatzheers. Er hatte die Kontrolle über die nationalsozialistischen Konzentrationslager, über den Inlandsgeheimdienst sowie über den Aufbau der Waffen-SS. Hitlers Ziel war die Ausrottung der europäischen Juden, Himmler war der Mann, der diese Pläne umsetzte. Die Waffen-SS stand ihm für diese Aufgaben zur Verfügung. Aber auch auf zahlreiche Gauleiter und andere hochrangige Nationalsozialisten konnte er bauen. Nach dem Einmarsch der Wehrmacht in die Sowjetunion erhielt er die Aufgabe, kommunistische Funktionäre und die »jüdisch-bolschewistische Intelligenz« auszuschalten. Innerhalb kurzer Zeit ließ er die gesamte jüdische Bevölkerung einschließlich Frauen und Kinder ermorden. Er kümmerte sich persönlich um diese Aufgaben und ließ sich täglich Bericht über deren Fortgang erstatten. Oft war er auch bei Massenerschießungen anwesend. Nach der bedingungslosen Kapitulation floh er am 11. Mai 1945, am 20. Mai wurde er von der britischen Militärpolizei verhaftet und nahm sich am 23. Mai in einem Verhörzimmer mithilfe einer Zyankalikapsel, die er ständig in einer Zahnlücke trug, das Leben.

Hitler, Adolf: * 1889 in Braunau am Inn/Österreich, erwies er sich während seiner ersten Jahre in der Volksschule als lernwilliger Schüler, später, in der Realschule verweigerte er aber oftmals Leistungen und konnte aufgrund schlechter Noten zweimal nicht in die nächste Klassenstufe versetzt werden. Von seinem Vater, der ihn für eine Beamtenlaufbahn vorgesehen hatte, bezog er für seine schlechten Leistungen häufig heftige Prügel. Nach dessen Tod besuchte Hitler ab 1904 die Realschule in Steyr, die er ohne Abschluss verließ. Er kehrte zu seiner Mutter nach Linz zurück. Dort lernte er den radikalen Antisemiten Georg von Schönerer kennen und vertiefte sich in dessen Gedankengut. In Wien bewarb er sich – ohne Erfolg – an der »Allgemeinen Malerschule der Wiener Kunstakademie« und sah sich fortan als verkannter Künstler. In dieser Zeit begann er schließlich, Bücher und Zeitungen zu lesen, in denen unter anderem die »Entjudung« gefordert wurde. 1913 zog er nach München, um der österreichischen Wehrpflicht zu entgehen. Hier beschäftigte er sich weiterhin mit rassistischen und antisemitischen Schriften, begann wieder zu malen – meist Gebäude nach fotografischen Vorlagen – und verkaufte diese Bilder. Die Münchner Polizei griff ihn jedoch auf und überstellte ihn dem österreichischen Konsulat; er wurde nach Österreich abgeschoben, dort gemustert und für tauglich befunden, vom Militärdienst aber zurückgestellt. Im Ersten Weltkrieg wurde er schließlich Soldat, erhielt mehrfach Auszeichnungen. Bei einem Gasangriff wurde er vergiftet und erblindete für einige Zeit. Die Waffenstillstandsverhandlungen nach vier Jahren Krieg bezeichnete er als die »größte Schandtat des Jahrhunderts«. Daraufhin beschloss er, Politiker zu werden. Er kehrte nach München zurück und wurde für die Reichswehr als Verbindungsmann tätig. Ein Jahr später schlug man ihn für einen Rednerkurs an der Universität München vor und er zeichnete sich dabei als talentierter Redner aus. Aus schriftlichen Notizen von ihm geht hervor, dass er zu dieser Zeit schon die Entfernung der Juden forderte. Noch im gleichen Jahr trat er der Deutschen Arbeiterpartei bei. Bereits ein Jahr später schrieb er an dem Programm für die Nationalsozialistische Deutsche Arbeiterpartei (NSDAP) mit, die später aus der Deutschen Arbeiterpartei hervorging, und übernahm 1921 deren Führung. Sein Putschversuch vom 9. November 1923 in München misslang, er wurde verhaftet und zu fünf Jahren Festungshaft verurteilt. Während seiner Haftzeit verfasste er den ersten Band seines Buches »Mein Kampf«. Schließlich wurde ihm die österreichische Staatsbürgerschaft entzogen, sodass er vorübergehend staatenlos war. Ein in München erlassenes Redeverbot wurde nach einiger Zeit wieder aufgehoben, und von da an hielt er erneut seine öffentlichen judenfeindlichen Reden, sowohl in München als auch in Berlin und in Düsseldorf vor dem Industrie-Club. 1932 wurde er deutscher Staatsbürger. Schließlich trat er bei der Wahl des Reichspräsidenten gegen Hindenburg an, verlor aber. Nach den Reichstagswahlen im Juli 1932 wurde seine Partei stärkste Fraktion im Reichstag, doch Hindenburg ernannte ihn zu dem Zeitpunkt noch nicht zum Reichskanzler. Dieser Schritt wurde erst am 30. Januar 1933 vollzogen. Bereits im März 1933 wurde das Ermächtigungsgesetz erlassen, das ihm uneingeschränkte Vollmachten gab. Politische Gegner ließ er entfernen und in Konzentrationslager einsperren. Nach Hindenburgs Tod im August 1934 übernahm er auch dessen Präsidialämter und war nun »Führer und Reichskanzler«. Wieder ein Jahr später, im September 1935, wurden auf dem Reichsparteitag in Nürnberg die »Nürnberger Rassengesetze« erlassen, wonach die jüdische Bevölkerung Schritt für Schritt erniedrigt und aus dem öffentlichen Leben ausgeschlossen wurde. Juden wurde untersagt, Nichtjuden zu heiraten. Systematisch baute er seine Macht aus, wurde Oberbefehlshaber der Wehrmacht, entließ Minister, um sie durch linientreue neue Männer zu ersetzen. In der von ihm und Josef Goebbels initiierten Reichspogromnacht ließ er Tausende jüdische Bürger verhaften und einsperren. Synagogen wurden niedergebrannt und Geschäfte geplündert. Im Januar 1939 teilte er in einer Reichstagsrede mit, dass im Fall eines neuen Weltkriegs die jüdische Rasse Europas vernichtet werde. Im März wurde die Tschechoslowakei besetzt, im Mai erklärte er den Generälen der Wehrmacht seine Angriffspläne für »neuen Lebensraum« im Osten, im August schloss er einen Nichtangriffspakt mit Stalin, und am 1. September befahl er den deutschen Angriff auf Polen. Bereits am 9. Oktober gab er die Weisung zum Angriff auf den Westen. Ein Attentat auf Hitler am 8. November durch den Schreinergesellen Johann Georg Elser misslang. Im Juli 1940 teilte Hitler dem Oberkommando der Wehrmacht seinen Entschluss mit, die Sowjetunion zu überfallen. Diesen Plan setzte er durch seinen Befehl am 18. Dezember um. Er sprach von einem militärischen Vernichtungskrieg im Osten. Auf der Wannseekonferenz in Berlin wurde die »Endlösung der Judenfrage« beschlossen. Im Januar 1943 kapitulierte die 6. Armee bei Stalingrad, obwohl Hitler bis zuletzt die Weisung gab, durchzuhalten. Am 20. Juli 1944 missglückte ein Attentat auf Hitler, die Täter wurden hingerichtet. Im September ordnete er an, bisher nicht wehrfähige Kinder und alte Männer im Volkssturm zusammenzufassen. Sie wurden an den Reichsgrenzen eingesetzt. Am 30. Januar 1945 hielt er seine letzte Rundfunkansprache. Er rief die Bevölkerung zum Widerstand bis zum Endsieg auf. Im März gab er den Befehl aus, dass die Soldaten bei ihrem Rückzug die von Deutschen besetzten Gebiete vollständig verwüsten sollten. Das Volk habe sich einfach als zu schwach erwiesen. Am 29. April heiratete er seine langjährige Lebensgefährtin Eva Braun. Einen Tag später, am 30. April 1945, beging er mit ihr zusammen im Bunker der Reichskanzlei Selbstmord.

Höß, Rudolf: * 1900 in Baden-Baden; Kriegsfreiwilliger im Ersten Weltkrieg, mit 17 Jahren Unteroffizier; ab 1922 Mitglied in der NSDAP; 1924 wegen Fememord (im nationalsozialistischen Gedankengut war das ein Akt der Selbstjustiz – Tötung von Verrätern) zu zehn Jahren Haft verurteilt, 1928 amnestiert, seit 1933 SS-Mitglied, ab 1934 Mitglied der Totenkopf-SS (Teil der Schutzstaffel mit der Hauptaufgabe der Bewachung und Verwaltung der Konzentrationslager; sie war in der NS-Zeit eine zentrale Institution zur Unterdrückung Andersdenkender). 1941 bekam er von Himmler den Befehl zum Aufbau des Konzentrationslagers Auschwitz-Birkenau. Ihm wurde die Umsetzung der »Endlösung der Judenfrage« anvertraut. Ab dem Jahreswechsel 1941/1942 leitete er die beginnende Ermordung der Juden in den Gaskammern. Von Ende 1943 bis Anfang 1944 wurd er vorübergehend an das SS-Wirtschafts- und Verwaltungshauptamt nach Berlin berufen, kehrte aber im Mai 1944 nach Auschwitz zurück, weil er dort die Ermordung von 400.000 ungarischen Juden organisieren sollte. Er wohnte mit seiner Frau und seinen Kindern in Sichtweite des Stammlagers Auschwitz. Nach Kriegsende tauchte er unter, wurde jedoch von der britischen Militärpolizei im März 1946 auf einem Bauernhof in der Nähe von Flensburg festgenommen und im Mai nach Polen ausgeliefert, wo man ihn am 2. April 1947 in Warschau zum Tode verurteilte und zwei Wochen später im Stammlager Auschwitz hinrichtete. Bis zum Schluss verstand er nach eigenen Aussagen nicht, weshalb er zur Rechenschaft gezogen wurde. Er habe doch nur Befehle ausgeführt.

Horn, Josef: * 1914 in Krakau; als jüdischer Häftling in Plaszów war auch er zum Schreibdienst in der dortigen Verwaltung tätig. Er hatte gute Beziehungen zu Oskar Schindler und auch zu dessen Frau Emilie. Horn *könnte* es gewesen sein, der die Namen der Häftlinge in die Goethebände eintrug. Nach dem Krieg wanderte er in die USA aus.

Hujer, Albert: * 1915 in Komoton/Sudetenland. Bevor er nach Plaszów versetzt wurde, war er Angehöriger der Lagermannschaft in Auschwitz und Stutthof. In Plaszów erkannte Amon Göth schnell seine Vorliebe fürs Schießen. Hujer hielt sich oft und gern an der Seite des Lagerkommandanten auf. Bei Hinrichtungen, insbesondere bei Massenerschießungen auf einem Hügel des Lagers, war er stets mit dabei. Dieser Hügel wurde auch nach ihm als »Hujer-Hügel« benannt. Genauso gefiel es ihm, Menschen einzeln zu erschießen. Wenn Häftlinge zum Appell antreten mussten, ging er manchmal durch die Reihen und erschoss sie mit einer kurzen Drehbewegung seiner Waffe. »Die letzten Sekunden im Leben zählen« war ein Satz von ihm, wenn ein Häftling nackt vor ihm kniete und er mit der Pistole auf seinen Nacken zielte. Nach dem Krieg verlieren sich seine Spuren. Er ist einer von vielen SS-Männern, egal in welchen Konzentrationslagern sie gearbeitet haben, die nie vor Gericht gestellt wurden.

Kompan, Johann: lebte und arbeitete als Gemischtwarenhändler in Zwittau. Er unterstützte Oskar Schindler bei der Beschaffung von Lebensmitteln für das Lager Brünnlitz. Nach seiner Vertreibung lebte er in Innsbruck, wo er 1950 verstarb.

Leipold, Josef: * 1913 in Altrohlau/Sudetenland. Als Unteroffizier diente er zwei Jahre in der tschechoslowakischen Armee. Nach der Annexion des damals zur Tschechoslowakei gehörenden Sudetenlandes durch die Deutschen trat Leipold bald der NSDAP und auch der SS bei. Nach seinen Diensten in den Konzentrationslagern Mauthausen und Majdanek wurde er Kommandant des Arbeitslagers Budzya, Großpolen, wo er schnell für seine Brutalität gegenüber den Häftlingen bekannt war. Nach der Schließung des Lagers wurde er als Lageroffizier zunächst nach Plaszów versetzt und später nach Brünnlitz in die Fabrik von Oskar Schindler. Als Mann des Militärs und der Partei sollte er die Arbeit dort überwachen. Nach dem Krieg wurde er 1947 verhaftet und nach Polen ausgeliefert. Dort wurde er wegen Kriegsverbrechen vor Gericht gestellt und schuldig gesprochen. Das Todesurteil wurde 1949 vollstreckt.

Mengele, Josef: * 1911 in Günzburg, Humangenetiker und SS-Hauptsturmführer, seit 1937 Mitglied der NSDAP. Er war vom 30.5.1943 bis 18.1.1945 in Auschwitz-Birkenau verantwortlich für die Selektionen und erforschte an Häftlingen die Folgen von Genwirkstoffen, wobei er seine Versuchspersonen tötete und sezierte. Bevorzugte Forschungspersonen waren Zwillinge, Kleinwüchsige, Sinti und Roma. Er war verantwortlich für die Tötung von vielen Tausend Menschen. Nach dem Krieg floh er über Genua nach Argentinien, 1958 tauchte er in Uruguay auf, heiratete dort die Witwe seines verstorbenen Bruders und starb schließlich am 7.2.1979 in Bertioga/Brasilien. Für all seine Verbrechen wurde er nie zur Rechenschaft gezogen.

Liebling (Polanski), Roman: * 1933 in Paris; 1937 kehrte die Familie wegen des aufkeimenden Antisemitismus in Frankreich nach Polen zurück und siedelte sich in Krakau an, wo schon ihre Vorfahren lebten. Mit Beginn des Zweiten Weltkriegs wurde die Familie wegen ihrer Zugehörigkeit zum Judentum verfolgt; sie konnten vorübergehend in Warschau ein Versteck finden, kehrten jedoch bald wieder nach Krakau zurück und bezogen eine Eigentumswohnung in Podgórze, dem späteren Ghetto von Krakau. Romans Mutter war schwanger, als sie nach Auschwitz deportiert und dort ermordet wurde. Ihm selbst gelang im März 1943 die Flucht aus dem Ghetto. Er konnte sich bei verschiedenen katholischen Familien verstecken. Nach dem Krieg lebte er vorübergehend bei der Familie eines Onkels und auch bei Familie Horowitz. Er absolvierte ein Kunststudium in Krakau und ein Filmstudium an der Filmhochschule in Lodz. Zunächst spielte er als Schauspieler in einigen Filmen mit, bevor er sich ganz auf den Beruf des Regisseurs konzentrierte. In Frankreich und England drehte er in den 1960er-Jahren die ersten Filme, mit denen er bekannt wurde, bevor er in die Vereinigten Staaten ging. Hier drehte er Filme, die ihn wirklich berühmt machten. Seine hochschwangere Frau wurde ermordet. Erst lange Zeit später sah er sich in der Lage, wieder Filme zu drehen. 1977 wurde er wegen Vergewaltigung einer Minderjährigen angeklagt. Um einem Verfahren zu entgehen, setzte er sich zunächst nach London, später nach Paris ab. Dort erhielt er die französische Staatsbürgerschaft. Reisen in die USA vermied er. 1989 heiratete er die Schauspielerin Emanuelle Seigner, mit der er zwei Kinder hat. Vorwürfe wegen Vergewaltigung wurden immer wieder gegen ihn erhoben, die USA stellten Auslieferungsanträge, zuletzt einen in Polen, der aber vom zuständigen Gericht abgelehnt wurde. Bekannte Filme von ihm sind »Tanz der Vampire« (1967), »Rosemaries Baby« (1968), »Chinatown« (1974), »Der Pianist« (2002) und »Venus im Pelz« (2013).

Orlowski, Alice: * 30. September 1903 in Berlin. Als KZ-Wächterin war sie ab Juli 1943 in Majdanek, ab April 1944 in Plaszów und ab Oktober 1944 im Außenlager Budy. Am 22. Dezember 1947 wurde sie in Krakau wegen Misshandlungen von Gefangenen zu 15 Jahren Haft verurteilt. Ein Verfahren gegen sie wegen ihrer Tätigkeit in Majdanek wurde am 14. Mai 1976 eingestellt, da die Angeklagte verstorben war.

Pavlu, Rudolf: * 1902 in Wien. Nach dem Abschluss der Realschule und einer Infanteriekadettenschule war er von 1918 bis 1919 Soldat. 1921 machte er Abitur und studierte an der Hochschule für Welthandel in Wien. Danach war er von 1924 bis 1934 Buchhalter einer Wiener Gebietskrankenkasse. 1931 trat er der österreichischen NSDAP bei. Nach dem Anschluss Österreichs wurde er 1938 Mitglied der SS. In seiner Heimatstadt wurde er 1939 zum Leiter der Landesversicherungsanstalt Wien befördert. Nach dem Überfall Deutschlands auf Polen ging er im Herbst 1939 mit Otto Wächter nach Krakau, wo er als Obersturmbannführer im September 1940 die Aussiedlungsaktion der Krakauer Juden durchführte. Als er 1941 zum Stadthauptmann von Krakau befördert wurde, war er verantwortlich für die jüdische Bevölkerung im Krakauer Ghetto; auch für viele Deportationen von dort in verschiedene Vernichtungslager trug er Verantwortung. Ab 1943 wurde er an der Front eingesetzt. Nach Kriegsende geriet er zunächst in Internierungshaft, konnte aber fliehen. Auch nach einer weiteren Inhaftierung gelang ihm die Flucht. Als er erfuhr, dass er bei einer erneuten Verhaftung nach Polen ausgeliefert werde, beging er im Frühsommer 1949 Selbstmord.

Pemper, Mietek: * 1920 in Krakau. Er studierte Jura, Betriebswirtschaft und Soziologie an der Krakauer

Jagiellonen-Universität. Nach dem Abschluss arbeitete er in einer führenden Position im Büro für Wirtschaftsprüfung staatlicher Betriebe in Krakau. 1958 siedelte er nach Süddeutschland über. Pemper war, zusammen mit seiner Familie, im Konzentrationslager Plaszów. Weil der Lagerleiter Amon Göth wohl seine Fähigkeiten erkannte, musste Pemper für ihn im Büro arbeiten, hatte somit einen guten Einblick in viele Planungen, die die SS vornahm, und konnte mit diesem Wissen Oskar Schindler über beabsichtigte Aktionen informieren. Im Juni 2011 starb Mietek Pemper in Augsburg.

Pfefferberg, Leopold: * 1913 in Krakau. Nach seiner Schulausbildung studierte er in Krakau sowohl für das Lehramt als auch Philosophie. Als Sportlehrer arbeitete er an einer jüdischen Oberschule in Krakau, bis sie 1939 von der deutschen Besatzungsmacht geschlossen wurde. Er schloss sich der polnischen Armee an, wurde verletzt und kam in ein Krankenhaus. Als er später im Lager Plaszów interniert wurde, besorgte er sich gefälschte Papiere, gab sich damit als Deutscher aus und besuchte so verwundete Kameraden und auch seine Mutter im Krankenhaus. Dort traf er auch Oskar Schindler, der gerade die Emaillewarenfabrik in Krakau übernommen hatte. Schindler beauftragte Pfefferbergs Mutter, die Innenarchitektin war, die Renovierung seiner Krakauer Wohnung vorzunehmen. Durch seine Verbindung zu Oskar Schindler kam sowohl Pfefferberg als auch seine Frau Ludmila auf die Liste derjenigen, die mit nach Brünnlitz sollten. Nach dem Krieg ging er zunächst nach Budapest, danach nach München, und schließlich wanderte er mit seiner Frau nach Los Angeles aus, wo sie ein Lederwarengeschäft gründeten. 1980 lernte er den Schriftsteller Thomas Keneally kennen, der das Buch »Schindler's Ark (Schindlers Arche)« schrieb, das schließlich zur Grundlage des Spielberg-Films »Schindlers Liste« wurde. »Nur wenn diese Organisation Wirklichkeit ist, werde ich meine Verpflichtungen erfüllt haben. Denn wenn ich nicht mehr am Leben bin und auch die Schindler-Juden ebenfalls verstorben sind, wird diese Organisation und ihr Zweck immer noch bestehen.« Das war sein Leitgedanke zur Gründung der »Oskar Schindler Humanities Foundation«. Leopold Pfefferberg starb am 9. März 2001.

Scherner, Julian: * 1895 in Bagamoyo/Tansania. Er besuchte die Kadettenschule in Karlsruhe. Im August 1914 erhielt er bereits den Offiziersrang und trat in die Reichsarmee ein. Im Dezember 1932 wurde er Mitglied der SS und der NSDAP. Von 1937 bis 1940 war er Kommandeur der SS-Junkerschule in Bad Tölz. Ab Januar 1940 war er SS-Standortkommandant in Prag, ein Jahr später wurde er SS- und Polizeiführer in Krakau.

Dort war er unter anderem für die »Umsiedlungen« der Menschen in die Vernichtungslager zuständig. Weil er sich, ähnlich wie Amon Göth, mit Geld, Schmuck und Edelsteinen bereichert hatte, fand vor einem Gericht ein Verfahren gegen ihn statt. Er wurde zum SS-Hauptsturmführer der Reserve degradiert und einer Brigade überstellt. Kurz vor Kriegsende wurde er tot in einem Waldgebiet in Südpolen gefunden.

Schindler, Emilie: * 22. Oktober 1907 als Emilie Pelzl in Alt-Moletein im heutigen Tschechien. Nach der Volksschule besuchte sie eine Klosterschule und schließlich die Landwirtschaftsschule in Brünn. Den größten Teil ihrer Kindheit und Jugend verbrachte sie an ihrem Geburtsort in einer idyllischen Umgebung mit Tieren und viel Natur, die sie sehr liebte. Zu ihrem älteren Bruder Franz hatte sie ein sehr inniges Verhältnis. Zu Beginn des Jahres 1928 lernte sie Oskar Schindler kennen, der als Vertreter ihrem Vater Elektromotoren verkaufen wollte. Sie verliebte sich in den Mann, und nur wenige Wochen später, am 6. März 1928, fand die Hochzeit in Zwittau, Schindlers Heimatstadt, statt. Schindler war ein Lebemann, der sich von der Mitgift seiner Ehefrau ein teures Auto kaufte.

Schindler, Oskar: * 28. April 1908 in Zwittau. Nach der Volks- und Realschule machte er eine Lehre im väterlichen Betrieb als Landmaschinenschlosser sowie eine zusätzliche Ausbildung im Bereich Maschinenbau und Dampfantriebstechnik. Bis zu seinem 21. Lebensjahr arbeitete er im väterlichen Betrieb, bevor er eine leitende Funktion in der Mährischen Elektrotechnischen AG übernahm. 1928 heiratete er Emilie Pelzl. In den Jahren 1936–1939 arbeitete er in der deutschen Spionageabwehr und wurde Mitglied der NSDAP, bevor er ab Herbst 1939 in Krakau eine in Konkurs gegangene Firma übernahm, in der er mithilfe von Zwangsarbeiterinnen und Zwangsarbeitern Emaillewaren für den Schwarzmarkt und Feldgeschirr für die Wehrmacht produzieren ließ. Als er beobachtete, wie die deutsche Besatzung mit der jüdischen Bevölkerung umging, setzte er sich zum Ziel, so viele jüdische Bürger wie möglich zu retten. Durch seine guten Beziehungen zu allen SS-Größen in der Region und auch darüber hinaus gelang es ihm, immer mehr Juden in seiner Firma zu beschäftigen. Dafür flossen sehr hohe Geldbeträge, Schmuck und andere Wertsachen als Bestechung an die Verantwortlichen, insbesondere an Amon Göth, der das Konzentrationslager Plaszów leitete. Als die Rote Armee näher rückte, plante Schindler den Umzug seines Werkes von Krakau nach Brünnlitz. Alle seine bisherigen Arbeiter wollte er mitnehmen und schaffte es sogar auch, weitere Häftlinge aus dem Konzentrationslager Plaszów zu retten, wofür er dem Lagerleiter mit hohen Geldbeträgen die Zustimmung abkaufte. In Brünnlitz wolle er, so seine Argumentation gegenüber den zuständigen Regierungsstellen in Berlin, kriegswichtige Munition herstellen. Für die Rettungsaktion ließ er eine Liste mit Menschen zusammenstellen, die er in sein neues Werk mitnehmen wollte. Seine Absicht war es, viele Menschen vor dem sicheren Tod in Auschwitz-Birkenau zu bewahren. Etwa 1.300 Juden kamen schließlich, mit vielen Schwierigkeiten während des Transports, in Brünnlitz an. Dort sorgte er für »seine Juden«, wie er sie nannte, indem er für sie zusätzliche Lebensmittel organisierte und sie von zwei Ärzten gesundheitlich betreuen ließ. Bei Kriegsende floh er am 8. Mai 1945 zusammen mit seiner Frau Emilie vor der heranrückenden Roten Armee. Die Belegschaft gab dem Ehepaar einen Brief mit, der in mehreren Sprachen verfasst war. Darin bezeugten alle, dass das Ehepaar Schindler weit über tausend Juden vor dem sicheren Tod gerettet habe. Die Schindlers fanden nach Kriegsende in Deutschland keinen Neustart, waren wirtschaftlich auf jüdische Hilfsorganisationen angewiesen und wanderten schließlich 1949 nach Argentinien aus. Schindler gründete dort unter anderem eine Nutria-Farm, doch sah er für sich darin keine langfristige Perspektive. 1957 kehrte er nach Deutschland zurück und versuchte, sich mit Mitteln des Lastenausgleichs eine neue wirtschaftliche Existenz aufzubauen, was jedoch misslang. 1961 reiste er erstmals nach Israel. Diesem Besuch folgten noch sieben weitere. 1965 wurde ihm das Bundesverdienstkreuz erster Klasse verliehen; 1967 wurde er von der Holocaust-Gedenkstätte Yad Vashem als »Gerechter unter den Völkern« geehrt; im gleichen Jahr erhielt er den Martin-Buber-Friedenspreis und 1968 von Papst Paul VI. den Silvester-Orden für seine besonderen Verdienste um die katholische Kirche. 1972 erlitt Schindler einen Schlaganfall und war seitdem halbseitig gelähmt. Am 9. Oktober 1974 starb er in Hildesheim; auf seinen eigenen Wunsch hin wurde er in Jerusalem auf dem Berg Zion beigesetzt.

Siebert, Paul: * 1900 in Halberstadt. Ab 1923 arbeitete er bei der Schutzpolizei in Bremen, ab 1934 bei der Kriminalpolizei, 1936 wurde er in die Gestapo aufgenommen. Zu Beginn des Krieges war er am Polenfeldzug beteiligt, blieb in Krakau und arbeitete dort in verschiedenen Bereichen der Verwaltung. Bei einem Verhör nach dem Krieg gab er an, er habe in der katholischen Kirchenverwaltung seinen Dienst verrichtet. Über Siebert ist allerdings bekannt, dass er in Krakau die Gründung eines Judenrates befahl und auch mit der jüdischen Bevölkerung brutal umging. Zu Verhaftungen und Bestrafungen von Gefangenen konnte er bei einer Befragung keine Angaben machen und sich auch an die Vorgänge nicht erinnern. Wegen mangelnder belastender Angaben wurde er strafrechtlich nie verfolgt.

Spielberg, Steven: * 1946 als Kind jüdischer Eltern in Cincinnati, Ohio. Er wuchs in Haddonfield, New Jersey und später, ab 1957, in Phoenix, Arizona, auf. Seine schulischen Leistungen waren mäßig, als Legastheniker hatte er nur wenig Bezug zur Schriftsprache, dafür entwickelte er sehr früh ein Talent zum Fotografieren. Bei den Pfadfindern erhielt er dafür eine Verdienstmedaille. Weil ihm die traditionellen Familienaufnahmen nicht besonders gefielen, schenkte sein Vater ihm eine 8-mm-Kamera, mit der er nicht nur Familienszenen, sondern auch auf ausrangierten Militärflugzeugen filmte, zu denen sein Vater ihm als Kriegsveteran Zutritt verschaffte. Mit 16 Jahren schrieb und drehte er seinen ersten abendfüllenden Film mit dem Titel »Amblin«, der es in die Kinos schaffte. Seine Hollywood-Karriere begann er mit verschiedenen TV-Produktionen, u. a. »Tödliche Trennung« mit Peter Falk. Es folgten Kinofilme wie »Der weiße Hai« und »Sugarland Express«, die große Beachtung fanden und ihn schnell zu einem angesehenen Regisseur machten. Mit »Jurassic Park«, »Indiana Jones« und dem Historienfilm »Schindlers Liste« hatte er seine größten Erfolge. Für den Film »Schindlers Liste«, der als sein Meisterwerk gilt, erhielt er sieben Oscars. Sein Anti-Kriegsfilm »Der

Soldat James Ryan« wurde gar mit elf Oscars ausgezeichnet. Doch nicht nur als Regisseur und Drehbuchautor machte er sich einen Namen, sondern auch als Produzent. »Men in Black«, »Die dunkle Seite des Mondes« und viele andere Filme wurden von ihm produziert. 1985 heiratete er die Filmschauspielerin Amy Irving. Aus dieser Ehe ging ein Sohn hervor. Doch die Ehe hielt nicht lange. Bei den Dreharbeiten zu »Indiana Jones« lernte er die Schauspielerin Kate Capshaw kennen und heiratete sie 1991. Die Schauspielerin brachte zwei Kinder mit in die Ehe. Sie haben drei gemeinsame Kinder und adoptierten ein weiteres. Die Familie lebt in Los Angeles, New York und in Florida.

Spira, Symche: Lebensdaten sind von ihm nicht bekannt; er war orthodoxer Jude und vor dem Krieg von Beruf Tischler. Nach dem Überfall der Deutschen auf Polen diente er sich der Besatzungsmacht an und wurde später im Krakauer Ghetto Chef des jüdischen Ordnungsdienstes. Von der einheimischen Bevölkerung wurde er belächelt, weil er weder die polnische noch die deutsche Sprache richtig beherrschte. In der Funktion als Chef des Ordnungsdienstes spielte er seine Macht aus und kooperierte sehr eng mit den Deutschen. Oftmals erpresste er auch Ghettobewohner oder ließ sich für Gefälligkeiten bezahlen.

Stern, Itzhak: * 1901 in Krakau. Er studierte Handelswissenschaften in Krakau und Wien. Nach dem Studium arbeitete er als Buchhalter für die Im- und Exportfirma Buchheister in Krakau. Obwohl er aus einer jüdischen Familie stammte, war er nie besonders religiös. Die Firma, für die er arbeitete, wurde im Zuge der Besetzung Krakaus im September 1939 von Josef Aue als Treuhänder übernommen. Aue, der mit Oskar Schindler befreundet war, brachte die beiden Männer zusammen. Stern arbeitete, bis zu seiner Einweisung in das Konzentrationslager Plaszów, in verschiedenen Betrieben in Krakau als Buchhalter. Er war, genau wie Mietek Pemper, eine wichtige Kontaktperson für Oskar Schindler. Stern war zunächst nicht, wie im Film »Schindlers Liste« dargestellt, mit der Aufstellung der Namen auf der Liste beschäftigt. Nur in einzelnen Fällen machte er eigene Namensvorschläge. Stern blieb bis zur Befreiung im Lager Brünnlitz und unterzeichnete auch den Brief, in dem hervorgehoben wurde, dass Oskar Schindler sich für die Rettung von Juden eingesetzt habe. Ab 1947 machte er sich öffentlich dafür stark, dass Oskar Schindlers Rettungsaktion entsprechend gewürdigt und mit dem israelischen Ehrentitel »Gerechter unter den Völkern« ausgezeichnet wurde. Stern starb 1969.

Wächter, Otto Freiherr von: * 1901 in Wien; Rechtsanwalt. Er trat bereits 1923 in die Sturmabteilung (SA)

Wien ein, wurde 1930 Mitglied der NSDAP und war zuständig für die Schulung von Parteimitgliedern. 1935 trat er der SS bei; laut Forschungsberichten soll er die Ermordung des damaligen österreichischen Bundeskanzlers Dollfuß befehligt haben. 1938 wurde er als Personalkommissar in Österreich eingesetzt, um das Berufsbeamtentum auf die Nazi-Parteilinie zu bringen oder andernfalls für Entlassungen zu sorgen. Im November 1939 wurde er Gouverneur in Krakau, ab 1942 im Distrikt Galizien in Südpolen. 1944 wurde er nach Italien versetzt und war dort Chef der Militärverwaltung. Nach dem Krieg war er unter falschem Namen auf der Flucht, besonders in abgelegenen Alpenregionen. Zum Schluss hielt er sich, mithilfe der katholischen Kirche, in Rom auf. Dort starb er am 10. September 1949 in den Armen eines Bischofs. Er war verheiratet und hatte sieben Kinder. Einer seiner Söhne, der den gleichen Vornamen trug, hielt ihn zeitlebens nicht nur für unschuldig, sondern sogar für einen Wohltäter im Distrikt Galizien.

Zdrojewski, Edmund: * 1915 in der polnischen Stadt Thorn. Als SS-Hauptscharführer arbeitete er in verschiedenen Konzentrationslagern, zunächst in Mauthausen-Gusen, danach in Plaszów, anschließend im Außenlager Riederloh, das zum KZ Dachau gehörte. Zuletzt war er ab Februar 1945 Lagerleiter des

KZ-Außenlagers Kottern-Weidach. Nach dem Krieg wurde er in Krakau vor Gericht gestellt und wegen Verbrechen gegen die Menschlichkeit zum Tode verurteilt.

Verwendete Literatur

Brecher, Elinor J.: *Ich stand auf Schindlers Liste – Lebenswege der Geretteten,* H+L Verlag, Köln, 1999

Klee, Ernst: *Das Personenlexikon zum Dritten Reich,* Fischer Taschenbuch, Frankfurt 2011

Kuwalek, Robert: *Das Vernichtungslager Belzec,* Verlag Metropol, Berlin 2013

Löw, Andres / Roth, Markus: *Juden in Krakau unter deutscher Besatzung 1939–1945,* Wallstein Verlag, Göttingen 2011

Müller-Madej, Stella: *Das Mädchen von der Schindler-Liste,* dtv, München 1998

Pemper, Mietek: *Wie es zu Schindlers Liste kam,* Verlag Hoffmann und Campe, Hamburg 2018

Rosenberg, Erika (Hrsg.): *Ich, Emilie Schindler,* Verlag Herbig, München 2006

Rosenberg, Erika (Hrsg.): *Ich, Oskar Schindler,* Verlag Herbig, München 2000

Sachslehner, Johannes: *Der Henker – Leben und Taten des SS-Hauptsturmführers Amon Leopold Göth,* Molden Verlag, Wien, 2020

Sands, Philippe: *Die Rattenlinie – Ein Nazi auf der Flucht,* S. Fischer Verlag, Frankfurt 2020

Wenzel, Mario: *Arbeitszwang und Judenmord,* Metropol Verlag, Berlin 2017

Bildnachweis

Covermotive:
Niusia Horowitz-Karakulska: © Gosia Musielak;

Wikimedia Commons (CC0 1.0):
Tor: Unknown author (https://commons.wikimedia.org/wiki/File:Krakow_Ghetto_Gate_73170.jpg), „Krakow Ghetto Gate 73170", als gemeinfrei gekennzeichnet, Details auf Wikimedia Commons: https://commons.wikimedia.org/wiki/Template:PD-1996;
Menschen: Unknown author (https://commons.wikimedia.org/wiki/File:Krakow_Ghetto_06694.jpg), „Krakow Ghetto 06694", als gemeinfrei gekennzeichnet, Details auf Wikimedia Commons: https://commons.wikimedia.org/wiki/Template:PD-1996

Innenteilmotive:
Alle Fotos stammen aus den Privatarchiven der Familien Horowitz und Rosner, mit Ausnahme von:
Seite 69: United States Holocaust Memorial Museum, courtesy of Instytut Pamieci Narodowej;
Seite 135: Yad Vashem Photo Archive, Jerusalem. 1495/9;

Seite 164, 165, 166: Archiv Edmund Bohr, Bitburg/Stahl (es handelt sich um die Bände 1, 2, 6 und 7 der von Ludwig Geiger 1898 in Berlin herausgegebenen Auswahlausgabe);
Seite 218, 239: Archiv Malgorzata Musielak;
Seite 244/245: Archiv Sergej Raith

Die Rechteinhaber einiger Abbildungen konnten trotz intensiver Recherche nicht ermittelt werden. Der Verlag bittet Personen oder Institutionen, welche die Rechte an diesen Abbildungen haben, sich zwecks angemessener Vergütung zu melden.

Danke

Mein herzlicher Dank geht an **Niusia Horowitz-Karakulska** und ihren Mann **Tadeusz Karakulski,** die mich in ihrer Wohnung sehr freundlich zu einem Gespräch empfangen haben. Ich weiß, wie schwer und manchmal auch belastend es für Niusia war, über ihre Erinnerungen zu reden. Doch sie weiß auch um die Wichtigkeit, die Vergangenheit nicht einfach auf sich beruhen zu lassen. Das habe ich an ihr sehr geschätzt. Das Gespräch war eine wichtige Grundlage für das Buch.

Ganz besonders bin ich **Anna Weßling-Milczarek** zum Dank verpflichtet. Sie war es, die die Kommunikation zwischen mir und Niusia Horowitz erst ermöglicht hat, denn ich spreche kein Polnisch und Niusia kein Deutsch. Als hervorragende Dolmetscherin hat sie alle Gespräche zwischen Niusia und mir übersetzt. Antworten auf meine Fragen, die ich während des Schreibens hatte, konnte sie mir sehr zuverlässig geben. Sie hat das Manuskript gelesen, ins Polnische übersetzt und es mit Niusia besprochen. Ich musste einfach sicher sein, dass die Frau, die im Mittelpunkt des Buches steht, keine

Beanstandungen am Inhalt hat. Danke auch für deine Mühe und Geduld, liebe Anna.

Im Hintergrund hat mich ein Mann mit Zusatzinformationen versorgt, durch die ich das Geschehen in Krakau, aber auch in den verschiedenen Lagern in einem größeren Zusammenhang sehen konnte. Bei Weitem nicht alles, was er mir über Wochen an Daten und Fakten hat zukommen lassen, hat in dem Buch Niederschlag gefunden. Trotzdem waren sie als Hintergrundwissen wichtig, notwendig und sehr aufschlussreich. Dafür, lieber Herr **Dieter Schaub,** danke ich Ihnen ganz herzlich. Ich weiß Ihr Engagement sehr zu schätzen.

In vielen Telefongesprächen habe ich mich mit dem Historiker und Filmemacher **Edmund Bohr** über das Thema Schindler-Liste unterhalten. Aus einem Nachlass wurden ihm einige Bände »Goethes gesammelte Werke« übergeben, in denen die Namen der Menschen von Schindlers Liste aufgeführt sind. Unser Interesse galt der Frage, wer diese Namen dort eingetragen haben könnte. Eine Version habe ich im Buch beschrieben. Ob es die richtige ist, müssen weitere Forschungen ergeben.

Autor

REINER ENGELMANN wurde 1952 in Völkenroth geboren. Nach dem Studium der Sozialpädagogik war er im Schuldienst tätig, wo er sich besonders in den Bereichen der Leseförderung, der Gewaltprävention und der Kinder- und Menschenrechtsbildung starkmachte. Für Schulklassen und Erwachsene organisiert Reiner Engelmann regelmäßig Studienfahrten nach Auschwitz. Er ist Autor und Herausgeber zahlreicher Anthologien und Bücher zu gesellschaftlichen Brennpunktthemen.

Von Reiner Engelmann sind bei cbj erschienen:

»Alodia, du bist jetzt Alice!« – Kinderraub und Zwangsadoption im Nationalsozialismus (31268)
Anschlag von rechts (31224)
Der Buchhalter von Auschwitz – Die Schuld des Oskar Gröning (31293)
Der Fotograf von Auschwitz – Das Leben des Wilhelm Brasse (31236)
Wir haben das KZ überlebt – Zeitzeugen berichten (31410)
Hass und Versöhnung – Ein ehemaliger Neonazi und eine Holocaust-Überlebende begegnen sich (31372)

Mehr über cbj auf Instagram unter @hey_reader

Reiner Engelmann

Hass und Versöhnung

272 Seiten, ISBN 978-3-570-31372-5

Emil ist wütend, dass er gegen seinen Willen umziehen muss. Er zieht sich immer mehr zurück – bis ein Klassenkamerad ihm die Welt der rechten Musik eröffnet. Die Texte voller Hass und Gewalt sprechen Emil aus der Seele und er rutscht immer tiefer in die rechte Szene ab. Er richtet seine Wut gegen alle, die in seinen Augen anders und damit minderwertig sind. Zahlreiche Straftaten bringen ihn schließlich ins Gefängnis, wo er an einem Aussteigerprogramm aus der rechten Szene teilnimmt und langsam einen Weg zurück findet. Dabei hilft ihm die Begegnung mit Holocaust-Zeitzeugin Anne, die Emil von ihren Erfahrungen mit den von Emil einst verherrlichten Nationalsozialisten erzählt – und ihm damit die Augen öffnet.

cbt

30441

Reiner Engelmann

Wir haben das KZ überlebt – Zeitzeugen berichten

ca. 192 Seiten, ISBN 978-3-570-17197-4

Wer Überlebende des Holocaust trifft, spürt den Abgrund, der sie von anderen Menschen trennt. Sie waren in Auschwitz, Buchenwald, Dachau. Sie haben unsägliches Leid erfahren. Der Tod war ihr ständiger Begleiter. 70 Jahre nach der Befreiung von Auschwitz gibt es nicht mehr viele Zeitzeugen. Umso wichtiger ist es, ihre Erfahrungen für die Nachwelt zu dokumentieren. Im Gedenken an die Toten, aber auch für den Frieden in der Zukunft. Damit sich die Hölle auf Erden nicht wiederholt. Reiner Engelmann hat zehn Zeitzeugen befragt und ihre Erinnerungen für Jugendliche aufgeschrieben. Ein erschütterndes Zeugnis und ergreifendes Mahnmal wider das Vergessen. Und zugleich ein zutiefst bewegendes Plädoyer für das Leben.

10330

cbj

www.cbj-verlag.de

Monica Hesse

Das Mädchen im blauen Mantel

384 Seiten, ISBN 978-3-570-17283-4

Amsterdam ist von den Nazis besetzt. Hanneke verbringt ihre Tage damit, Schwarzmarktgüter zu beschaffen, ihre Abende damit, ihren besorgten Eltern genau das zu verheimlichen, und jede wache Minute damit, um ihren Freund zu trauern, der an der Front gefallen ist. Ihre illegalen Geschäfte betrachtet sie als kleinen Akt der Rebellion. Aber eines Tages erhält sie einen sehr ungewöhnlichen Auftrag. Eine ihrer Kundinnen bittet sie, ein Mädchen zu finden. Ein jüdisches Mädchen, das aus dem Geheimversteck in ihrem Haus verschwunden ist. Auf der Suche nach diesem Mädchen gerät Hanneke in ein Netz aus Lügen, Rätseln und Geheimnissen.

20269

cbj

www.cbj-verlag.de